거꾸로 선 탑의 살인

TORITSU SURU TO NO SATSUJIN written by Hiroko Minagawa
Copyright © 2007, Hiroko Minagawa
All rights reserved.
First published in Japan by Rironsha Corporation, Tokyo.
This Korean edition published by arrangement with Rironsha Corporation, Tokyo in care of
Tuttle-Mori Agency, Inc., Tokyo through Yu Ri Jang Literary Agency, Seoul.

이 책의 한국어판 저작권은 유리장 에이전시를 통한 저작권자와의 독점계약으로 들녘에 있습니다. 저작권법에 의해 한국 내에서 보호를 받는 저작물이므로 무단 전재와 무단 복제를 금합니다.

거꾸로 선 탑의 살인
ⓒ 들녘 2010

초판 1쇄 발행일 2010년 7월 16일

지은이 미나가와 히로코
옮긴이 지세현
펴낸이 이정원
책임편집 나다연
펴낸곳 도서출판 들녘
등록일자 1987년 12월 12일
등록번호 10-156
주소 경기도 파주시 교하읍 문발리 파주출판단지 513-9
전화 (마케팅) 031-955-7374 (편집) 031-955-7381
팩시밀리 031-955-7393
홈페이지 www.ddd21.co.kr
블로그 http://blog.naver.com/buchheim
ISBN 978-89-7527-907-2 (04830)
      978-89-7527-900-3 (세트)

값은 뒤표지에 있습니다.
잘못된 책은 구입하신 곳에서 바꿔드립니다.

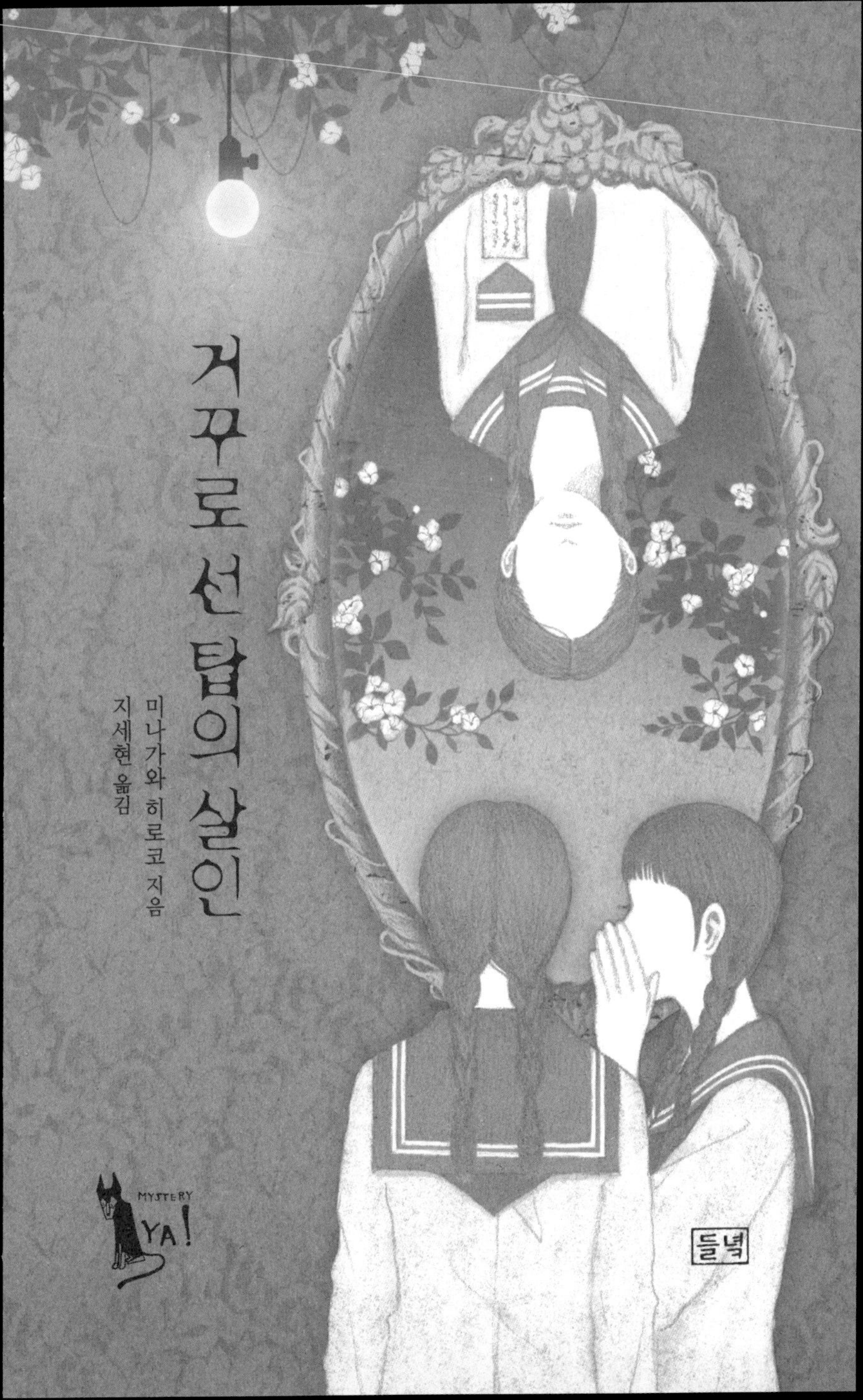

거꾸로 선 탑의 살인

미나가와 히로코 지음
지세현 옮김

차례 | I | II | III
| 6 | 43 | 104

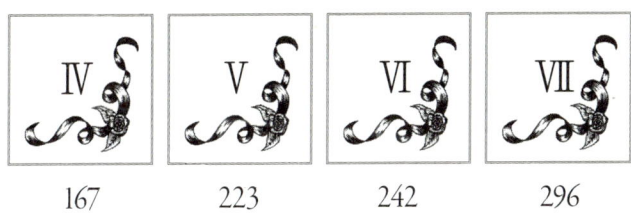

IV　　　　V　　　　VI　　　　VII
167　　　223　　　242　　　296

맺음말_ [거꾸로 서는] 미술관 ⋯ 302
〈거꾸로 선 탑의 살인〉에 나오는 예술가들 ⋯ 309

'이부'가 아닌 '이브'라고 부른다.

 이분자(異分子)를 줄인 별명이란 건 알고 있다. 대놓고 '이브'니 '이브짱'이니 하고 불려도 그다지 기분 나쁜 건 아니다. 악의가 있는 건 아닌 것 같아서 신경 쓰진 않지만 왜 이분자인지, 왜 반 아이들 중에서 별난 애 취급을 받는 건지는 잘 모르겠다.

 유일하게 사노 스에코(佐野季子)만이 나를 '이브'가 아닌 '베-사마'이라고 불러주어서 나 역시 그녀를 '해골'이라는 별명으로 부르지 않고 '사노'라고 부르고 있었다. 물론 '사마'라는 경칭은 내 체구 때문이다. 상체에서 하체까지 떡 벌어져서 마치 드럼통 같은 체형이라는 건 스스로도 잘 알고 있으니까.

해골과 드럼통 콤비는 만담꾼 같은 느낌이지만 서로 마음이 잘 맞았다.

사노 스에코가 살아 있었다면 둘이서 망태를 옮기는 작업을 같이 했겠지만 5월 24일 야간 대공습 때 그녀는 불에 타 죽었다.

25일까지 이어진 야간 대공습은 우리가 학도병으로 동원되어 일하던 군수공장을 완전히 태워버렸다. 그날 이후 우리는 타다 남은 학교 건물을 공장으로 쓰며 작업을 계속했다.

우리의 학교인 도립**고등여학교 건물이 직격탄을 맞은 것은 그로부터 2개월쯤 지난 7월 초순이었다. 그나마 타지 않고 남아 있던 것까지 소규모 공습에 전부 불타버리고 말았다. 교사가 있던 자리엔 불에 그을린 땅만 남았다.

학교가 불타고 우리 학생들은 연일 무너진 건물 잔해 정리 작업에 동원되었다. 이따금씩 공습경보가 울리면 방공호로 몸을 숨겼다. 이미 아무 것도 남지 않은 이곳에 폭탄을 퍼붓는 낭비를 하는지는 이해할 수 없었다.

근처의 **여학교가 불타지 않은 건 나무가 아닌 돌로 지은 건물이기 때문인 것 같지만 미션 스쿨이라서 적이 폭탄을 투하하지 않은 거라는 소문도 있다.

공장에서 함께 작업했던 **여학교 학생들은 불에 타지 않은 교사에서 여전히 작업을 계속하는 모양이었다.

큰 것들을 정리하는 건 어른들 몫이었다. 우리는 기와와 자갈을 삽으로 퍼서 망태에 담아 가로대에 건 다음 둘이 한 조가 되어 교내 구석 자리로 옮겼다. 목조 건물은 흔적도 남지 않고 모두 불탔는데 도대체 무슨 잔해인지 아무리 치워도 기와와 자갈이 끊임없이 나왔다. 게다가 하늘과 땅은 불덩어리처럼 뜨거웠다. 우리의 일은 마치 시시포스(고대 그리스 신화의 인물로서 영원한 죄수의 화신)의 고행 같았다.

7월 말.

미와 사에다(三輪小枝)와 한 조가 되었다. 반에서 제일 조그맣고 말라빠진 해골보다는 나았지만 그녀 역시 키가 큰 편은 아니었다. 사노 스에코는 뼈만 앙상했었다. 미와 사에다는 날씬하다는 표현이 더 어울리는 아이였다. 보통 가로대를 어깨에 걸면 비스듬하게 기울어 미와 사에다에게 무게가 쏠렸다. 미와는 이것을 평평하게 하려고 양손을 머리 위로 올려 가로대 끝을 지탱했다. 미안한 일이었다. 그래서 가능한 한 내 쪽으로 무게가 쏠리게끔 신경 썼다.

공습으로 뿔뿔이 흩어지거나 집을 잃고 도쿄를 떠나거나 해서 입학했을 때 이백여 명이었던 동급생들은 이미 10퍼센트도 남아 있지 않았다. 전시체제였기 때문에 우리 위 학년들은 5학년으로 진학하지 못하고 3월에 4학년으로 졸업했다. 그래서 우리 4학년이 최고 학년이 되었다. 아래 학년 학생들도 이십여 명 남짓으로 줄어 있었다. 이런 상황에서 키 높이를 맞춘다는 건 언감생심이었다.

미와 사에다는 공부를 잘했다. 반에서 늘 1·2 등을 다퉜다. 하지만 잘난 체하지 않고 귀여운 인상이어서 누구나 그 애를 좋아했다. 반장인 이데 후사코(井手総子)는 똑같이 성적이 뛰어나긴 했어도 둘째가라면 서러워할 만한 추녀였다. 얼굴은 세숫대야 같이 크고 넓적했고, 코는 납작하게 옆으로 찌그러졌고, 입술은 엄청 두툼했다. 덕분에 인상도 매우 강렬했다.

하지만 이데 후사코는 자신의 얼굴에 전혀 열등감을 느끼지 않았다. 속으로 감추고 있었는지 모르지만 언제나 자신만만하고 당당해서 늘 반장을 도맡았다. 내게 다른 사람의 얼굴은 관찰 대상이다. 아름다움과 추함이 섞인 다채로운 얼굴들이 좋다. 눈이랑 코가 하수관처럼 둥근 내 얼굴은 별로 들여다보고 싶지 않지만.

2월이었던가. 활화산처럼 불타오르는 애국심으로 "지방 학교에서 올라와 공장 기숙사에서 거주하며 불철주야 일하는 학생들도 있고, 잔업과 야근을 마다 않는 여공들도 있습니다. 우리 통학생들만 4시에 일을 끝내는 것은 불공평합니다. 우리도 잔업과 야근을 하게 해주세요. 모든 반 학생들의 결정입니다"라고 선생님께 제청한 것도 이데 후사코였다.

서양사를 전공하고 학생들 사이에서 인기가 좋았던 젊은 담임선생님이 입대를 하자 새 담임선생님이 부임했다. 머리가 벗어진 중년 남자였다. 새 담임선생님에게는 문어대가리라는 별명이 붙었다.

이데 후사코의 제청에 문어대가리는 너희들의 애국심에 감복한다며 감격의 눈물을 흘리더니 곧장 교장과 공장 책임자에게 달려갔다. 3월 대공습 직후, 이데 후사코는 다른 곳으로 갔다.

잔업결정이라는 선물만을 남긴 채.

학교에서 선생님들은 존경의 대상이었다. 선생님들은 존경을 강요하지 않아도 경의를 표할 수밖에 없는 풍모와 기품을 갖추고 있었다. 엄격하거나 부드럽거나, 성격과 기질은 달랐지만 학생들에게 바보 취급을 당하는 사람은 없었다. 별명을 가진 선생님도 많았다. 나막신(네모난 얼굴)과 연어(볼이 빨개서) 또는 말린 송사리(보이는 대로), 미나토짱(미나토 제약의 콧물 감기약 광고에 나오는 얼굴을 닮아서) 등등 거의 다 생김새를 가지고 지은 애칭 같은 것일 뿐, 악의는 전혀 없었다.

하지만 문어대가리는 말 그대로 경멸과 악의가 들어간 별명이었다. 비열한 인간에게는 지저분한 별명이 붙는 법이다. 공장 일을 하도록 결정된 다음 부임한 선생님이라 그런지 문어대가리는 수업을 하지 않았다. 진짜 노동 감독관 같았다.

공장 지대는 거의 전멸되다시피 했다. 그렇지 않아도 항공기가 부족한 판에 농담 같은 소문이 돌았다. 비행장에 있는 공군 비행기들이 모두 도자기로 만든 모형이라는 이야기였다. 무기를 만들 금속이 부족한 탓이었다. 말도 안 된다며 무시하는 이도 있었지만, 실제로 금속이란 금속은 모두 나라에서 공출해간 터였다. 여학생들의 교표와 남학생들 교복에 다는 단추도 도자기 제품이었다.

"미와야, 조금 쉬었다 할래?"

앞에 가는 미와 사에다의 다리가 휘청이는 걸 보고 내가 말을 걸었다.

"거기, 꾸물대지 마!"

문어대가리의 째지는 목소리가 날아왔다.

"한 사람이 요령을 피우면 다른 사람한테 그만큼 부담을 주게 된다. 피곤한 건 모두 마찬가지야."

문어대가리가 큰소리로 미와의 이름을 불렀다.

"어리광 부리지마. 아베 혼자 힘들잖아. 선생님은 다 보고 있어!"

우리 선생님들은 지금까지 이렇게 학생들을 호되게 다루지 않았다.

"쉬엄쉬엄 해도 되잖아요."

내가 받아쳤다.

"여기 말고 더 이상 할 곳도 없는데요!"

문어대가리가 안색을 바꾸더니 내게 달려왔다. 가슴이 덜컥 내려앉았다. 정말 화가 난 것 같았다.

"선생님한테 말대꾸하는 버릇 누가, 언제 가르쳐줬나? 아베, 너 빨갱이냐?"

"죄송합니다."

미와가 나보다 먼저 선생님께 사과했다. 그러고는 "베-사마, 내가 더 열심히 할게"라며 모기만한 소리로 내게 말했다.

예전에는 미와 사에다도 다른 아이들처럼 나를 '이브짱'이라고 불렀다. 하지만 이제 드럼통 같은 나의 위풍당당한 풍채를 인정한 듯했다. 폭격으로 죽은 해골이 갑자기 떠올랐다.

"정리할 게 이것밖에 없다는 생각은 잘못됐다. 잔해 청소가 끝나면 체육관에서 공장 작업을 시작한다. 항공기 생산은 아주 시급한 문제다. 한가하게 꾸물거릴 틈이 없어."

모든 것이 불타버렸다. 체육관은 목조 건물에서 떨어져 있었기에 살아남았지만 폭격의 진동으로 유리창은 모두 깨지고 벽에는 금이 가서 무너지기 일보직전이었다.

발자국을 떼자 미와 사에다가 바닥에 풀썩 무릎을 꿇었다. 그리고 구토를 하기 시작했다. 땅바닥에 누런 위액이 쏟아졌.

나는 가로대를 던져버리고 미와의 어깨를 부축해서 그늘로 데려갔다. 그 모습에 문어대가리도 입을 다물었다.

불타버린 상록수 가지가 햇빛을 간신히 가려주었다. 지쳐 쓰러진 미와 사에다의 얼굴에는 핏기가 없었다.

"문어대가리도 네가 공습으로 가족을 잃었다는 걸 알고 있겠지?"

공습이나 화재로 가족을 잃은 학생이 미와 사에다 한 사람이 아니기 때문에 문어대가리의 감정이 무디어진 걸까!

미와 사에다의 집은 그을린 채 남아 있었다. 하지만 군의관으로 전장에 나갔던 아버지가 올해 3월 병사했다는 소식이 전해진 모양이었다. 어머니와 동생들은 친척이 있는 누마즈로 피신해 있었는데 7월 17일―불과 며칠 전―누마즈 대공습으로 모두 사망했다. 도쿄에 남아 있던 미와 사에다는 고모와 단 둘이 살고 있다. 미와 사에다에게 사정 이야기를 들으면서 나는 입을 다문 채 그저 고개만 끄덕였다. 뭐라 해줄 말이 떠오르지 않았다.

우리 집은 한 달 전쯤 불에 탔다. 뒷마당에 파놓은 방공호에 양철 뚜껑을 덮고 그 안에서 지냈다. 아버지는 작년에 군에 소집되었다. 농가 주인이나 공장 기술자처럼 직접 생산에 관여하는 사람들은 징집 대상에서 빠졌다. 하지만 아버지는 과일 장사를 하셨기에 어쩔 도리가 없었다. 식량이 배급제가 되는 바람에 장사를 할 수 없어서 이웃을 도우며 지내던 중에 입대 영장을 받았다. 북쪽으로 가게 되었지만 부모님 모두 도쿄에서 나고 자란 터라 다른 곳에는 연고가 없었다.

집은 불탔어도 어머니와 여동생 그리고 나, 이렇게 세 사람 모두 살아남았으니 미와 사에다보다는 은혜를 받았다고 하겠다. 공습이 있던 날 밤, 우리 셋은 양동이로 물을 날라 불을 끌 엄두도 못 내고 축축한 멍석과 물에 흠뻑 적신 방공수건으로 머리를 감싸고 필사적으로 도망쳤다. 멍석은 타버렸지만 머리와 등은 다행히 멀쩡했다. 공습경보가 해제되고 날이 밝아 돌아와보니 연기 속으로 형체를 알아볼 수 없을 정도로 새까맣게 탄 시체들이 무너진 대들보와 기와 밑에 깔려 있었다. 바람이 불 때마다 기분 나쁜 매캐한 냄새가 짙어졌다가 다시 옅어져갔다.

또다시 공습을 알리는 사이렌이 울렸다.

뼛속까지 울려 퍼지는 소리. 사람들은 무심히 하늘을 올려다보았다. 비행기 그림자도 보이지 않는다. 금방이라도 땀방울을 떨어뜨릴 듯 하늘 한가운데서 태양만이 열병에 신음하듯 이글거렸다.

"줄을 서! 모두 방공호로 대피한다!"

문어대가리가 소리쳤다.

"천천히 가자."

내가 미와 사에다에게 말했다.

학생들 수가 줄어든 탓에 시커멓고 길쭉한 동굴은 전원이 대피해도 공간이 남아돌았다. 축축한 바닥에 앉자 미와가 내 어깨에 몸을 기댔다.

"아직도 속이 안 좋니?"

"괜찮아. 토했더니 개운해. 고마워 베-사마!"

누군가 '저~멀~리' 하면서 「아름답고 푸른 도나우」 앞부분을 흥얼거리자 다른 학생이 리듬을 맞춰 '저 멀~리' 하고 이어 불렀다. 삼중 합창이 방공호 벽에 은은히 메아리쳤다.

저 멀리 아득하게
도나우 강물은 흐르고
들판을 건너 부는 바람과
즐거이 손을 맞잡고
물새 우는 소리에
웃음을 실어

"조용!"

문어대가리의 앙칼진 외침에도 합창은 계속되었다.

봄엔 꽃 그림자에 물들고
가을엔 달빛에 젖는다

"베-사마! 일어나봐."

미와 사에다가 속삭였다.

나는 엉겁결에 자리에서 일어났다. 칠흑 같은 어둠 속에서 미와 사에다가 내 한 쪽 팔을 자신의 허리에 둘렀다. 그 애의 한 쪽 손이 내 어깨에 깃털처럼 얹혀 있었다.

"사교댄스? 난 춤 출 줄 모르는데"
"리듬에 맞춰 움직이기만 하면 돼."

빈(Wien) 처녀의 노래 소리에도
파도는 다정하게 울려 퍼지네

순간 폭음이 귀청을 찢었다. 방공호 벽이 흔들렸다.
하지만 비명 소리 하나 없이 합창은 이어졌다.

아주 먼 옛날
황금빛 배를 탄
아름다운 공주님을 본 적이 있었죠.

나는 미와 사에다의 체온을 느끼며 리듬에 맞춰 어둠 속을 맴돌았다.

용감한 무사의 뿔 나팔 소리가
물결 위에 울려 퍼지던 날도 있었죠.

한참 만에 공습경보가 해제되었다. 방공호를 나오니 어느새 하늘은 그을음과 연기로 시커멓게 물들어 있었다. 가까운 곳에서 폭격이 있었던 모양이다.

발 디딜 틈조차 없이 복잡한 전차를 타고 집으로 갔다. 전차의 숫자가 대폭 줄어든 탓이다.

집이라고는 해도 양철 지붕을 얹은 동굴에 불과하다. 주변은 모조리 불에 타 황량했다. 우리 집 사람들처럼 갈 곳 없는 사람들이 저마다 방공호를 파고 살고 있다. 가스랑 수도는 이미 다 파괴되었다. 사람들은 주인 없는 집 마당의 우물을 이용했다. 어머니는 풍로에 배급 받아온 조개탄을 태워서 주운 냄비로 죽을 끓였다. 나도 옆에서 거들었다. 내가 길에서 뽑아온 잡초와 호박으로 양을 조금 늘렸다. 먹을 수 있는 잡초도 많지만 가끔 독초가 섞여 있었기 때문에 잘 알아보고 먹어야 한다. 근처에 사는 사람들 중에 전에 중학교 생물 선생님이었던 아저씨가 있어서 식물을 잘 알았다. 처음에는 그 아저씨에게 일일이 물어보았지만 요즘에는 나 혼자서도 대충은 구별이 간다.

여동생은 몸이 쇠약해져서 몸져 누워버렸다. 동굴 생활이 계속되고 먹을 것조차 제대로 챙기지 못했으니 병이 나는 것도 당연하지. 의사 말로는 지독한 영양실조라고 했다.
"무슨 좋은 일이라도 있니?"
내가 '강물은 맑고 푸르구나'라며 콧노래를 흥얼거리자 어머니가 피곤에 지친 얼굴로 물었다. 초라하고 맛없는 부실한 저녁식사가 끝난 뒤 동생이 헌 종이와 몽당연필을 내밀었다. 나는 과일과 아이스크림을 얹은 팥빙수와 단팥죽을 그려주었다.

다음 날 등교해 보니 학생들이 어제의 공습은 ＊＊여학교 근처에서 일어난 거라고 수군거리고 있었다.
"예배당이 직격탄을 맞았는데, 무너진 건 예배당뿐이었대. 교실이 있는 목조건물은 괜찮대."
"우리 학교처럼 목조건물이었다면 틀림없이 전부 불탔을 텐데."
"기독교 학교라 공습이 없을 거라더니."
조회시간이 되었는데도 미와 사에다가 보이지 않았다. 아무래도 몸 상태가 좋지 않아 결석한 모양이다. 나는 망태를 맞잡을 상대가 없어서 목장갑을 끼고 유리 파편을 주웠다.
미와 사에다는 점심시간이 다 되어서야 나타났다.

"미와!"

문어대가리의 앙칼진 목소리가 날아갔다.

"지각한 이유는?"

"전차가 늦었습니다."

미와 사에다가 대답했다. 파랗게 질린 입술이 가늘게 떨렸다. 하지만 눈만은 흔들림 없이 문어대가리를 응시하고 있었다. 오히려 문어대가리가 눈길을 피했다. 그만큼 미와의 표정은 강렬했다.

나는 문어대가리의 눈길을 피해 체육관 그늘 쪽으로 미와 사에다를 데려갔다. 문어대가리가 오면 둘러댈 수 있도록 망태에 잡동사니를 주워 담으며 미와에게 물었다.

"아직 몸이 안 좋니?"

미와가 고개를 가로 저었다.

"무리해서 나오지 않아도 되는데……."

갑자기 미와 사에다의 눈가에 눈물이 그렁그렁 고였다. 위로할 생각이었는데 냉담하게 들렸나?

"코우즈키(上月) 언니가……."

미와 사에다는 겨우 한 마디 하더니 소리 내어 엉엉 울었.

코우즈키? 모르는 이름이다.

죽을 때까지 우는 사람은 없다. 벼르고 터트린 울음이라도 잦아들게 마련이다. 이럴 때는 말을 붙이지 말아야 한다. 그래야 울음을 빨리 그치게 할 수 있다. 울보 동생 덕에 우는 사람을 달래는 데 일가견이 생긴 나였다. 하지만 너무 오래 놔두면 관심이 없는 것처럼 보일 수 있기에 미와의 울음이 잦아들 즈음 코우즈키 언니가 누구냐고 넌지시 물었다.

"＊＊여학교 전문부 언니야. 공장에서 나한테 따뜻하게 대해주셨어. 전문부 3학년들은 이번 3월에 모두 졸업했지만 계속 작업을 했잖아!"

기독교 학교인 ＊＊여학교는 초등학교에 해당하는 6년제 초등부, 여학교에 해당하는 5년제 중등부, 그리고 전문학교 자격을 취득하는 3년제 전문부가 있다.

코우즈키라는 이름은 금시초문이지만 전문부 학생들이 졸업하고 나서도 여전히 여자정신대로 공장에서 일한다는 사실은 나도 잘 알고 있었다. 공장이 불에 타서 학교 공장으로 옮긴 것도.

"그 사람이 왜?"

미와 사에다는 훌쩍이며 "죽었어!"라고 대답했다.

"어제 공습이 ＊＊여학교에 있었대!"

"응, 다들 그 얘기하더라. 예배당에 직격탄이 떨어졌다던데."

"오늘, 등교하는 전차 안에서 그 학교 중등부 학생이 그랬어. 피해는 예배당만 입었고 교실들은 멀쩡해서 학교 공장은 예전처럼 운영된다고. 그래서 코우즈키 언니가 보고 싶어서……, 큰일 당할 뻔했다고 위로의 말이라도 해주려고 들렸던 건데…….”

미와 사에다는 말을 삼키고 다시 울음을 터뜨렸다.

"코우즈키 언니가 죽었다는 소식을 들은 거야?

내가 물었다.

"무너진 예배당에서 사체를 찾았대."

"＊＊여학교는 예배당을 방공호 대신으로 사용했다니?"

"아니, 그 학교는 교정이 2층으로 되어 있어서 경사면 옆으로 호를 파고 콘크리트로 방공호를 만들어 놓았대. 학생들은 모두 그곳으로 피신해서 다친 사람이 없다는데. 코우즈키 언니만 왜 예배당에…….”

나는 아무 말도 해줄 수 없었다. 내가 할 수 있는 일이라곤 문어대가리가 우릴 발견하고 잔소리를 하러 왔을 때 그를 노려보는 게 고작이었다. 학생이 선생님에게 반항하는 행위는 있어선 안 된다. 교직원 회의에 회부되어도 어쩔 수 없다. 다행히 그렇게까지 되지는 않았지만.

"시신이 또 한 구 있었대. 그런데 너무 타서 신원을 알 수 없다나봐."

다음 날부터 미와 사에다는 학교에 나오지 않았다. 몸 상태가 안 좋아서 결석한다고 보호자인 고모한테서 연락이 왔다.

며칠 뒤인 8월 5일. 나는 어머니와 여동생을 잃었다.

그날 어머니는 암거래 되는 쌀을 사러 외출하셨다. 하치오지 근처 농가에 물건이 있다는 소리를 듣고 마을 사람과 함께 신주쿠에서 나가노로 가는 만원 전차를 탔다. 나는 학교를 쉬고 여동생을 간호했다. 저녁 무렵 어머니가 사망했다는 소식을 들었다. 어머니가 탄 전차가 이노하나 터널 동쪽 입구 쪽에 다다랐을 때 미군전투기 P51의 기관총 공격을 받았다고 했다.

적기는 조종사의 얼굴을 알아볼 수 있을 정도로 저공비행하며 무차별적으로 기관총 세례를 퍼부었다. 열차의 천정은 찢겨 날아갔고, 어머니는 기관총에 머리를 맞았다.

나중에 오십여 명이 사망했고 중·경상자가 133명이라는 소리를 들었다.

몸이 많이 쇠약했던 여동생은 그날 밤 죽었다. 이웃 사람들이 모든 일을 도맡아 해주어 나는 그저 멍하니 있었다.

2~3일 후 문어대가리가 위로하러 왔다. 나더러 황국의 소녀로서 강하게 살아야한다고 지껄였다.

"내일부터 학교에 나와라. 친구들 모두 기다리고 있어."

대꾸할 기력조차 없었다. 죽어버리면 편하겠다고 생각하고 있었지만 그 말을 내뱉으면 귀찮게 이 말 저 말 할 거 같아 그냥 입을 다물고 있었다.

집에서 쉬고 있는데 미와 사에다가 찾아왔다.

"너는 몸 좀 나아진 거니?"라고 내가 도리어 물었을 만큼 미와 사에다의 몰골은 말이 아니었다.

"베-사마! 우리 집에 오지 않을래?"

미와 사에다가 진지한 표정으로 물었다.

"다행히 우리 집은 괜찮고 빈 방도 있어. 고모도 좋다고 했어."

마음이 도자기 겉면에 발라놓은 유약처럼 겉돌아 어떤 말도 이국의 언어처럼 마음에 스며들지 않고 미끄러져 버렸다. 하지만 미와 사에다의 말은 마음 깊은 곳에 와 닿았다. 가족을 잃었다는 점에서 그녀와 나는 동지다. 다른 점이라면 집이 있고 없고의 차이뿐이다. 또 하나, 우리 아버지가 전사했다는 통보를 아직은 받지 못했다는 것. 아버지는 아마 머지않아 고국으로 돌아올 것이다. 하지만 미와의 아버지는 돌아올 수 없다.

"불편하지 않겠어?"

나는 거의 무의식 상태에서 예의상 되물었다. 사실 지푸라기라도 잡고 싶은 심정이었다.

-살았다…… 아직 죽지 않아도 돼.-

배급 쌀은 한 되에 3전이었다. 하지만 농가에서 나오는 게 적어 콩깻묵이나 잡곡까지 주식으로 배급받았다. 그래도 양이 모자라 암거래 되는 쌀에 의존해야 하는 형편이었으나 그것은 한 되에 70엔이나 했다. 이천 수백 배. 단위가 다르다. 어머니가 고생고생해서 어떻게든 장만해왔었다. 내가 가면 미와 사에다의 고모가 그 짐을 떠안게 된다. 그런데도 나는 자꾸 생각지도 못했던 호의에 매달리고 싶었다.

"정말 괜찮겠어?"

내 부담을 덜어주려는 듯 미와 사에다가 대답했다.

"베-사마가 오면 우리도 좋아. 지금 상태라면 아마 나라에서 집을 잃은 사람들에게 방을 빌려주라고 할 거야. 모르는 사람들과 함께 살려면 불편하겠지만 나라에서 하라는데 무작정 안 한다고 할 수도 없고. 하지만 집이 불타버린 사람과 이미 같이 살고 있다고 하면 이유가 충분하잖아."

미와 사에다는 뻔한 의도로 하는 말이 겸연쩍은 듯 어깨를 움찔하며 배시시 미소를 지었다. 그리고 부드럽게 말했다.

"나도 고모랑 단 둘이 살아서 외로워. 베-사마와 함께라면 왠지 든든할 거 같아."

쌀 배급 장부랑 우선 입을 몇 가지 옷 이외에 갖고 갈 물건이 거의 없었다. 방공호에 있는 물건이라곤 불타버린 폐허에서 주운 잡동사니뿐이었으니까. 4학년부터는 공장 일만 해서 교과서나 학용품도 없었다. 여동생에게 그려줬던 팥빙수 그림 몇 장만 남아 있었다. 여동생은 그림을 몇 번이고 쳐다보면서 입맛을 다셨는데……. 감상적인 걸 별로 좋아하지 않지만 그림만은 버리기 싫었다. 그래서 위패와 같이 보자기에 챙겨 넣었다.

"아버지가 돌아오시면 이리로 연락하라고 전해주세요. 부탁합니다."

이웃 조장아저씨한테 미와 사에다의 집 주소를 적어드렸다.

불에 타지 않고 남아 있는 한 채의 집. 정원이 백 수십 평에서 이백 평쯤, 아니 그 이상 될 것 같은 넓고 멋진 이층집이다. 십 분 정도 걸어가면 불에 탄 들판이 나온다. 이 아이러니.

미와 사에다의 집은 웅장했다. 야채 가게인 우리 집과는 차원이 달랐다. 내가 다니는 도립 **여고 학생들은 아버지가 대개 장관급 군인이거나 대학교수, 의사, 유명 회사의 중역, 은행지점장 등 인텔리들이다. 장사를 해도 긴자에서 전통 있는 가게를 운영한다. 우리 집처럼 작은 소매상을 하는 경우는 극히 드물다. 우리 부모님은 초등학교, 중학교를 나왔을 뿐이다. 내가 입학시험을 치렀던 해에는 전시체제여서 그랬는지 학과 필기시험 없이 내신과 면접 그리고 체력장만 보았다. 덕분에 입학시험 공부를 따로 할 필요가 없었고 체력도 좋았기에 나는 쉽게 합격했다. **여고에 합격하는 건 모교의 명예라며 담임선생님이 내신 점수를 살짝 올려준 덕도 보앉다.

 부모의 직업을 특별히 화제로 삼지도 않았고 무시하는 일도 없었지만 자라온 환경이 다르다는 것은 대화를 하다보면 알 수 있다. 나의 대답이 초점을 벗어나 겉돌던 이유도 거기 있었을지 모른다. 집에 있는 레코드도 나니와부시(샤미센 반주에 맞춰 부르는 대중예술)와 유행가 그리고 야나기야 킨고로(柳家金語楼)의 군대 만담뿐이다. 하지만 축음기를 갖고 있다는 사실 만으로도 동네에서는 세련됐다는 소리를 들었다. 외국 합창곡은 ＊＊여고에 입학해서야 처음 들었다. '실례합니다'라거나 '안녕하십니까'처럼 반 아이들이 보통 사용하는 인사말조차 낯이 간지러워서 잘 쓰지 못했다. 바깥의 빛이 안까지 들어오지 않는 어두운 안쪽 복도로 안내 받으며 이런 점도 내가 아이들에게 '이분자의 이브'라고 불리게 된 하나의 이유가 아닐까하고 생각했다. 그나마 마음이 맞았던 해골의 집은 초등학교 앞에 있는 작은 문방구였다.

 나는 다다미 위에 이불을 깔고 잘 수 있어서 기뻤다.

 미와 사에다의 고모 유키코(雪子)는 츠다 영문학교 출신이라고 했지만 얌전빼거나 생색을 내지도 않았다. 가족을 모두 잃은 처지가 사에다와 같았기 때문인지 그녀는 전혀 모르는 사람인 나를 조카의 학교 친구라는 이유 하나 만으로 받아들였다. 나는 심부름을 하거나 힘 쓰는 일을 도와주어 그 은

혜에 보답할 생각이었다. 수돗물이 나오지 않아서 뒷마당에 있는 우물을 퍼 부엌에 있는 물 항아리를 채워야 했다. 나에게 이런 일쯤은 식은 죽 먹기다.

아래층에는 방 두 개와 거실, 세 평 남짓한 가사도우미 방이 있었다. 현관 옆으로는 문간방과 멀리 떨어진 다실, 그리고 멋진 서양식 응접실이 있었고 이층에는 세 평, 네 평짜리 방 두 개와 중후한 멋이 흐르는 서재와 드레스 룸이 있었다. 서류상으로는 집이 불탄 아베(阿部)에게 이층을 제공한다고 되어 있었다. 관청에서는 아마 두세 가족을 더 살게 할 것이다.

사에다는 이층에 세 평짜리 방을 쓰고 있었다. 나에게는 나란히 붙어 있는 네 평짜리 방을 사용하라고 해서 몸 둘 바를 몰랐다. 좁은 방을 써도 괜찮다고 사양했으나 고모는 책상과 책 등을 옮기는 게 귀찮다며 그냥 쓰라고 했다. 그 방은 남동생과 여동생이 쓰던 방이라고 들었지만 자취는 찾아볼 수 없었다. 소지품들을 모두 불태워버렸다고 말하며 유키코 고모는 눈시울을 붉혔다.

밤에는 내 방에 이불을 깔고 사에다와 함께 잤다. 유키코 고모는 아래층 객실에서 혼자 잠자리에 들었다.

미와 사에다 집으로 옮기고 사흘 뒤 갑자기 전쟁이 끝났다. 일본은 완전히 패하고 점령군이 들어왔다. 일시적으로 상황이 나빠도 십 년 십오 년 노력하면 신의 나라 일본이 이기리라 생각했었다. 그렇게 배웠으니까.

아버지는 돌아오지 않았고 소식도 듣지 못한 채 내 셋방살이는 계속되었다. 불에 탄 학교를 정리하는 작업도 중단되었다. 작년에는 여름방학을 반납하고 군수공장에서 일했다. 오랜만의 여름방학이었다.

'진주군'이라는 이름은 부드러운 느낌을 주려고 붙인 것이었지만 사실은 점령군이다. 쓸 만한 건물들은 점령군이 접수하여 이 곳 저 곳에 OFF LIMIT 표시가 붙었다. 〈일본인 출입금지〉라는 뜻이다. 많은 저택들이 미군 장교의 주택으로 사용되었다. 미국인들은 마루와 천정에 페인트를 칠하고 신발을 신은 채 방에 들어왔다. 예의라고는 몰랐다.

미와네 저택은 무사했다. 츠다 영문학교 출신인 유키코 고모는 에비스에 있는 점령군 캠프에서 통역 일을 했다. 호주군대가 상주하고 있었다. 뉴질랜드 병사도 있었는데 호주 군인들은 그들을 키위라고 부르며 바보 취급을 하는 모양이었다. 키위는 닭보다 약간 작은 뉴질랜드 특산 새라고 한다. 날개와 꼬리가 퇴화되어 걷는 모습이 우스꽝스럽다고 했다. 뉴질랜드나 호주 군인들은 사투리가 심하다며 유키코 고모가 웃었다. 투다이가 뭔가 했더니 투데이를 말하는 거란다. 선다이, 먼다이 이런다나 어쩐다나.

유키코 고모는 이따금씩 PX에서 깡통 통조림과 초콜릿을 가져왔다. 우리가 누릴 수 있는 최고의 사치였다. 정어리 통조림을 열 때나 허쉬 초콜릿 은박을 벗길 때 나는 반사적으로 폭격을 맞아 돌아가신 어머니와 영양실조로 죽은 여동생이 떠올라 목이 메곤 했다. 하지만 게걸스럽게 침이 흘러나오는 것은 어쩔 수 없었다.

사에다도 나도 죽은 가족에 대한 이야기는 하지 않았다. 어머니는 이랬다, 동생은 저랬다 같은 이야기는 수십 년 지난 후 아련한 추억으로 남았을 때나 가능할 것이다.

통조림과 초콜릿으로 보충을 해도 사에다의 건강상태는 생각처럼 좋아지지 않았다. 미열이 좀처럼 잡히지 않았고 자주 피곤해 했다.

통역 일을 쉬는 날 유키코 고모는 금실 무늬가 들어간 비단 기모노와 PX에서 가져온 통조림이나 초콜릿 등을 보자기에 싸거나 가방에 넣어 농가로 물건을 사러 갔다. 나도 따라가 도왔다. 돌아오는 짐에는 물물교환한 암거래 쌀과 감자 그리고 야채가 하나 가득이었다. 암거래는 위법행위여서 때때로 경찰에게 물건을 빼앗기기도 했다. 경찰의 눈을 피해 생필품을 나르는 일은 제법 스릴 있었다. 물론 가슴이 조마조마했지만 내가 도울 일이 있다는 데서 더부살이에 대한 미안함을 조금이나마 덜 수 있었다. 살아남은 사람은 어떻게든 살아가야 한다.

배급을 타러 가거나 식사준비를 돕는 것은 지금까지 늘 해오던 일이라 조금도 힘들지 않았지만 유키코 고모는 몹시 고마워했다.

9월 중순, 신학기가 시작되었다. 교실이 없는 우리 도립 **여학교 학생들은 폭격을 피한 기독교 학교인 **여학교 건물 일부를 빌리기로 했다. 두 학교 모두 재학생 수가 눈에 띄게 줄어 공간은 충분했다.

**여학교로 다니게 되자 사에다는 흥분했다. 미열이 가시지 않았는데도 사에다는 나와 같이 등교했다. 공습이 심해진 뒤부터 패전의 그날까지 **여학교 학생들은 방공복에 방공수건 그리고 주전자를 든 차림이었다. 그러다 드디어 세일러복을 입게 된 것이다. 사에다는 등교 전날 밤 스커트를 요 밑에 깔아 주름을 잡았다. 나는 방공복을 입어야 했다. 교복이 불타버렸기 때문이다. 사에다가 한 벌 더 있는 자신의 교복을 빌려주겠다고 했지만 입어보나 마나 맞지 않을 게 뻔해서 사양했다.

전차는 전쟁 중일 때보다 더 혼잡했다. 모두 좌석 위에 신발을 신고 올라갔다. 위에 달린 망으로 된 선반을 잡고 몸을 지탱했다. 좌석을 덮은 벨벳은 잘라가버려서 나무가 훤히 드러나 보였다. 벨벳은 패전 후 급격히 늘어난 길거리 구두닦이들이 구두를 닦을 때 사용했다. 긴자를 활보하는 미군들에게 헤이, 헤이, 헬로, 헬로 하며 말을 거는 구두닦이들 대부분은 공습 때 부모를 잃은 어린 고아들이었다. 유리가 깨진 창문에 나무판자를 끼워 넣어 전차 안은 어두웠다. 나는 어깨를 딱 펴고 몸에 힘을 주면서 왜소한 사에다가 짓눌리지 않도록 신경 썼다. 학교에 도착할 때쯤 사에다는 녹초가 되어버렸다.

**여학교 건물 외벽은 원래 하얀색이었으나 군데군데 칙칙한 미색으로 얼룩져 있었다.

개학식은 체육관에서 한다고 했다. 애초에 강당으로 쓰려고 지은 예배당이 불에 타버렸기 때문이다. 여학교 학생들의 식이 끝나고 2부제로 우리 도립 **여고 식이 진행된다.

나는 사에다를 부축하고 천천히 걷는 바람에 식에 늦었다. 교정엔 아무도 없었다.

경사면에 파서 만든 방공호 입구는 판자로 막혀 있었고, 동쪽과 서쪽의 비탈에는 돌계단이 하나씩 있었다. 학생들은 동쪽 계단만 이용할 수 있는 모양이다. 서쪽 계단에 '학생 출입 금지'라는 표찰을 붙이고, 그 뒤쪽으로 울타리를 둘러친 걸 보면.

호기심에 울타리 너머를 살펴보았다. 진흙탕이 펼쳐져 있었다.

"전엔 멋진 연못이었대."

어느새 사에다가 옆에 와 있었다.

"코우즈키 언니한테 들은 적이 있어."

공습으로 엉망이 되었나보다.

동쪽 돌계단을 오르자 서쪽 돌계단을 쓰지 못하게 한 이유를 짐작할 수 있었다.

위쪽 교정 일부에 밧줄을 쳐서 학생들의 출입을 금지하고 있었다. 그 건너에는 일용직 근로자로 보이는 사람들이 영차영차 고함을 지르며 땅을 다지고 있었다. 무너진 예배당 자리를 정리하고 있는 듯했다. 학생들의 통행이 금지된 돌계단은 인부들의 통로로 쓰였다.

인부들은 굵은 통나무로 터를 다지는 중이었다. 세 갈래로 끈을 묶은 통나무를 도르래에 연결해 들어 올렸다가 '쿵' 하고 내려놓았다. 통나무가 땅바닥에 떨어질 때마다 지축이 흔들렸다. 인부들은 교대로 끈을 잡아당겼다. 쉬고 있는 인부들은 길가에 앉아 노래를 불렀다.

허리에 찬 칼을 붙잡고 어디든 데려가 달라고 매달리네
같이 가는 것은 어렵지 않아도 여자는 태우지 않는 전차부대

사에다는 살짝 눈썹을 찌푸렸다. 태생이 귀한 여학생이 들

을 만한 내용의 노래가 아니었다.

　인부들은 남자만 있는 게 아니었다. 수건으로 머리를 감싸고 몸뻬바지를 입은 여자들도 섞여 있었다. 미와 사에다의 집에 머물 수 있는 행운이 없었더라면 나 역시 학교가 아닌 다른 곳에서 일용직 일을 하며 돈을 벌어야 했을지도 모른다.

여자를 태우지 않는 전차라면 곱게 기른 검은 머리 자르고
남장하고 따라갈게요, 어디까지라도

　품격 있는 기독교 학교와는 전혀 다른 이질적인 공간이 밧줄 하나 너머 저쪽에 있었다. 내게는 친숙한 공간이었으나 근로자들의 탁한 노래 소리를 처음 듣는 사에다는 얼어붙은 듯 그들을 뚫어지게 바라보았다.

　사에다가 이질적인 그들에게 시선을 빼앗겼다고 생각한 것은 나의 착각이었다. 사에다가 신음하듯 입을 열었을 때 나는 그 사실을 깨달았다.

"저기에……."

"코우즈키 언니가 묻혀 있었어."

　미와 사에다는 내 손을 꽉 잡았다.

"저기, 이상하지 않아? 아래 방공호 봤지? 재학생 수가 줄었는데 늦었다고 못 들어갈 리도 없고. 코우즈키 언니만 예배

당에……."

"코우즈키 언니 동급생한테 물어보면 사정을 알 수 있지 않을까?"

"전문부 동급생들은 이제 아무도 없어. 코우즈키 언니네 학년은 올 3월에 졸업했는데 비상시라서 공장에서 일한 거잖아. 이제 공장 일이 없어졌으니까 모두 집으로 돌아갔을 거야."

걸쭉한 노래 소리가 이어졌다.

군대라는 거 너무 싫지 않아요?
쇠 그릇에 대나무 젓가락,
부처도 아니면서 한 공기의 밥은 너무 하잖아

패전 전이라면 당장 헌병한테 끌려갔을 가사다.

모두 안 들리는 듯 딴청을 한다. 나 역시도.

"코우즈키 언니가 공습 중에 예배당에서 누군가 만나고 있었나……."

"혹시 하급생 중에 사정을 아는 사람이 있지 않을까?"

내가 물었다. 그때 "거기, 조용히 해" 하고 문어대가리가 소리를 질렀다.

"줄 똑바로 서."

**여고 학생들이 체육관 옆에 줄을 선 채 식이 시작하기

를 기다리고 있었다. 사에다와 나는 살그머니 맨 뒤로 갔다.

입구가 활짝 열리자 여학교 학생들이 열을 지어 나갔다.

공장에서 알게 된 아이들도 몇 명 눈에 띄었다. 그 중 한 학생을 사에다가 물끄러미 쳐다보았다. 공장에서 일할 때는 하나같이 가슴에 명찰을 붙이고 있었는데 지금은 모두 떼어버렸다. **여학교 학생들 이름을 일일이 기억하지는 못하지만 그 학생만은 별명과 이름이 또렷이 생각났다.

시다라 쿠니코(設楽久仁子). 동급생들은 그 애를 디릭녀라고 불렀다. 타락녀. 멋지고 품격 있는 학생들만 다니는 기독교 학교에서 보기 드물게 방정하지 못하다고 평이 난 학생이었다.

시다라 쿠니코와 사에다의 눈길이 마주쳤다. 시다라 쿠니코는 시선을 피했다.

사에다가 다가가 말을 걸었다.

"할 말이 있어……. 코우즈키 언니 일로."

"난 아무 것도 몰라."

"거꾸로 선 탑……."

사에다가 입을 여는 순간 학생들 건너편에서 "미와!" 하고 부르는 소리가 날아들었다. 이번에도 문어대가리였다.

"태도가 안 좋다, 미와! 줄을 흐트러뜨리지 마."

"내일부터 여기 매일 오니까 이야기는 언제라도 할 수 있어."

내가 사에다를 달랬다.

체육관 안에는 나무 의자들이 줄지어 놓여 있었다. 교장선생님은 이제부터 재건을 위해 젊은이들이 함께 노력해야 한다고 역설했다. 힘을 모아 '전후 민주주의'를 수호하자면서.

'전후 민주주의'가 도대체 뭐지?

나는 문어대가리의 왼쪽 가슴에 당당하게 붙어 있는 '나는 공산당원입니다'는 표찰을 바라보았다. 또 한 사람, 국어를 가르치는 여선생님도 같은 표찰을 붙이고 있었다.

작년—아직 수업이 진행되던 3학년 1학기—수업 중에 '천황의 부름만 있으면 물불을 가리지 않고 이 한 몸 불사른다'라는 만엽집에 있는 노래를 예로 들며 애국충정을 고무하던 선생님이었다.

전쟁 전부터 불법단체 취급을 받아온 공산당은 패전 이후 드러내놓고 운신의 폭을 넓혔다. 연합군과 싸운 일본은 극악무도한 범죄국으로 전락했지만, 공산당원들은 전쟁 중에 탄압을 받았다는 사실 때문에 영웅 취급을 받았다.

문어대가리와 국어 선생님의 가슴에 붙어 있는 표찰은 내게 맹렬한 증오심을 불러일으켰다. 그 전부터 당원이었으면서 전쟁 중에는 가면을 쓰고 있었다는 말인지, 아니면 패전과 더불어 공산당의 세력이 급격히 커지자 입당을 했다는 말인지.

'당신, 예전에 우리에게 뭐라고 소리치며 화를 냈는지 기억합니까?'라고 묻고 싶었다. **여고 학생에게는 결코 있을 수 없는 일이지만.

나는 집으로 가는 전차 안에서 내가 남자였다면 문어대가리를 흠씬 두들겨 패줬을 거라며 열을 올렸지만 사에다는 무심한 얼굴이었다.

유키코 고모는 일하러 나가고 없었다. 열여섯 살짜리 여자아이 둘이 살기에 미와의 집은 너무 컸다. 마음이 가라앉자 나는 약간 불안해졌다. 선생님들의 태도가 180도 돌변한 것이다.

혼을 빼앗긴 기분이다.

사에다는 거실에서 방석을 접어 베고 누워 있었다.

"어디 아프니?"

"아니, 조금 피곤해서. 보기 안 좋지!"

"전차가 너무 복잡해서 그래."

탁자 위 작은 접시에 키세스 초콜릿 두 개가 보석처럼 놓여 있었다. 우리의 간식이다. 한 개를 집어 조심스럽게 은박지를 벗긴 다음 사에다 입에 대주었다. 사에다가 입을 벌렸다. 혓바닥 위에 초콜릿을 놓아주고 나머지 하나를 내 입에 넣었다. 눈물이 쏟아질 것 같은 달콤함이라니. 나는 천천히 그 맛을 음미하면서 은박지에 손가락 끝을 대고 문질렀다. 자잘한 주름이 펴지면서 은박지 표면이 매끄러워졌다.

벌써 한 시가 넘었다. 개학식을 늦게 시작한 탓이다. 나는 부엌에 있는 흙 난로에 불을 붙이고 배급 받은 밀가루로 수제비를 떴다. 정원 구석에 심은 부추를 따 얹은 다음 한소끔 끓여 거실로 갖고 왔다.

"베-사마는 몸집이 커서 내 두 배는 먹어야 견딜 수 있을 텐데."

사에다가 웃으며 자기 몫의 반을 내게 덜어주었다.

"입맛이 없어?"

"난 체격이 작아서 별로 연료가 필요 없어."

사에다는 고개를 끄덕이며 농담을 했다.

"빨리 열이 내려야 되는데."

동생처럼 안 됐으면 좋으련만. 이마에 손을 짚으려 하자 사에다가 괜찮다며 몸을 뺐다. 빈 그릇을 부엌으로 가져가려는 사에다를 붙잡았다.

"설거지는 연료를 많이 먹은 내가 할 테니, 조금 먹은 사람은 조금만 움직이기."

설거지를 하고 있는데 사에다가 등 뒤에서 불렀다.

"베-사마가 읽었으면 하는 게 하나 있어."

"그래? 나도 사짱이 권하는 책을 읽고 싶었던 참이야."

유키코 고모처럼 나도 사에다를 사짱이라 부르기로 했다.

"이제는 무엇이 옳고 무엇이 그른지 잘 모르겠어. 머리가 나빠서……"

아버지가 전쟁터에서 돌아오시면 고국 사람들이 급변한 걸 보고 몹시 당황할 것이다. 목숨을 걸고 싸운 병사는 흉악한 살인자인 양 악의 화신이 되어버렸다. 전장에서 손발을 잃거나 실명한 병사는 군에서 제공하는 하얀 가운을 입고 백의의 용사로 찬양받았지만, 지금은 거리에서 하얀 가운을 입은 채 구걸하는 처지에 놓였다. 오가는 행인들도 냉정하게 눈길을 돌린다.

"사짱은 책을 많이 읽었잖아. 그러니 무슨 책을 읽어야 좋은지 가르쳐줄 수 있지?"

"아니야."

사에다가 말을 가로챘다.

"베-사마, 미안하지만 내 책상 맨 아래 서랍에서 책 좀 꺼내다줄래?"

인조 가죽 표지 위에 공작 모양이 그려진 것으로 내용은 손글씨로 써 있다고 했다.

설거지를 끝내고 나는 이층으로 올라갔다. 사에다의 서랍을 열고 잠시 멈칫한 것은 책 표지에 공작 그림이 있을 거라고 생각했던 탓이다. 하지만 공작 깃털 무늬를 도안한 것 같은 모양이었다. 그 이외에는 비슷한 게 없었다.

안을 열어 보니 직접 쓴 글들이 있었다. 틀림없다. 제목도 저자 이름도 없었다. 사에다의 일기인가? 하지만 얼핏 봐도 앞의 것과 뒷부분의 필체가 달랐다. 함부로 읽을 수도 없는 노릇이고……

사에다의 이부자리를 깔아놓고 아래층 거실로 내려왔다. 피곤에 지친 듯 쓰러져 있던 사에다가 몸을 반쯤 일으켜 책을 받아들었다. 그리고 펼쳐진 다음 페이지를 넘겨서 내게 보여주었다.

덩굴장미 무늬로 장식된 틀 안에 제목이 쓰여 있었다.

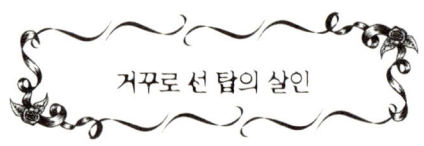

자세히 보니 무늬도 제목도 모두 손으로 직접 쓴 것이었다.

"읽어 봐!"

사에다가 말했다.

책장을 넘기다 나도 모르게 인상을 찌푸렸다.

"알아보기가 어렵네. 대체 누가 썼는데? 사짱은 아니지?"

사에다 글씨는 정자체라서 읽기가 쉽다.

"타락녀야."

사에다가 말했다.

"처음 부분은. 그 다음은 코우즈키 언니! 그리고 그 다음은 나!"

뒷부분은 분명히 사에다의 글씨였다.

"코우즈키 언니와 친하다는 이야기는 들었지만 타락녀라는 애와도 친했어?"

"그런 건 아니야. 설명하기 복잡하니까 일단 읽어봐."

"알았어."

"코우즈키 언니가 죽었다는 사실을 난 도저히 납득할 수 없어. 베-사마가 읽어보고 감상을 말해줘. 나보다 생각이 훨씬 어른스럽고 깊으니까."

"에엣!"

나도 모르게 이상한 소리가 터져 나왔다.

"내가 어른스럽다고?"

"나처럼 어리광쟁이는 아니잖아."

사에다는 자신을 웬만큼 자각하고 있는 듯했다.

같이 지내보니 사에다는 어리광을 부려도 되는 상대에게는 제 멋대로 구는 경향이 있었다. 나를 대할 때가 그렇다. 하지만 나는 도리어 그게 편했다. 아무래도 나는 얹혀사는 신세이고, 사에다는 공주처럼 곱게 자란 애라 어리광을 부려도 불쾌하지 않았다.

"이부자리 깔아 놨으니까 위에 올라가서 쉬렴."

"여기 누워 있어도 되는데."

"난 이걸 읽으면서 쌀을 찧어야 해."

부엌에서 절구와 홍두깨를 가지고 나오며 말했다. 절구 안에는 배급 받은 쌀이 들어 있다. 밀거래 쌀은 백미지만 배급 쌀은 도정하지 않은 현미다. 압력 밥솥이 없기 때문에 7할 정도 껍질을 벗기지 않으면 밥알이 딱딱하고 흩어져서 먹을 수가 없다.

"옆에서 이걸 찧으면 시끄럽잖아. 누가 올 수도 있고."

"알았어. 그럼 이층에 가서 잘게."

사에다가 이층으로 올라갔다. 나는 가부좌를 틀고 앉았다. 무릎 사이에 절구를 끼고 쿵쿵 리듬에 맞춰 현미를 빻으며 책상 위에 펼쳐 놓은 책을 보았다. 유키코 고모가 있을 때는 이런 얌전치 못한 자세는 하지 않는다.

타락녀가 썼다는 첫 부분은 무지무지한 악필이어서 읽는 것 자체가 힘들었다. 시간도 많이 걸렸다.

수기_1

학급 애들 사이에서 유행하는 것을 먼저 적는다.

처음 안 것은 아침 예배시간이었다.

신부이기도 한 교감이 "우리 하나의 나라를 무엇에 견줄까, 어떠한 비유를 들어도 설명할 수 없다. 하나의 작은 밀알처럼 땅에 뿌릴 때는……"이라며 마르코 복음인가 뭔가 하는 것을 읽고 있을 때 옆 자리에 앉은 T**가 K**상에게 돌리라며 노트를 건네주었다.

못 들은 척 하자 T**가 내 무릎에 노트를 올려놓으려 했다. 내가 제지하자 노트가 발 위로 떨어졌다. 희미하게 소리가 났지만 교감은 못들은 모양이었다.

떨어지면서 노트가 펼쳐졌다.

앞에 있는 긴 의자 뒤에는 뒷사람이 성서와 찬송가를 올려놓을 수 있는 좁고 기다란 판이 붙어 있다. 그래서 앞뒤 공간이 매우 협소하다.

T**가 손을 뻗으려는 찰나, 나는 민첩하게 발등을 차올려 노트를 집어 들고서 무릎 위에 놓았다. 품행이 바르고 정숙하기로 소문난 교풍에 걸맞지 않는 행동이었다. 남자아이 기질이 있는 상급생이 그랬다면 '멋있다!'며 하급생들이 감탄했겠지만 내가 그러면 천박하다고 빈축만 살 일이다.

펜으로 몇 줄인가 쓰여 있었다. 눈길만 아래로 준 채 재빨리 읽어 내려갔다.

'보이지 않았다. 그녀에게 무슨 일이 일어났을까? (계속)'라고 되어 있고

'다음은 K**상, 부탁해'라는 글은 연필로 쓰여 있었다. 그 다음은 빈 공간이었다.

교감이 작은 소란을 눈치 채기 전에 노트는 간신히 K**의 손으로 넘어갔다.

'심술쟁이'

T**는 내 귀에 대고 속삭이더니 다시 성서로 눈길을 돌려 버렸다.

예배당 입구에 서 있는 낯선 남자 때문에 신부님은 설교하

는 게 껄끄러운 모양이다. 남자는 인상이 험악했다. 헌병처럼 보인다.

전쟁이 대륙에서만 진행될 무렵엔 본토가 평화로웠다. 하지만 남쪽 바다에서 시작된 연합군과의 전쟁으로 상황이 급변했다. 처음엔 연전연승이었으나 올해 들어 점차 전황이 안 좋게 돌아갔다. 더불어 우리 학교에 대한 군부의 감시도 심해졌다. 우리 학교는 메이지시대 중엽에 유럽의 수도회를 모체로 설립된 기독교 학교다. 캐나다에도 자매 학교가 있다. 이제 캐나다는 적국이 되었다. 외국인 수녀와 선생님들은 국제 정세가 악화된 작년에 모두 자국으로 철수했다. 내가 입학하기 전의 일이다. 머지않아 예배가 금지될지 모른다는 소문까지 나돌았다.

나는 솔직히 예배 시간이 싫다. 선생님도 학생도 모두 위선자의 얼굴을 하는 시간이니까. 인상 사나운 헌병이 차라리 자신의 마음에 충실한 게 아닌가라는 생각이 들 정도다. '현모양처'라는 말처럼 '하나님의 어린 양'도 거짓말이다.

프랑스의 고대 수도원을 일부 모방했다고 하는 여학교 건물은 마음에 든다. 진짜 수도원을 본 적이 없어서 어느 정도 비슷한지는 잘 모르겠다. 하지만 예배당과 본관이 떨어져 있는 것은 실제 양식과 다르다고 한다. 교실이 있는 서양식 본관도 떨어져 지은 높은 종루가 있는 예배당도 제대로 된 양식은 아닌 것 같다.

종루는 고성의 탑처럼 우뚝 솟아 있다. 예배당에 붙은 건물을 보면 유서 깊은 수도원이 떠오른다. 아주 오래된 유럽 영화와 소설밖에 모르는 여학생들에게는 이런 모습이 아련한 동경의 대상이다. 외국인 선생님들이 사용하는 교사관 앞마당에 핀 덩굴장미도 여학생들의 동경을 유발하는 요소다.

예배당 벽의 두께는 1미터 20~30센티미터 정도 된다. 그것을 이용한 감실에는 마리아 상이 장식되어 있고, 창문을 사이에 두고 양쪽 벽을 등받이 대신으로 한 긴 의자가 만들어져 있는 것도 유럽의 고성을 흉내 낸 듯하다. 스테인드글라스는 빛이 비출 때마다 장엄한 만화경을 연상시킨다.

어릴 적, 처음으로 만화경을 보았을 때의 경이로움이 떠오른다. 신비한 구조를 알고 싶어서 통을 깨보았지만 막상 별게 없었다. 수은을 발라 거울로 만든 세 장의 유리판과 빨갛고 파란 작은 셀룰로이드 조각 몇 개가 전부였다. 좀 싱거웠다. 하지만 내가 만약 돈을 많이 모은다면 보석이나 금은 세공품보다는 만화경을 수집할 것이다.

책에서 읽었는데, 서양에는 만화경처럼 아름다운 음을 만드는 장치인 '카레이드폰'이라는 것이 있는 듯하다. 만화향萬華響이라고 번역하면 되는 건지는 모르겠지만 백 년도 넘은 오래된 발명품이라고 한다. 은도금한 작은 유리구슬 끝에 피아노 선 같이 가늘고 강력한 금속을 수직으로 세운다. 그것을 가죽을 씌운 망치로 때리면 소리굽쇠 같은 소리가 난다. 진동하는 금속에 반사된 빛이 날렵하게 미끄러져 나온 잔상작용으로 은부채가 번쩍이며 파도치는 듯하다. 강약을 조절하며 몇 군데 튕기면 은빛 광채는 현란한 곡선 모양을 그려낸다. 일본에는 들어와 있지 않고 서양에서도 이미 사라진 것 같다.

교향악에 반응하여 소리와 함께 다양한 빛을 발산하는 장치가 있다면 얼마나 환상적일까. 내가 모를 뿐 이미 어딘가에 그런 것이 있을지도 모른다.

건물의 매력은 엄격한 교풍에 얽매여 생활하는 동안 탈색된다. 하지만 '현모양처'라고 붓글씨로 쓴 현판을 강당 벽에 걸어 놓은 근처 도립여고에 비하면 교풍은 자유롭다고 할 수 있다.

초등학교 때 **여학교의 운동회가 멋있다는 소리를 들은 적이 있다. 낮에는 보통 운동회와 다를 바 없지만 끝나고 나면 중등부 4학년, 5학년과 전문부 학생들이 저녁 8시까지 캠프파이어를 한다고 했다. 불을 지피고 노래와 춤을 춘다는 것이다. 그러나 작년—내가 여학교에 들어간 쇼와17년(1943년)—4월 첫 공습 이후, 캠프파이어는 금지되었다. 폭격을 받은 곳은 오오모리와 카마타였는데 말이다. 전차 정거장으로 가는 도중 경보가 울렸고, 적기의 선발대인 듯한 비행기가 태양에 반사된 은빛 섬광을 비추며 하얀 연기를 동반한 고사포를 난사했다.

작년 크리스마스에도 특별 미사를 보았다. 외부 초등학교에서 입시를 치르고 중등부 1년생이 된 학생들은 로맨틱한 촛불 잔치에 눈이 휘둥그레졌다. 나 역시 그 중의 하나였다. 초등부부터 올라온 학생들에게는 그다지 흥미를 유발하는 행사가 아니었지만. 조명을 끈 예배당에 불붙인 촛불을 든 학생들—초등학생에서 중등부, 전문부에 이르는 학생들로 기독교 신자인 아이들—이 줄을 지어 들어와 의자 사이 통로를 지나 나란히 무대 위에 섰다.

기독교 학교라고는 해도 신자는 극히 일부다.

중등부의 경우 사립 중에서 품격이 높다는 이유로 부모들이 선호하는 학교였다. 또 부립府立학교를 쳤다가 떨어져서 이곳으로 오는 아이들도 많다. 그러니까 종교에는 그다지 관심 없는 아이들이 대부분이다. 나는 후자에 속한다. 시험 치를 학교는 부모가 정했다. 나는 학교의 특성과 평판에 대해서도 전혀 아는 게 없었다. 부립은 떨어졌다. 도쿄부府가 올 7월 도쿄도都로 되는 바람에 부립도 도립으로 이름이 바뀌었다.

기독교 학교에 들어와 오히려 기독교에 대한 반감을 갖게 되었다.

그렇지만 크리스마스 미사의 하이라이트인 촛불 행렬과 파이프오르간 연주는 야릇한 감정을 불러일으켰다. 눈에 보이는 일상과는 다른 별세계가 존재하는 것 같았다. 성서 속 예수의 말씀과는 아무런 관계가 없는 행사. 나중에야 이국적인 분위기에 홀렸다는 생각이 들긴 했지만⋯⋯.

그런 감각이 사라진 것은 신자가 아닌 학생들이 자리에서 일어나 다 같이 찬송가를 부르기 시작할 때였다.

좋아하는 곡과 싫어하는 곡이 있고, 느낌이 좋은 곡과 관심 없는 곡이 있는 것처럼 찬송가에도 선율이 맘에 드는 것과 맘에 들지 않는 것이 있다.

「아, 들판 저 너머로 석양이 물들고」와 「아, 베들레헴! 작은 마을」처럼 어느 정도 감정을 자극하는 선율도 있었지만 가사들은 대체로 마음에 들지 않았다. 위선적인 가사에 도취한 듯 열심히 따라 부르는 학생들의 표정도 내게는 무척이나 낯설었다.

크리스마스 미사의 피날레는 간단한 무언극이었다. 마구간에 강림한 그리스도, 동방 박사 세 사람. 구립 초등학교 학예회에서 해본 적이 있지만 나는 전혀 재미를 느끼지 못했다. 도스토옙스키가 『카라마조프의 형제』에서 신에게 호소한 고통에 아무런 대답도 주지 못했던 시시한 그림에 지나지 않을 뿐이다.

전쟁은 끝날 것 같지 않다. 어쩌면 올해는 크리스마스 미사를 하지 못할 것 같다.

아침 미사가 끝나고 교실에 돌아올 때 K**에게 아까 노트가 뭐냐고 물었다.

순간 K**의 얼굴이 벌게졌다. 우물쭈물하면서 눈을 이리저리 굴렸다. T**를 찾고 있는 게 분명했다. T**의 허락 없이는 아무 것도 못하는 얼간이다.

"설마 소설은 아니겠지."

네 따위가 어떻게 소설을 쓰겠냐는 뜻이었다.

"소설?"

K**가 정색을 했다.

내가 항상 자기를 바보 취급한다는 걸 K**는 감 잡고 있다.

"모두 같이 쓴 거야."

"모두라니?"

"T**상하고……."

사이좋은 멤버 몇 명을 말했다.

"순서대로 조금씩 써서 돌리는 거야."

나는 가소롭다는 미소를 머금고 이야기를 끝냈다.

K**가 앞쪽에 있는 T**를 발견하고 달려가 나를 손가락으로 가리켰다.

나중에서야 사이가 좋은 몇몇이 노트를 돌리며 소설을 쓰고 있다는 사실을 알았다. 유행이었다. 하지만 나는 그 누구한테서도 권유를 받지 못했다.

휴식시간에 돌렸으면 좋았을 텐데 일부러 미사시간에 나를 매개로 한 것은 T**의 심술이 개입된 게 아닐까 하는 의심이 들었다. 너는 외톨이라는 무언의 암시를 하기 위해서.

T**와 K**는 여학교 초등부 때부터 동창이다. 구립 초등학교에서 입시를 치르고 중등부에 들어온 나는 여학교 초등부에서 올라온 아이들과 쉽게 친해지지 못했다.

구립을 다니다 **여학교 중등부에 들어온 학생들은 처음엔 속마음을 알 수 없었지만 어느 사인가 몇 개 그룹으로 나뉘어 친구가 되었다. 통학 길에 마음에 맞는 친구들끼리 무리를 지었다. 대개는 리더십이 있는 학생을 중심으로 몇 사람이 뭉쳤다. 나는 그 어느 그룹에도 끼지 못했다. 고아한 척 하느라고 그런 것이 아니다. 싫고 좋음이 극단적으로 강해 질투심이 컸기 때문이다. 마음을 연 한 사람만 깊게—상대가 귀찮아할 정도로 깊이—사귀고 싶지만 그럴 수 있는 상대가 우리 반에는 없다.

이게 아니다. 이런 한심한 자기분석적인 글을 쓸 생각은 없었다.

'여러 명이 써내려 가는 소설'에 구미가 당겼다. 일상의 일을 기록한 일기보다 허구의 세계를 써내려간 소설 쪽이 쓰는 사람의 진실을 더 잘 반영하지는 않을까. T**는 어떤 이야기를 썼을까, K**가 어떻게 이어갈까, 하는 것은 아무래도 좋았다. 보통 때 언행으로 짐작하건대 재미있는 내용을 쓸 것 같지도 않다. 기껏해야 일기에서 발전한 정도일 것이다. 아니면 어느 정도 교칙 위반은 되겠지만 대담하게 선생님에게 애정을 고백해서 기분이 명쾌해졌다고 하는 철없는 이야기 정도.

나도 몇 사람이랑 같이 해보고 싶다.

그런 생각이 든 것은 한 권의 책—노트라고 해야 되나—을 손에 넣고 나서다.

즉, 내가 지금 우리 집 공부방에서 쓰고 있는 이 책—혹은 노트—이다.

학교 도서관에서 발견한 책이다. 우리 도서관은 보고 싶은 책을 마음대로 선택해서 빌릴 수 있는 개가식이다. 희귀본은 별도지만. 그래서 나는 쉬는 시간을 대개 도서관에서 보낸다. 기독교 관계 서적들이 많고 문학전집과 화집 몇 종류도 진열되어 있다. 때때로 음악실에서 피아노 소리와 합창소리가 들린다. 창문을 닫고 있어도 소리가 들리기는 하나 벽을 통해 들어와서인지 독서에 방해가 될 정도는 아니다. 훌륭한 연주는 오히려 기분을 좋게 한다. 하지만 피아노 소리는 어딘지 모르게 가슴을 아프게 한다.

책꽂이 한 쪽, 눈에 띄지 않는 곳에 라벨도 붙어 있지 않은 책 한 권을 발견한 것은 한 달 전쯤인 2학년 새 학기가 시작되고 얼마 후였다. 사서가 라벨 붙이는 일을 잊었거나 아니면 누군가의 개인 물품이 섞여 들어갔을 것이라고 생각하며 무심히 책을 뽑았다. 인조 가죽 위에 공작의 깃털 무늬를 마블처럼 도안한 종이가 붙은 표지. 거기엔 제목이 없었다. 저자 이름도 없다.

이상하다고 생각하며 페이지를 열어보니 아르누보 풍의 덩굴장미 모양으로 장식된 틀 안에 제목이 있었다.

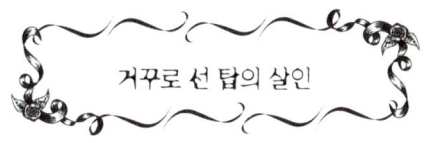

거꾸로 선 탑의 살인

저자 이름은 없다.

탐정소설일까. 그렇지 않으면 범죄소설? 어느 쪽이 되었건 학교에서는—집에서도—금단의 책이다. 오빠의 장서에는 가보리오의 『르코크 탐정』, 도일의 셜록 홈스 또는 가스통 르루의 『노란 방의 비밀』과 콜린스의 『월장석』 등 세계 범죄소설들도 있어서 전부 몰래 읽어보았다. 탐정소설이나 범죄소설 말고 통속소설 역시 집에서나 학교에서 모두 금지되어 있다.

내용을 한눈에 알 수 있는 권선징악으로 끝나는 오락 통속

소설보다 도서관 서가에 당당히 꽂혀 있는 도스토옙스키나 스트린드베리, 슈니츨러, 졸라, 지드 등의 세계문학 쪽이 훨씬 강렬한 독을 품고 있다는 사실을 선생님들은 모른다.

『백치』의 므이슈킨 공작은 성적 불능자이고, 스트린드베리의 인간불신이나 다른 사람—여기서는 여자—에 대한 악의는 철저하며, 지드는 동성애자를 묘사했다. 아마도 선량한 선생님들은 『전원 교향곡』 같은 일편단심의 사랑에 눈멀어 『배덕자背德者』에게까지 눈길을 줄 여유가 없었을 것이다.

열두 살도 안 된 내가 불미스러운 행위로 태어난 사생아도 존재한다는 사실을 알게 된 것도 호손의 『주홍글씨』를 통해서다.

이런저런 생각을 하면서 다음 페이지를 펼쳤다. 페이지가 뒤죽박죽인 줄 알고 뒤적여봤더니 모두 백지였다. 마지막까지 글자는 하나도 없었다. 마지막 페이지에 찍는 학교의 직인도 없고 대출 카드를 넣는 주머니도 없었다.

겉으로만 보면 노트가 아니라 표지가 두꺼운 훌륭한 책이다. 교내 문구점에서는 이런 종류의 노트를 팔지 않는다.

제목을 다시 보았다. 글자도, 그것을 장식하고 있는 섬세한 디자인도 인쇄가 아니라 블루 톤의 검정색 잉크로 쓴 것이라는 사실을 확인할 수 있었다.

안이 비어 있는 책에 매료되었다. 아무 것도 쓰여 있지 않으니 이 책에는 수많은 비밀이 들어가 있을 것이다. 그렇게 생각했다. 이대로 내가 갖는다면 훔친 것이 될까. 라벨도 없고 장서직인도 찍혀 있지 않은 걸로 보아 학교에서 대출용으로 준비한 책은 아니다. 몰래 갖고 나가도 규칙 위반이 안 될 것이다.

사서에게 알리면 주인을 찾아준다며 가져갈지도 모른다.

직원은 젊은 여자였지만 말수도 적고 무뚝뚝해서—마치 나처럼—말을 붙여볼 엄두가 나지 않았다. 왼쪽 손가락 움직임이 부자연스럽다.

이름도 잘 모른다. 누군가 그녀를 시즈쿠씨라고 부르는 소리를 들은 적이 있다. 雫(시즈쿠 : 물방울)라는 별난 성씨인 걸까, 아니면 물방울처럼 덧없다는 의미의 별명일까. 시즈쿠!라는 이름을 반추하는데 웬일인지 정원의 어둠침침한 구석이 떠올랐다. 이끼로 푸르스름해진 세숫대야에 물방울이 뚝뚝 떨어지고 있다. 처마에 매달아 놓은 법랑 물 받침대에서 떨어지는 것이다. 우리 집 풍경이 아니다. 우리 집에서는 수도에서 직접 물을 받아쓰기 때문에 그런 것이 필요 없다. 초등학교 때 친구 집에서 본 것 같다.

사서는 차 마시는 것을 즐기는 듯했다. 접수대 뒤편에 사무용 방이 있다. 그 방에는 수도가 설치되어 있고 사서는 전기 주전자로 물을 끓인다. 재스민 향이 나는 차를 하얀 찻잔에 따른다. 말리꽃이라고도 부르는 이 향기 좋은 꽃은 우리나라에선 재배되지 않는다. 고가의 외제품이다. 가끔 우리에게 시선을 돌릴 때도 있다. 역시 음침한 얼굴이다.

〈거꾸로 선 탑의 살인〉이라는 타이틀 이외엔 아무 것도 쓰여 있지 않은 백지뿐인 책을 슬쩍 가방에 넣고 집으로 돌아왔다.

왜 야릇한 타이틀만 있고 글자는 하나도 없을까?

소설을 돌리며 써내려 가는 노트의 유행. 그 사실을 알았을 때 나는 신의 계시와도 같이 〈거꾸로 선 탑의 살인〉이라고 쓰인 이 책의 최초 저자의 의도를 알았다. 책처럼 보이는 이 노트를 문방구에서 산 사람은 아마도 소설을 쓰려고 했을 것이다.

떠오른 타이틀을 쓴 것까지는 좋았는데 그 다음을 이어나갈 수 없었다. 누군가 계속 써 줄 것을 기대하며 도서관 서가에 비밀리에 갖다놓은 것이다.

이 학교 학생임이 틀림없다. 초등학생일 리는 없고 나와 같은 중등부거나 어쩌면 전문부의 한 사람일지도 모른다. 한 학년만 차이가 나도 상당히 어른스러워 보이는데 만일 전문부라면 하늘과 같은 존재다.

아니면 젊은 여선생님 중 한 사람일지도 모른다. 영어를 가르치는 요시다 선생님, 음악의 쿠제 선생님, 가정을 가르치는 아야베 선생님. 엄격한 중년이나 초로의 선생님들은 이 책과

무관할 것이다. 탐정소설을 싫어하고 더군다나 살인이라는 단어조차 끔찍하다고 생각하는 사람들이다. 수녀들도 소설과는 관계가 없을 것이다.

나는 조금 감상적으로도 생각해보았다. 원래 책 주인은 병에 걸렸다. 아마도 폐병일 것이다. 순정소설의 주인공이 걸리는 병은 으레 폐병이니까. 대장염 같은 건 감상적이지 못하다. 휴학하는 사이 소설을 쓰려고 했지만 타이틀만 써놓고 진전 없이 하늘나라로 갔다. 유언을 들은 학급 친구가 도서관에…… 바보 같다는 생각이 들어 그 이상 생각하는 건 그만두기로 했다.

〈거꾸로 선 탑의 살인〉이라는 타이틀을 생각해낸 사람은 **여학교에 전해지는 괴이한 소문을 연상했을지도 모른다. 초등학교부터 진학한 학생들은 모두 알고 있는 이야기다. 외부에서 온 학생들도 초등학교부터 쭉 올라온 친한 아이가 있다면 한번쯤 들었을지도 모른다.

"이 학교 어딘가에 무서운 교실이 있어. 무심코 그 교실에 들어간 학생은 거꾸로 매달려 죽어."

"아니야!"

초등학교 때부터 이 학교를 다닌 다른 학생이 가로 막았다.

"교실이 거꾸로 서. 천정이 바닥이 되고 바닥이 천정이 된다고. 그곳에 갇히면 정신이 돌아버려 자살하는 거래."

"어느 교실?"

"그걸 모르니까 무섭지. 물리실일지도 모르고 생물실일지도 몰라."

"하지만 물리실이나 생물실은 요즘도 사용하고 있잖아."

외부에서 온 학생의 말이다.

"항상 그런 게 아니라 어느 순간 갑자기!"

실제로 자살자가 나왔냐고 물으면 누구도 구체적인 사례를 들지 못했다. 옛날에 몇 차례 그랬다는 애매한 이야기뿐이다.

"외국에서 온 선생님이 자살했다는 소리 들었는데."

이렇게 말하는 학생도 있었다.

"그래 맞아! 교사관이랬어. 무서운 교실이 있는 곳 말야."

다른 학생 하나가 넌지시 가세했다. 서양과의 관계가 악화되기 전까지는 프랑스인, 영국인, 캐나다인 등 외국 선생님이 항상 한 둘은 부임해 왔다. 그들이 묶는 교사관은 예배당과 벽을 사이에 두고 있다. 태평양에서 전쟁이 발발하기 직전 외국인 선생님들은 모두 귀국하고 지금은 비어 있는 건물이다.

"교사관에 있는 어느 작은 방에 들어가면 천정에서 칼이 떨어져 몸을 반으로 잘라버린대."

"그거 포의 소설이지!"

내가 끼어들었다.

상대는 나를 무시하고 말을 이었다.

"두 명의 학생을 토막 내고 상반신과 하반신을 꿰맨대. 트럼프 그림처럼."

"범인은 분명 다락방에 숨어 있을 거야."

아무도 내 말에 신경 쓰지 않았다.

"뭐야, 너 에도가와 란포 읽었구나!"

한 사람만이 유일하게 인상을 찡그리며 말했다.

"란포는 금지 도서야. 읽으면 안 돼."

"넌 읽었구나!『다락방의 산책가』!"

내가 되받아치자 상대는 정색을 하며 말했다.

"삼촌이 이야기해줬어. 나는 그렇게 저질 책은 안 읽어."

자살한 학생이 정말로 있을까? 여학생의 자살은 드문 일이 아니다. 과장이 섞였을 것이다.

란포는 앙리 바르뷔스의『지옥』에서 영감을 얻어『다락방의 산책가』를 쓴 것이 아닐까.『지옥』은 하숙방에 기거하는 고독한 서른 살 남자의 독백이다. 이사해서 곧바로 그는 환청 같은 노래 소리를 듣는다. 그리고 알게 된다. 노래 소리가 옆방에서 들려온다는 사실을. 방 사이 벽 위에 있는 판자거울 일부가 녹슬어 이음새가 벌어지면서 석회가 벗겨져 작은 틈이 생겼다. 남자는 옆방을 훔쳐본다. 노래 소리의 주인공이 방을 나간 직후 문이 흔들린다. 실내를 비추는 것은 하나의 촛불. 청소를 하려고 젊은 하녀가 들어온다. 칙칙한 하늘색

앞치마를 두르고 있다. 새하얀 손목. 계단에서 마주쳤을 때는 시커멓고 지저분하고 왜소한 여자였다. 하지만 지금 벽 틈으로 보는 여자는 석양의 축복을 받은 것처럼 아름답다.

[그것은 그녀가 혼자 있기 때문이다. 일찍이 보지 못한, 숭고하기까지 한 여인. 그녀는 완전히 혼자다. 그녀의 저 정결함, 저 완전한 순수함. 그녀는 고독의 한가운데 있다.

나는 눈으로 그녀의 고독을 더럽히고 있다.]

여자는 주머니에서 한 장의 종이를 꺼내 읽는다. 새의 날개처럼 펼쳐진 종이 한쪽을 살짝 입술에 댄다.

남자는 그 이후 틈새를 통해 옆방을 계속 엿본다. 방에 살고 있는 사람은 '한기가 들만큼 아름다운 여인'이다. 그의 마음을 빼앗아간 노래의 주인이다.

[……여자는 몸을 긴 의자에 비스듬히 기대고 양손으로 스커트를 걷어 올린 다음 양 발을 불 위쪽으로 댔다. 검은 양말 속에 가려진 정강이가 드러났다. 그러자 나의 몸이 마치 달군 인두에 덴 듯이 몸부림쳤다. 육감적인 선이 점차 부풀면서 빛이 닿지 않는 그늘까지 뻗어 끝 모를 어둠 속으로 사라지는 광경을 훔쳐보았다.]

남자는 계속 응시했다.

[자수를 놓은 바지가 그림자에 휩싸인 어둡고 커다란 틈새가 되어 반쯤 열렸다. 나의 눈은 그곳으로 빠져 들어가 휘둥

그레졌다. 눈은, 이 열린 어둠 속에서 여자의 중심으로, 비단의 한가운데서 진정 원하는 것을 얻었다. 비단은 연기처럼 가볍고……]

  여기까지 쓰고 나는 문득 생각했다. 인조 가죽 위에 공작 깃털 무늬의 마블지로 된 표지가 붙어 있고, 안은 백지인 이 책의 최초 주인은 시즈쿠가 아니었을까.
  라벨이 없는 책이 관심을 받지 못한 이유는 이 책의 주인이 시즈쿠였기 때문은 아니었을까. 도서관에 오는 누가 이 사실을 알까. 누가 흥미를 가질까. 몰래 관찰하고 있었던 것은 아닐까.
  톡톡 물방울 떨어지는 소리가 들렸다.
  수도꼭지에서 떨어지는 듯한 소리지만 내 방이 있는 이층에는 수도가 없다. 아래층 욕실이나 부엌에서 나는 소리라면 아무리 세게 틀어도 이층까지 들리진 않는다. 이층은 세 평, 네 평짜리 방이 나란히 있고 남쪽은 세 척 길이의 복도가 있다. 내가 세 평짜리 방을 사용하고 네 평짜리 방은 오빠가 서재로 사용한다. 대학생인 오빠는 항상 늦는다. 이층엔 나 혼자다. 아래층 방들도 일본식으로 되어 있지만, 현관 옆에 있는 방만은 서양식이다. 그 방에는 피아노가 있다.
  나는 북쪽 창가에 놓아둔 앉은뱅이책상을 사용하고 있다.

앉아 있으면 다리가 저리기 때문에 오빠가 쓰는 의자처럼 편하게 앉아서 쓸 수 있는 책상이 필요하지만 세 평짜리 좁은 방에 책상을 놓으면 이불을 깔 수 없기 때문에 참고 지낸다. 한 번은 책상이 필요하다고 했다가 어머니한테 잔소리만 들었다. 아버지는 어렸을 때 감귤 상자를 책상 삼아 사용했는데 여자아이가 자기 방을 가진 것만으로도 부족해 책상 타령이나 한다고. 앉은뱅이책상과 피아노는 불편함 그 자체다. 초등학교부터 진학한 학생들은 이런 책상 따위를 쓰지 않을 것이다. 모두 잘사는 집 아이들이니까.

물 떨어지는 소리가 계속 들린다. 방문 저 건너편에서 들려온다. 도서관 직원 시즈쿠가 온몸에 물을 흠뻑 적시고 복도에 서 있는 듯한 느낌이 들어 소름이 돋았다. 시즈쿠는 죽지 않았지만 살아 있는 유령이라는 것도 있지 않은가. 조금 전 요사노 아키코가 현대적으로 번역한 『겐지이야기』의 로쿠조노미야스도코로(六条御息所)가 나오는 대목을 읽은 직후다.

계단을 올라오는 어머니의 발소리가 들렸다. 나는 서둘러 책을 방석 밑에 감추고 교과서를 펼쳤다.

어머니가 불렀다.

"나 좀 잠깐 도와줄래. 얼마 안 걸려."

빨리, 빨리, 재촉한다. 만약 시즈쿠의 살아 있는 영혼이 있다고 해도 어머니의 앙칼진 소리에 도망갈 것이다.

복도 끝 계단 내려가는 입구에 물이 고였다.

어머니는 계단 중간쯤 서서 걸레를 든 손을 뻗어 고인 물을 닦고 옆에 놓아둔 양동이에 짜냈다.

나도 걸레를 받아 들고 엉거주춤 엎드려 물을 닦아냈다. 발목에 차가운 물방울이 떨어졌다. 올려다보니 물방울이 떨어지는 천정에 물기가 촉촉이 배어 있었다.

"지금 비 와?"

"무지하게 온다. 비가 개면 지붕 고치는 사람을 불러야겠다."

또 일거리가 생겼다며 어머니는 불평을 늘어놓으셨다.

"요즘은 젊은 사람들이 다 징집돼서 말이야. 빨리 와 줄 수 있을지 모르겠네."

어머니는 물이 새는 곳 아래 양동이를 놓았다. 나더러 양동이가 차는지 지켜보다가 다 차면 버리라고 이르고는 거실로 내려갔다.

나는 방석 밑에서 백지 책을 꺼내 계속 써내려간다.

시즈쿠는 돌려쓰기 소설이 유행하는 것을 알았을지 모른다.

그 음흉한 여자는 소설을 쓰고 싶었을지도 모른다. 타이틀은 생각해냈지만 그 이상은 쓸 수 없었을 것이다.

도서관은 학생들이 숙제로 조사할 게 있을 때 사용하지만 어쩌면 책 읽는 것을 즐기는 학생도 몇 명쯤 있을 것이다. 나 역시 그 중 하나다. 독서를 좋아하는 사람은 대개 직접 쓰고 싶어한다. 나도 그렇다. 초등학교 때부터 소설이 쓰고 싶었다. 하지만 어디서부터 어떻게 써야 할지 실마리를 찾을 수가 없었다.

시즈쿠는 누군가가 이것을 발견하고 써주기를 기대했을 것이다. 그래서 중간까지 쓰고는 다시 서가에 꽂아둔 거겠지.

내가 이 책을 꺼내가던 것을 몰래 숨어서 보고 있었을지도 모른다.

시즈쿠는 내가 쓴 이야기를 대충 훑어볼 것이다. 그리고 일상생활에서는 감추고 사는 나의 마음 속 깊은 이야기까지 훔쳐보면서 만족스러운 미소를 지을 것이다.

그리고…… 내가 쓴 글에서 상상력을 자극 받아 자신이 계속 이어 쓰고…… 그러겠지.

아니면 시치미 뚝 떼고 백지 책을 서가에 도로 꽂았을지도 모른다. 나처럼 호기심 많은 누군가가 뭔가 써주길 기대하면서. 그렇다면 성공할 확률이 적다. 다음으로 노트를 손에 넣은 사람이 서가에 이상한 책이 있다며 그녀에게 가져다줄지도 모르니까. 그럼 책의 비밀스러운 기운은 상실될 것이다.

게다가 그 음흉한 여자한테 내 마음을 읽히기 싫다. 본 이야기 이전까지 쓴 글로도 선생님과 동급생 그리고 가족에게 보이지 않은 내면의 것들을 모두 들킨 셈이니까.

나는 〈거꾸로 선 탑의 살인〉의 앞부분을 쓸 것이다.

그러나 노트를 비밀리에 넘기는 사람은 시즈쿠가 아니라 당신이다.

여고생이 되고 나서 초등학교 때는 몰랐던 것들을 많이 경험했다. 동경하던 상급생을 '언니'라고 부르고 좋아하는 상대의 신발주머니나 사물함에 꽃다발이나 멋진 카드를 몰래 넣어 두는 일 등등이다. 언니들도 동생으로 인정한다는 뜻에서 S라 부르기도 하고.

S는 Sister의 이니셜이다. 누군가를 지나치게 좋아하는 감정은 초등학교 입학 전부터 있었으나 그것을 어떻게 부르는지 여고생이 되기 전에는 몰랐다. '열(오네츠)'이라 부르는 듯하다. 도츠레오(오네츠도お熱度=열도를 거꾸로 읽은 말장난)라는 것은 언제부터 유행되었는지 모르겠으나 우리 학교에서만 통용되는 말 같다. 좋아하는 사람을 생각하는 것만으로도 볼이 붉게 물들기 때문에 그러는 모양이다. 바보 같으니라고.

바보 같은 일 중의 또 하나는 알파벳점이다. 흠모하는 상대 이름과 자신의 이름을 각각 알파벳으로 풀어 공통된 글자를 지워나간다. 몇 개의 스펠링이 남는다. 그것을 F, L, S, H 순으로 맞춰나간다. friend, like, sister, hate의 이니셜들이다. L은 정열도가 낮은 like이지 love가 아니다. 연애는 이런 말을 알고 있는 것 자체가 죄다. 사랑은 존경하는 것이지만 연애는 이런 것을 꺼림칙하게 여기기 때문이다. 부모가 정한 상대와 결혼하기 전까지는 남자에게 눈길조차 주면 안 되는 우리 같은 여학생들에게 지고의 사랑은 S이다. 하지만 학교에서는 이 S를 바람직하지 않은 풍습으로 간주한다. 우정은 찬양하지만 넘어선 안 될 규범이 있다. 다른 사람을 배제하고 둘만이 진한 교류를 하면 빈축을 산다.

그러나 선생님들은 알파벳점을 알 리 없다. 안다고 해도 대수롭지 않게 웃어넘길 테지만. 실제로 우습기도 하다. 남은 글자가 세 개면 S가 되어 기쁘고, 여덟 개면 두 번 돌아서 H 즉, 싫다!가 되니 실망한다. 남은 글자가 없으면 무슨 의미일까.

별점을 치는 편이 훨씬 덜 유치하다. 일본식으로 쓰느냐 헵번식(미국인 선교사 헵번이 일영日英사전에 채용한 일본어의 로마자 표기법)으로 쓰느냐에 따라 남는 숫자가 다르다. 아무짝에도 쓸모없는 무의미한 짓이라는 것을 알면서도 노트 한 구석에 좋아하는 상대의 이름을 로마글자로 풀어놓고 내 이름을 그 밑에 풀어 공통되는 글자를 지워 본 적이 있다. 헵번식이라면 남는 글자 수가 열여덟. 일본식이라면 열여섯. 전자는 L, 후자는 H다. 나는 L을 밍밍한 like가 아닌 열애, 광애의 love로 한다. 따라서 노트에 사모하는 그녀의 이름을 헵번식으로 여러 차례 풀어본다. 그 밑에는 내 이름이 있다. 이름을 쓰면 사모하는 마음이 통하기라도 할 것처럼. 마치 어리석은 마법의 주문처럼.

거꾸로 선 탑의 살인 _1

교사관 앞에 섰을 때 그는 생각했다. 서양식 건축을 모방하려고 했으나 어딘지 모르게 약하다. 자재에 가벼운 돌이라도 쓴 것은 아닐까.

무거운 여행 가방을 바닥에 놓고 접수창구를 들여다보자 초라한 중년 남자가 당황스러워하며 뭐라고 중얼거렸다. 알아들을 수 없는 이 나라 말이야. 사무실에서 나와 안내를 해주는 줄 알고 안으로 들어가려고 하자 그가 황급히 제지했다.

"학원장 초청을 받았소. 나는 이 학교 선생이오"라고 설명했지만 상대는 양손을 흔들며 그를 막아섰다. 계속해서 어떤 몸동작을 했다. 신발을 벗으라는 소리 같았다.

'예의도 없는 녀석 같으니라고.'

마음이 상해서 팔짱을 끼고 상대를 내려다보았다.

그는 자기 나라 사람들 중에서도 키가 작은 편에 속했다. 갈색 머리는 삼십대 중반 치고는 꽤 벗겨졌고, 동그란 얼굴에 눈도 작고 코도 작아 풍채가 옹색했다. 그래도 이 나라 남자들보다는 훨씬 크다.

그대로 걸어가려하자 상대가 버티고 서서 가로막았다.

말이 통하지 않는다는 사실을 알았기 때문에 그는 짐짓 큰소리로 고함을 쳤다.

"땅딸보 동양인 주제에!"

"무슨 곤란한 일이라도 있으신가요?"

부드러운 여자 목소리가 사이를 갈랐다. 돌아보니 열여섯이나 열일곱쯤 되어 보이는 여학생이 서 있었다. 아니, 스물 정도 되었을지도 모르겠다. 이 나라 소녀들은 실제 나이보다 상당히 어려보일 때가 많다. 소녀는 능숙하지는 못해도 그의 모국어를 구사하고 있었다. 두 갈래로 땋은 검은 머리, 평평한 얼굴에 작고 가는 눈, 자그마한 코. 이 나라 대부분의 사람들과 비슷한 얼굴이다.

"주루 서먼이 도착했다고 원장에게 말해주게."

"알겠습니다. 잠시만 기다려주세요."

복도 끝으로 걸어가는 소녀의 등에 '서먼'이라고 한 번 더 확실하게 못을 박았다. 소녀는 고개를 돌려 공손하게 미소를 지어보였다.

남자가 출입구 현관에 놓인 뚜껑 달린 신발장에서 슬리퍼를 꺼내더니 그 앞에 놓아주었다. 그가 노려보자 남자는 시선을 피하며 사무실로 들어가버렸다. 얼마 후 되돌아온 소녀가 교장선생님이 기다리고 계시다는 말과 함께 가볍게 고개를 숙였다.

소녀가 뒤를 따르려는 그에게 '대단히 죄송합니다!'라며 제지했다.

"건물 안에서는 구두를 바꿔 신어야 합니다."

소녀는 바닥에 있는 슬리퍼를 가리켰다.

"왜?"

"규칙입니다."

열심히 서양식을 흉내 내면서도 아직 신발 문화조차 바꾸지 못하다니. 그는 한심하다는 표정을 지으며 구두를 벗었다. 서양 문화를 배우기 시작한 지 이제 겨우 60~70년밖에 되지 않은 나라다.

"자네는 학교에서 고용한 하녀인가?"

가방을 들으려는 소녀에게 그가 물었다.

"아니요. 전문부 학생입니다."

"그렇다면 하인들이 하는 일은 안 해도 되지. 아까 그 남자는 심부름꾼인가?"

심부름꾼이라면 짐을 부릴 작정이었으나 소녀는 사무원이라고 대답했다.

'그래도 이 나라는 아시아대륙의 어느 외국인 거류지(중국)보다는 낫군.'

여행 가방을 들고 벗어질 듯한 슬리퍼를 질질 끌고 걸어가면서 그는 회상에 잠겼다.

세상 끝까지 표류하는 느낌이 들었을 만큼 길고 지루한 배 여행이었다. 그는 이등 선실을 배당받았다. 일등석과 이등석의 차이는 하늘과 땅 만큼이다. 그래도 배 밑에 짐짝처럼 끼어 있어야 하는 삼등석보다는 훨씬 나았다. 천국과 지옥 사이의 연옥이 이렇지 않을까 생각하며 쓴웃음을 지었다.

이 섬나라 항구에 도착하기 직전, 그가 타고 있던 영국 국적의 기선은 열강이 거류지를 두고 있는 아시아대륙의 항구에 정박했다. 그곳에서 지상의 지옥을 보았다. 기름막이 느끼하게 빛을 반사하는 바다를 메우고 쇄도하는 작은 배들의 무리. 수상 위의 작은 배를 거주지로 삼는 사람들, 육지에서는 생활의 방편을 갖지 못하는 사람들이었다. 갑판에서 구경하는 선상 손님에게 돈을 달라고 구걸했다. 대나무 장대에 달린 그물로 하수구에서 흘러나오는 잔반을 걷어 올렸다. 갑판 손잡이에 기댄 손님들이 빵 조각이나 바나나 껍질을 버리면 몰려드는 물고기 떼처럼 조각배들이 모여들어 처참한 쟁탈전을 벌인다. 아이들이 바다에 빠질 것 같아도 아무도 신경 쓰지 않는다.

섬나라도 비슷할 거라고 생각했다. 하지만 그의 부임지―지도에서 볼 때는 툭 잘려 바다에 던져진 것 같은 손톱만한 나라―는 의외로 깨끗했다. 고함치며 다투는 대신 사람들은 늘 양보했다. 특히 여자들이 그랬다. '괜찮습니다', '괜찮습니다' 하며 한도 끝도 없이 양보했다. 그는 이 나라의 말을 전혀 몰랐지만 '괜찮습니다'라는 말만은 금방 외웠다.

학교 측에서는 수녀가 파견되기를 바랐다. 하지만 적당한 희망자가 없어서 그가 부임했다.

수도원에서 들은 바에 의하면 이 학교는 개교 당시와 달리 교장도 선생도 직원들도 수녀도 모두 이 나라 사람들이라고 했다. 교장과 수녀는 기독교도지만 다른 선생과 직원들은 대부분 이교도라고 한다. 신앙이 없는 사람도 많은 듯했다.

소녀가 문을 두드리자 들어오라는 남자 목소리가 들렸다.

소녀는 문을 열고 안을 향해 공손히 고개를 숙이고 나서 무엇인가 말했다. '서먼'이라는 단어만 알아들었을 뿐, 내용은 전혀 이해할 수가 없었다.

교장이 의자에서 일어나 그에게 손을 내밀었다. 전문부 학생이라는 소녀가 옆에 서서 서투르게나마 통역을 했다. 이 나라 남자들이 그를 대하는 태도는 두 가지다. 비굴하게 굽실거리거나, 무조건 적대적으로 나가거나. 어느 것이나 다를 바 없는 행동이다.

대등하고 자연스러운 태도를 취하지 않는다. 직접 관계가 없는 사람은 약간 떨어진 곳에서 진귀한 물건을 관찰하듯 힐끔거리다가 시선이 마주치면 아예 눈길을 돌린다.

교장은 자연스러운 태도를 취하려고 애썼지만 그게 더 어색했다. 하지만 그의 풍채를 보고 어느 정도 안심한 모양이다. 그가 여자들의 마음을 빼앗을 만한 매력적인 용모의 소유자가 아니기 때문이리라.

그는 초등부 5학년, 6학년 그리고 중등부 1학년부터 3학년 학생들에게 자신의 모국어 회화를 가르치는 일을 맡았다. 중등부 4학년과 5학년 그리고 전문부는 회화 수업을 받지 않는다. 초등부는 두 개 학급, 중등부는 세 개 학급이니 모두 열섯 학급을 주 1회씩 가르쳐야 한다. 평균 잡아 하루 세 번 정도 수업이 있다. 중등부 1학년의 회화 수업만 본교에서 올라온 학생과 다른 초등학교에서 진학한 학생들을 나누어 편성했다.

"자세한 시간표는 교무주임이 알려줄 겁니다."

"로스탕 씨도 같았지요."

그의 말을 소녀가 통역하자 교장은 그 말만은 안다는 듯 '그렇다'고 그의 모국어로 대답했다. 바로 그 순간 목소리가 목에 걸려 기침을 하고 말았다.

"로스탕 선생님은 유감스럽게 됐습니다."

교장은 의례적인 말을 덧붙였다. 학생이 통역하는 사이 무엇인가 재빠르게 말을 보탰다.

전임자인 기이 로스탕에 대해 조금 더 이야기를 하고 싶었지만 교장은 학생에게 화제를 돌리라는 눈짓을 보내며 그에게 열쇠 꾸러미를 주었다. 대·중·소로 된 세 개의 열쇠가 금속 링에 달려 있었다.

"교장선생님께서 당신을 주거지까지 안내하라고 말씀하셨습니다."

학생은 교과서를 읽듯 낭랑하게 말하며 실내화를 가죽구두로 갈아 신고 앞장섰다.

태양이 반쯤 가운 교정 한편에 하얀 선이 그려진 곳은 테니스코트로 사용되고 있는 듯―전용 테니스코트는 없었다―열서너 살짜리 학생들이 네트를 접거나 말뚝을 뽑고 있었다. 한쪽에서는 몇 명의 여학생들이 모여 수다를 떨고 있었다. 그에게는 그 얼굴이 그 얼굴 같았다.

돌계단을 오르면 그 위는 평평한 교정으로 오른쪽 구석에 체육관, 그 반대편에 예배당 탑이 우뚝 솟아 있고 이층 건물들이 줄지어 있다.

"저 곳이 외국에서 오신 선생님들이 지내는 집입니다."

입구 쪽에는 덩굴장미가 무성했다. 외부의 눈길을 차단할 목적으로 앞뜰에 조성한 것이다. 입구에는 철제로 만든 아치가 장식되어 있다. 아치에 덩굴을 이룬 것은 장미가 아니었다. 학생은 자스민의 일종이라고 했다.

"꽃이 필 시기는 지났지만 만개하면 향기가 아주 좋습니다. 현관은 두 개입니다. 중간을 벽으로 나누어 두 가족이 독립적으로 살 수 있도록 만들었습니다."

학생이 일일이 설명하며 예배당에 인접한 곳을 가리켰다.

"여기 A호실이 선생님 집입니다. 지금은 외국에서 오신 분이 서면 선생님 한 분이라 옆 집인 B호실은 비어 있습니다."

"외벽 페인트가 벗겨졌군."

"예배당에 낙뢰가 떨어졌습니다. 종루가 부서지고 예배당과 붙어 있는 교사관의 일부도 피해를 입었지요. 복구했는데 전부 페인트칠을 하기엔 비용이 너무 많이 들어서……."

짧은 돌 마루가 앞마당과 현관을 이어주고 있다. 덩굴장미 가지가 뻗어져 나와 성가셨다.

"장미는 누가 관리하나?"

"여학교의 심부름꾼이 있습니다."

"가지를 좀 쳐달라고 해주게."

"네."

학생은 제일 큰 열쇠가 현관용이라고 했다.

"나머지 두 개는?"

그의 물음에 학생이 애매모호한 미소를 지었다. 이 나라 사람들의 습성인가. 무엇을 의미하는지 모를 모호한 미소에 그는 점차 불쾌해졌다. 고개를 흔드는 것조차 긍정인지 부정인지 모를 때가 많다.

학생이 함께 안으로 들어왔다.

처음부터 외국인이 사용할 것을 염두에 두고 지었는지 구두를 벗으라는 소리가 없다. 학생도 신발을 신은 채였다.

그는 우선 여행 가방을 거실에 내려놓고 내부를 둘러보았다. 일층에는 현관홀과 거실, 식당 그리고 주방이 있고, 이층은 침실과 서재, 욕실이 있다. 혼자 지내기에는 넓을 정도다.

"세탁과 청소는 학교에서 고용한 하녀가 맡습니다. 식사는 직접 해 드셔도 되고, 귀찮으면 교직원용 식당에서 하셔도 됩니다."

대충 둘러보고 그는 거실로 돌아왔다. 집안을 둘러보는 동안 학생이 조용히 뒤를 따랐다.

유럽의 하숙집처럼 최소한의 집기들을 준비해놓았다. 식당 쪽에는 식기 한 세트가 마련되어 있다. 거실에는 천을 씌운 무릎 꿇고 있는 의자 두 개와 긴 의자, 차 마시는 테이블이 놓여 있다. 벽에 붙어 있는 테이블도 있다. 책장을 비롯한 모든 가구가 싸구려처럼 보인다.

사이드 테이블 위 벽에 걸어놓은 거울이 그의 눈길을 끌었다.

세로로 된 긴 타원형 거울이다. 포도와 덩굴 무늬를 부조로 조각해 가장자리를 장식한 다음 그 위에 금박을 입힌 로코코 양식이다. 다른 것들과 어울리지 않는 비싼 물건으로 보인다.

반대 편 벽에 걸린 액자가 거울에 비친다. 엘 그레코의 「십자가를 안고 있는 그리스도」다. 그레코가 만년에 그린 그리스도는 초연할 정도로 표정이 청초하다. 성서와 교회에서는 이 장면을 비참하게 묘사하면 안 된다고 말한다. 가시관 때문에 상처 입은 이마에서 흐른 피가 눈썹을 덮고 있다. 짊어진 십자가는 지상의 모든 인간들의 죄이며, 그 짐을 견디지 못해 그리스도는 두 번이나 땅에 무릎을 꿇는다.

그레코가 묘사한 그리스도는 지상의 질곡에서 이미 벗어나 하늘에 계신 아버지 품으로 승천하는 형상이다. 십자가는 코르크로 만든 것처럼 가벼워 보인다. 색안경을 끼고 보자면 교회에 대한 반역이다.

"로스탕 선생님의 유품입니다."

뒤에 서 있던 학생이 알려주었다. 뒤돌아보지 않아도 학생의 모습이 비친다. 딱히 뭐라고 말할 수 없는 특징 없는 얼굴이다. 그러나 거울 속에서 시선이 마주쳤을 때 그는 왠지 모를 오싹함을 느꼈다.

그의 고국에는 '동양의 신비'라는 말이 널리 퍼져 있다. 하지만 그는 아시아대륙의 외인 거류지에서 결코 신비롭다고 할 수 없는 사건들을 여러 번 목격했다. 그가 이 대륙 사람들에게서 본 것은 극도의 빈곤과 그에 따른 불결함, 탐욕뿐이었다. 이 섬나라는 가난할지언정 깨끗하기는 하다. 신비로움과는 거리가 멀었지만.

거울 속에 비친 소녀를 보고 소름이 돋았을까. 응시하고 있으면 기묘하게도 자신을 망각할 만큼 깊이 가라앉는 것 같아 그는 엉겁결에 시선을 돌렸다. 이런 사소한 순간에도 정신을 집중해야 하다니. 그는 어이없는 일이라고 생각했다.

"이 거울은 하크라이힌입니다."

"아크라인?"

"아 네, 유럽에서 수입한 겁니다. 로스탕 선생님이 대륙의 외인 거류지에 계실 때 구한 것이랍니다."

로스탕은 그가 원하지 않았던 곳에 부임해서 한동안 체류했다. 참혹한 대륙에는 포교를 위해 설립된 여학교가 있었다. 여러 차례 편지를 받았다. 그곳에서는 돈을 많이 벌 수 있다고 했다. 상당히 돈을 모았던 모양이다. 거류지에 만연하는 아편에 손대고 있다는 사실이 편지 곳곳에 묻어나 있었다. 대영제국이 그 나라를 아편으로 강간했다. 그 이후 그 나라는 아편 없이는 살 수 없게 되었다. 수도회에서 로스탕을 이 섬나라 기독교 학교로 전근시킨 것은 아편에 관여했다는 사실을 알았기 때문이 아닐까.

그는 거울 앞에서 떨어져 긴 의자에 앉았다.

"딱딱하네. 이 의자!" 하고 그가 불만을 토로하자 학생은 그를 잠시 일으켜 세우고 앉은 자리 부분을 들어올렸다.

딱딱하고 불편한 게 당연하다. 앉은 자리는 판자에 얇은 면을 덮었을 뿐이다. 아래 부분은 물건을 넣어두는 함이었다. 앉는 자리가 뚜껑 역할을 겸한 셈이다.

"편리하죠!"

"느낌은 별로지만 그럭저럭 괜찮네."

마치 관 위에 앉는 기분이다.

"자네는 로스탕 씨가 예뻐했겠군."

"왜 그런 질문을 하시는지요?"

학생이 똑바로 선 채 무표정하게 물었다.

"로스탕 씨의 일상을 잘 알고 있는 것 같아서 물었을 뿐이네. 다른 의미는 없어."

앉으라며 다다미 의자를 주었다.

학생은 중요한 명령을 받은 사람처럼 고개를 공손히 숙이며 의자에 살짝 걸터앉았다. 등은 곧바로 펴고 양손을 무릎 위에 포갰다.

"자네는 전문부 학생이라고 했지. 기이…… 로스탕은 전문부는 가르치지 않았을 텐데?"

"희망자들은 여기 와서 회화를 배울 수 있었습니다. 과외 같은 거죠."

"자네도 과외 수업을 받았나?"

"네."

"난 기이와는 어릴 적 친구야."

"그러세요!"

학생은 전혀 놀라는 기색 없이 경직된 자세로 물었다.

"그럼 선생님도 고아원 출신입니까?"

악의 없는 질문이었다. 어휘력이 모자라 완곡하게 표현하는 방법을 모르는 탓일 것이다.

그가 대답도 하기 전에 학생이 말을 이었다. 자기 나라 말을 이국의 말로 조합하느라 마음이 급했던 모양이다. 잊어버리기 전에 말하려는 것 같았다. 회화 연습이라도 할 요량일까?

"로스탕 선생님이 돌아가신 후 선생님 나라의 수도회에서 유품을 수거해 달라고 연락했어요. 그랬더니 배편 비용을 댈 수 없다는 답신이 왔습니다. 고아 출신이라 친인척도 없었습니다. 수도회에선 유품을 우리나라에서 매각하고 거기서 나온 돈을 수도회에 기부해달라고 요구했는데, 학교 측에서는 매각도 송달도 번거롭다고 생각해 그대로 놔두었습니다."

"난 고아원 출신은 아니지만 친척이 적은 것은 비슷하네."

가족이 있었다면 아무리 수도회가 종용했더라도 지구 끝의 섬나라로 부임하게 내버려두지 않았을 것이다.

"기이와는 리세(우리나라의 고등학교 정도에 해당하는 프랑스의 국립학교)에서 2년 동안 같이 지냈지."

그의 성性은 모음으로만 되어 있었다. 그래서 줄곧 학생들 사이에서 장난거리가 되곤 했다.

'서면과 로스탕, 〈털이 난 손바닥-포와르 댄 라만〉으로 좋은 기분-쁘미그랑'

'포와르 댄 라만'은 리세 옆의 뒷골목에 있는 술집 이름이다. 게으른 사람의 손바닥에 난 털을 고양이가 깎고 있는 그림 간판이 걸려 있었다.

'쁘미그랑은' 최상의 술로 최고의 쾌감을 준다는 의미를 표현하는 노동자 계급의 속어다. 학생들은 이 말을 악의적으로 사용했다.

성자의 이름을 붙인 리세는 12세기에 세워진 수도원을 개축한 것으로 기둥과 돔 형태의 천정을 뜻하며 학생들을 위압하는 효과가 절대적이었다. 회색 제복, 회색 교실, 항상 회초리를 놓지 않았던 선생님들. 건물 바깥에 있는 돌로 만든 긴 의자 뒤에서 나쁜 짓을 가르쳐준 사람이 바로 기이였다. 3학년에 진학할 때 기이는 다른 학교로 전학했지만 그 이후로도 얼마 동안 우리는 서로 연락을 주고받았다.

"기이는…… 로스탕 선생은 어떻게 살았을까?"

그렇게 묻고 나서야 '어떻게 살았을까'라는 표현이 막연하다는 생각이

들었다.

그가 알기로 기이에게 지병은 없었다. 삼십대 중반의 죽음은 너무 이르다. 아시아 벽지에서의 근무가 생각보다 가혹했던 것일까? 이곳의 의료 설비가 불충분하지는 않았다.

그렇지 않으면…… 아편 매매로 엄청난 돈을 벌었지만 자신도 중독되었던 것은 아닐까.

"갑자기 몸 상태가 안 좋아졌나?"

"심장마비가 왔다고 들었습니다."

학생이 말을 이었다.

"수업에 나오지 않으셔서 직원이 선생님 댁에 가봤습니다."

학생의 서툰 말을 요약하자면, 문이 잠겨 있었고 창문도 닫혀 있었다. 그러나 창문이 잠긴 것은 아니어서 문을 열고 로스탕 씨를 불렀다고 한다. 직원이 일단 다시 돌아와 선생님들에게 알린 후 창문을 넘어 안으로 들어갔다.

기이 로스탕은 주방과 거실 사이 문 부근에 쓰러져 있었다. 학교 주치의가 달려왔다. 전날 저녁식사를 학교 식당에서 했기 때문에 주치의는 아마도 그 이후인 밤 열 시 무렵에 심장발작을 일으킨 것 같다고 말했다.

"경찰의 검시는 있었나?"

"모릅니다. 저희 학생들은 학교에서 발표한 내용 이외에는 아무 것도 모릅니다."

학생은 암기한 문장을 읊듯이 말했다.

"세 가지 선택의 여지가 있다. 철저하게 매달릴 것인가, 오로지 방관만 할 것인가, 죽음에 이를 때까지 고통을 줄 것인가."

그는 어안이 벙벙했다.

학생은 담담하게 말을 이었다.

"죽게 해서는 안 된다. 죽으면 모든 것이 끝이야. 내 사랑도⋯⋯어느 것이든 근본은 지배와 피지배의 관계다. 매달리는 것도 지배의 한 형태다."

기가 막혀 하는 그에게 학생이 말했다.

"로스탕 선생님한테 배웠습니다."

그러고는 의자에서 일어났다.

"이제 그만 가도 되겠습니까?"

얼떨결에 고개를 끄덕이는 그에게 학생은 공손히 머리 숙여 인사했다.

그가 학생을 불러 세웠다.

"자네 이름이 뭐지?"

"제 이름은 마나모입니다."

학생은 문 앞에서 돌아서 다시 한 번 그에게 공손히 머리를 숙이며 말했다.

"학생들 사이에서는 로스탕 선생님이 살해되었다는 소문이 있습니다."

_2

부임해서 2주 정도 시간이 지났다.

기독교만이 세계 유일의 보편적 진리다. 그런 흔들림 없는 신념 아래 선

교사들은 육십여 년 전에 어쩔 수 없이 개국을 한 이 섬나라에 사명감을 갖고 들어왔다. 그리고 수도를 비롯한 여러 도시에 학교를 설립했다. 영혼을 정복하면 영토는 자연히 정복된다.

유아 세례를 받기는 했지만 세상 물정에 대해 알게 된 요즘 그는 교회에 대해 혐오감만 갖게 되었다. 이곳, 동양의 섬나라에 온 것도 포교 때문이 아니다.

이 학교는 설립된 지 삼십 년이 넘었다. 하지만 학생들을 교화하는 데 실패했다. 상류층 부모들이 이 학교를 택한 것은 딸에게 좋은 배경을 만들어주기 위해서였다.

명문가의 자녀들이 모이는 만큼 학생들의 가정교육도 빈틈이 없었다. 그 음전함에 혀를 내두를 정도였다. 회초리로 위협하거나 규칙을 들먹일 필요도 없었다. 대신 이해할 수도 없었다. 초등학교부터 이곳을 다닌 중등부 3학년 학생이라면 5년 동안 회화를 배운 셈이다. 비록 주 1회라고는 해도. 하지만 회화를 유창하게 구사하는 학생은 하나도 없다. 서툰 말로 서로 이야기하자니 무엇보다 참을성이 필요했다.

그는 원래 참을성이 많은 사람이었다. 고국에서도 늘 참고 살았다. 그러나 여기서는 참지 않아도 된다. 그래서 노골적으로 불편한 심기를 드러낸다. 학생은 위축되고 그는 점점 더 견딜 수 없게 된다.

이것이 할리우드에서 만든 영화라면 그는 분명 어떤 계기를 이용해 학생들의 마음을 사로잡을 것이고, 누구나 행복하게 되는 것으로 이야기가 끝났을 것이다. 하지만 현실에서는 일이 그렇게 술술 풀리지 않는다.

요즘 그는 초등부 6학년 학생들을 가르친다. 5학년일 때 이미 가이의 수업을 들었는데도 말을 알아듣는 학생이 거의 없다.

수업을 마치는 종이 울렸다. '차렷!' 하는 반장의 구령에 학생들이 조용히 일어났다. '경례!'에 일제히 고개를 숙였다. '바로!' 했더니 모두 고개를 든다. 선생님에 대한 예의를 표하는 행동이므로 불편해할 이유가 없는데도 그는 자꾸 화가 난다. 이 나라 방식을 강요당하는 느낌이 들어서다. 구령에 의해 똑같이 움직이는 게 마치 군대 같다.

"이봐, 학생! 잠깐."

그는 교실을 나서는 학생 하나를 불러 세웠다. 학생은 절도 있게 그 자리에 섰다.

왜 학생을 불렀는지 자신도 의아하게 생각했다. 모든 학생들의 얼굴이 비슷한데 이 소녀만은 흑백사진 속에서 유일하게 채색된 어떤 것처럼 눈에 띄었다. 눈코입이 어디에 붙었는지 잘 구분이 되지 않는 노란 얼굴의 학생들과 달리 이 소녀는 얼굴이 하얗고 눈매가 또렷했다. 콧대도 제법 높았다. 이 나라 사람이 맞나 하는 생각이 들었을 정도다.

"아니, 아무 것도 아냐. 가도 좋아."

몸짓을 섞어가며 그렇게 말하자 학생이 "아듀Adieu" 하고 대답했다. 또렷한 발음이다.

"아니, 오흐브와Au revoir."

"아니에요. 아듀."

소녀가 다시 강조했다.

"아듀는 아주 긴 이별을 할 때 쓰는 거다."

그가 천천히 또박또박 발음하면서 설명했다.

"그건 두 번 다시 만나지 못할 때 쓰는 말이야. 보통 인사할 때는 오흐브와라고 한다."

못 알아들었나보다 생각하는데 학생이 말했다.

"전 얼마 있으면 떠납니다."

거침없는 대답이다.

"그래서 아듀라고 했습니다."

"전학가나?"

"네, 그렇습니다."

"그거 안 됐군. 자네는 회화를 정말 잘하는군. 우리나라 학생과 이야기하고 있는 것 같아."

"감사합니다."

소녀는 왼쪽 다리를 약간 뒤로 빼고 무릎을 가볍게 굽혀 인사했다.

이 나라 '인사'와는 다른 그의 나라 인사법이다. 귀여워서 안아주고 싶었지만 꾹 참았다. 이 나라 학생들은—아이들뿐만 아니라 어른들도—몸 접촉을 몹시 싫어한다. 아무 생각 없이 안았다가는 추문에 휩싸이기 십상이다. 그래서 가볍게 볼을 두드려주는 것으로 마음을 대신했다. 소녀가 슬며시 몸을 뒤로 뺐다.

"왜 전학을 가지?"

소녀와 조금이라도 더 이야기하고 싶은 생각에 물었다.

부모의 직업 문제일까? 아니면 건강이 안 좋아 요양을 하러 떠나는 건가?

"말베……"라고 말하려다가 소녀는 망설였다. 정확한 단어가 생각이 나지 않는 모양이다.

"말벨랑스(악의)?"

"네, 여긴 그게 강해서 전학 갑니다. 전 무서워요."

좋지 않은 말이야. 좀 더 물어보고 싶었지만 소녀는 서둘러 교실을 나갔다.

"아듀, 무슈 서먼!"이라는 말만 그의 귓가를 맴돌았다.

그는 집으로 돌아왔다. 가지를 뻗은 덩굴장미가 걷는 데 방해가 된다. 가지를 정리해달라고 부탁했는데 아직 손보지 않았다. 직접 가지를 쳐내다가 가시에 왼쪽 손등을 찔렸다.

흐르는 피를 손수건으로 누르면서 거실로 들어섰다.

로코코풍의 거울에 순간 기이의 얼굴이 비쳤다는 착각이 들었다. 볼이 움푹 팬 얼굴에 쑥 들어간 퀭한 눈. 높고 뾰족한 콧날은 중간부터 완만하게 굽었다.

그는 거울 앞으로 다가갔다. 거울에 비친 것은 머리가 벗겨진 볼품없는 자신의 모습뿐이다.

자신이 화가 난 이유를 잘 알고 있다. 친구의 죽음에 관해서 물어보고 싶어도 그의 나라 말을 유창하게 하는 자가 없다. 교과서를 가지고 읽기와 문법을 가르치고 있는 선생은 몇 명 있었지만 모두 이 나라 사람들이다. 다들 회화는 잘하지 못한다. 게다가 기이의 죽음을 화제로 삼으려고만

하면 언어가 통하지 않는다며 피해버린다.

그는 전문부 학생들을 맡고 있지 않았다. 그래서 미나모 같은 학생과 만날 기회가 없었다. 미나모가 성인지 이름인지도 모른다. 비슷하게 생긴 학생을 붙들고 '자네가 미나모인가?'라며 묻고 싶지만 교장한테 들은 바가 있어 삼가야했다. 정규 수업 이외에 학생들과 개인적으로 만나거나 친분을 쌓지 말라고 부탁 받았기 때문이다. 교장은 종이에 써진 금기 사항을 그에게 보여주었다. 기이 로스탕은 전문부 학생에게 과외 수업까지 했다던데……. 하지만 교장이 회화를 전혀 못했기 때문에 그는 질문 한 번 못한 채 물러서야 했다. 그대로 따를 수 없다고 주장할 방법이 달리 없었기 때문이다.

기이가 살해되었다는 소문. 정말 아무런 근거가 없는 소리일까? 소문이 도는 이유가 있는 건 아닐까?

원인불명의 돌연사라니.

한 번 보고 자살인지 타살인지 알 수 있는 상황이었다면 그렇게 발표하고 규명하면 그만이겠지만, 학교 측으로서는 가능한 한 일을 번거롭게 만들고 싶지 않았을 것이다. 검시가 이루어졌다 해도 적당히 넘어가지 않았을까? 이 나라 경찰은 도무지 믿을 수가 없다. 그는 아직도 아시아를 미개하다고 생각하고 있었다.

심장마비란 참 편리한 말이다. 죽음이란 심장이 정지하는 것을 의미한다. 의학용어엔 심장마비라는 말이 없다고 들었다.

왼쪽 손이 욱신거렸다. 새끼손가락에서 엄지손가락 뿌리 쪽으로 비스듬

85

히 상처가 났다. 학교 의무실에 가고 싶지는 않다. 데면데면한 취급을 받아 기분만 상할 것이다. 대수롭지 않은 상처니까 가만히 놔두어도 나을 것이다. 혹시 모르니까 덧나지 않게 약이나 발라둬야겠다고 생각했다. 그는 선반과 서랍 등을 뒤져 기이가 쓰던 약이 있나 찾아보았다. 아직 집 안에 뭐가 있는지 제대로 파악하지 못한 터였다.

거실에 있는 의약품 책상 뚜껑을 앞으로 내렸다. 뚜껑을 내리면 필기할 수 있는 책상이 된다. 안쪽에 삼단으로 작은 서랍과 얕은 선반이 붙어 있고 몇 권의 책과 필기도구 그리고 메모용지 등이 있었다. 기이의 유품이다. 작은 서랍 제일 아래쪽에 조그만 열쇠구멍이 있다. 고리를 잡아 돌려봤지만 열리지 않는다. 주머니에서 열쇠 꾸러미를 꺼냈다. 현관 열쇠 말고는 사용해보지 않았다. 나머지 두 개는 어디에 사용하는 것일까? 확인해볼 틈도 없이 시간이 지났다. 작은 열쇠가 작은 서랍 열쇠 구멍에 딱 맞았다.

노트가 있다.

모국어 문자다. 가슴이 먹먹해진다.

기이의 필체다.

'세 가지 선택 방법이 있다'라는 문장으로 시작된다.

마나모가 말한 내용과 똑같다.

그는 노트를 읽어나갔다.

[철저하게 매달릴 것인가, 오로지 방관만 할 것인가, 죽음에 이를 때까지 고통을 줄 것인가? 죽게 해서는 안 된다. 죽으면 모든 것이 끝장이다. 내 사랑도…… 어느 것이든 근본은 지배와 피지배의 관계다. 매달리

는 것도 지배의 한 형태다.

억압될수록 비대해지는 것이 욕망이다.

그런 까닭에 흉악한 욕망을 누르기 위해서는 욕망과 더불어 커가는 영역이 필요하다.

나의 욕망은 커지고 있다.

신의 사랑을 성서의 그리스어 원전에서는 아가페라 이르고, 인간의 사랑—육체를 포함한 사랑—은 에로스라고 부른다.

'사랑'이라는 말은 정반대되는 두 가지 감정을 포함한다. 신의 무한한 자애, 신에 대한 숭고한 경애, 신의 사랑을 인간에게 전하려고 하는 무사의 헌신, 그런 것들을 의미하는 아가페에 비해 자신의 욕망에 집착하는 힘은 착란으로 빠지거나 때로는 야만적인 사랑으로 표현된다. 인간은 어느 쪽이든 사랑이라고 착각한다. 사랑이 마치 존경하는 마음이라도 되는 양.

이 나라에 와서 비로소 알았다. 육십여 년 전, 빗장을 걸고 유럽 열강에게 문호를 개방하지 않았던 이 나라를 강제로 열기 전까지, 이 작은 섬나라에서는 사랑이라는 말을 사용하지 않았다는 것을. 서구의 사상이나 문명을 거의 접하지 못한 이 작은 나라는 독특한 감정 표현 방법을 갖고 있다. 사랑은 옛날부터 있었다. 하지만 이 나라 사람들이 생각하는 사랑은 불교와 함께 들어온 말로 번뇌와 측은을 의미한다. 가엾어 하는 마음에는 슬픔이 내포되어 있다. 자비라는 말은 형이상학적 사랑 즉, 아가페를 뜻한다. 여기에도 역시 슬프다는 뜻이 포함되어 있다.

서구의 문명을 받아들이고 나서 이 나라 사람들은 이국의 말을 어떻게든 자신들의 언어로 바꾸려했을 것이다. 아가페와 에로스를 포함한 서구의 '사랑'에는 연민과 사랑이 뒤범벅된 '연애'라는 말—지금까지 존재하지 않았던—이 딱 들어맞았다.

나는 나의 감정을 착각하고 있지 않다. 나의 '사랑'에는 아가페가 없다. 손톱만큼도 없다. 욕망 그 자체일 뿐이야.

거꾸로 서는 감각을 알아차린 건 다섯 살, 아니면 여섯 살 때였을 것이다. 고아원 경영자는 후원자들의 입맛에 맞추려고 노력했다. 나를 원했던 사람은 젊은 화가였다. 그는 나를 아틀리에로 데려갔다.

어릴 적이었기 때문에 자세한 내용은 생각나지 않지만 마차를 타고 나무다리를 건넌 것만은 확실하다. 화가와 나는 나란히 앉았다.

"저것이 내 아틀리에다."

화가는 손가락으로 바깥을 가리켰다. 황혼의 하늘을 찌를 듯이 키가 큰 나무들의 가지가 냇물에 비쳤다. 돌을 쌓아서 지은 자그마한 이층집도 살구 빛 하늘을 담은 물속에서 거꾸로 서 있었다. 지붕은 슬레이트였는데 경사가 아주 심했다. 급경사를 이루는 지붕이 그 뒤에 있는 방의 존재를 암시했다.

부드러운 바람이 수면을 간질이고 그림자는 뒤틀리면서 흔들렸다.

바깥에 있는 닳아빠진 나무 계단은 이층 아틀리에로 직접 연결되어 있었다.

높고 쭉 뻗은 등받이와 조각을 한 의자에 몇 점의 스케치가 아무렇게나 걸려 있었다.

화가는 내게 옷을 벗으라고 했다. 단추를 풀고 셔츠를 벗자 화가는 눈짓으로 바지와 속옷도 벗으라고 했다.

어린 나는 알몸이 되는 게 그리 기분 나쁘지 않았다. 의자 위에 있는 무엇인지 모를 그림이 마음에 들었다. 거꾸로 된 그림인 것 같았다. 확인해보고 싶어서—함부로 만졌다가 망가뜨리면 혼날 수도 있으니까—나는 의자에 등을 기대고 양 다리를 벌린 다음 아래로 고개를 숙였다. 그리고 스케치를 들여다보았다. 방이 뒤집어지고 그림 속의 얼굴만이 나와 마주보고 있었다.

웃는 소리가 들렸다. 알몸이 된 화가가 의자 한편에 등을 보이고 서서 나처럼 다리 사이로 얼굴을 들여다보고 있었다.

그림 속의 얼굴은 부자연스럽게 뒤틀려 있었다. 스케치 속의 얼굴이 화가의 자화상이라는 것쯤은 어린 나도 알 수 있었다.]

인기척 소리에 그는 노트에서 눈을 떼었다.

돌아보았으나 아무도 없었다. 그에게 상처를 안긴 덩굴장미는 창밖에서 황혼에 녹아들어가고 있었다. 반대편에 난 작은 창문 너머로 저무는 해를 가린 구름이 보였다. 날아가는 기러기 떼 같은 모양이다.

그는 다시 기이의 노트에 눈길을 주었다.

[화가는 한참 동안 나를 바라보다가 일어나더니 따라오라고 손짓했다. 문 하나를 열었다. 안쪽에 지붕 뒤 방으로 통하는 가파른 계단이 있었다. 창문은 없었다. 짙은 물색 같은 어둠만 가득했다. 화가는 손전등으로 발밑을 비추며 앞서 걸었다. 나는 꺼칠한 벽에 몸을 의지해 화가의 뒤를 따

랐다. 키가 작아서 계단이 아주 높게 느껴졌다. 먼저 올라간 화가가 뒤돌아서서 두 손을 내밀었다. 나를 번쩍 안아 올렸다. 화가의 피부가 내 몸에 닿았다. 테레빈유와 담배 냄새가 물씬 풍겼다.

한 손으로 나를 안고 눈앞에 있는 문의 자물쇠를 열었다.

화가가 손전등을 끄자 실내가 칠흑처럼 어두워졌다. 내부를 들여다 볼 틈도 없었다. 나는 어둠에 익숙하다. 고아원에서 벌을 받을 때마다 좁고 어두운 방에 갇혀 있었기 때문이다. 화가의 팔뚝이 나를 든든하게 안았고 나는 양 팔로 화가의 목을 감고 있었다. 화가의 볼은 촉촉하고 부드러웠다. 턱 부근에 수염이 닿았다. 그는 나를 안은 채 어둠에 잠긴 방 안을 천천히 돌아보았다. 바닥이 평평하지 않은 것 같았다. 내 몸이 불안정하게 흔들렸다.

돌연 내 몸이 거꾸로 쏟아졌다. 화가가 내 양 발목을 붙잡고 거꾸로 세웠다. 머리로 피가 몰리고 얼굴이 뜨거워졌다. 내 몸은 시계추처럼 좌우로 흔들렸다.

나는 흔들리는 시계추가 되었다. 이윽고 발이 바닥에 닿았다. 눈을 커다랗게 떠보았으나 온통 어둠뿐이었다.

눈앞이 핑 돌았다. 번개에 맞은 느낌이었다.

눈을 세게 감았지만 빛이 눈 속을 찔렀다.

눈꺼풀에 부드러움이 느껴졌다. 얇은 눈꺼풀을 아래로 눈동자가 움직였다. 그 부드러움이 내 눈을 가만히 뜨게 했다.

번개? 아무 것도 없었다. 천정에 전등이 있을 뿐이었다. 눈앞에는 회색의 벽이 있었다. 화가는 뒤에서 내 어깨에 손을 올려놓았다.

화가의 손은 내 왼쪽 어깨를 붙들고 오른쪽 어깨를 가볍게 눌러 빙글 돌려 앞뒤의 방향을 바꾸었다.

침을 삼켰다. 벽에 커다란 거울이 있었다.

내 상반신이 비쳤다. 머리가 아래로 가 있고…….

나는 거꾸로 매달려 있었다.

뒤쪽에 있는 알몸의 화가도 머리를 아래로 향한 채 매달려 있었다.

나는 실신하고 말았다.]

그는 계속 페이지를 넘겼다.

[나중에 알았는데 젊은 화가의 아버지는 부자였다고 한다. 그는 아들이 원하는 아틀리에를 주고 내쫓았다. 유폐라고도 할 수 있다…….

내가 이 여학교에 부임하고 며칠 뒤 낡은 예배당 탑이 무너진 것은 하늘의 계시에 지나지 않는다.

무너지기 전날, 나는 아래에 있는 교정 서쪽 외떨어진 연못 부근을 서성거렸다. 해질 무렵이었다. 연못은 사람이 만든 게 아니라 자연 그대로였다. 다리와 등받이에 등자(말을 타고 앉아 두 발로 디디게 되어 있는 물건) 모양의 조각이 있고 앉는 부분이 나무로 된 가공하지 않은 듯한 벤치가 연못 끝에 있었다.

석양을 머금은 수면이 격렬하게 불타올랐다. 예배당 첨탑은 물 밑을 향해 솟아 있었다. 다음 날의 참사를 예견할 수 있는 징후는 그 어디에도 없었지만 나는 그때 문득 오랜 기억 저편에 잠들어 있던 어린 시절을 떠올렸다. 아래는 위로, 땅은 하늘로, 악은 정의로, 죽음은 생명으로.

그날 밤 나는 꿈에서 화가의 그 어두운 방을 본 것 같다. 깨어났을 때 꿈에 대한 기억은 남아 있지 않았다. 고민과 황홀이 뒤범벅된 감각만이 남아 있을 뿐이었다.

나는 지금도 화가의 얼굴을 떠올릴 수 있다. 넓은 이마, 짙은 눈썹, 콧날이 단정한 청년이었다. 마이센(유럽에서 최초로 자기를 구워 낸 요업장)의 백자처럼 유려한 가면 아래 점토의 결정체와 같은 맨 얼굴이 있었을지도 모른다. 물론 청년은 그때 가면을 쓰고 있지 않았다. 점토의 모양은 그의 영혼이다. 규율과 양식, 약속 따위로 지켜지는 외부에 몸을 맡기는 행위가 불가능하여 스스로를 파멸시키고 때로는 다른 사람을 파괴하면서 살아갈 수밖에 없는 내면. 지금에 와서야 그런 생각이 든다.

다음 날 아침, 하늘은 예사롭지 않은 기운을 잉태하고 있었을까.

아니, 느닷없는 어두운 구름이 태양을 죽인 것은 오후 두 시였다. 연못에 드리워진 암운이 중천에서 빛나는 태양을 가습하여 지상의 색채를 바꾸어놓았다.

그 순간 나는 도서관에 있었다. 행운이었다. 살아 있다는 것이 행복이라고 생각한다면 말이다.

토요일 오후, 시간을 보내기 위해 도서관에 갔다. 사서와 학생 몇 명밖에 없었다.

개가식이기 때문에 자유롭게 책을 볼 수 있다. 이 나라 말로 써진 책은 있어도 없는 거나 마찬가지다. 화집이라도 있을까 해서다.

모국어로 된 책을 찾았다. 학생들의 어휘 실력을 증진시키기 위해 준비했지만 읽는 사람이 없는지 손을 탄 흔적도 없이 묵어가고 있었다. 한 권 빼들고 대충 훑어보았다. 아교로 붙인 책을 넘기자 싹싹 하는 소리가 났다.

아득하게 피아노 소리가 들린다. 음악실이 가까운 모양이다.

쇼팽의 폴로네즈 제 4번 「환상 즉흥곡」이다. 저음으로 연주되는 선율이 암울하다.

손에 들고 있는 책은 예전에 읽어본 적이 있는 빅토르 위고의 『레미제라블』이었다. 새삼 처음부터 읽을 마음도 없고 해서 하수도에 관한 내용을 정리한 부분을 다시 읽어보려고 페이지를 넘기는데 '그것이 사랑이다'라는 대목이 눈에 꽂혔다. 그 문장의 앞뒤를 읽어보았다. '우주를 단 한사람으로까지 축소시키고 단 한사람의 인간을 신으로까지 확대하는 것이 사랑이다. 사랑, 그것은 천사들의 별에 대한 인사다.'

공허한 트릭.

바로 그 순간 갑자기 낮이 밤으로 바뀌었다. 어둠이 도서관 안까지 파고들었다. 누군가 전등을 켜자 실내가 뿌옇게 빛났다. 총탄 세례를 퍼붓는 듯 기이하게 커다란 우박이 도서관 유리창을 때렸다. 실내의 조명 때문에 우박이 은색 선으로 보였다.

번개가 어둠 속을 관통했다. 넘치는 하얀 빛이 실내를 파랗게 가로지르고 진동하면서 천둥이 이어졌다. 그렇지 않으면 들려온 소리는 폴로네즈의 포르티시모였을까.

거대한 망치가 예배당 첨탑을 부숴버린 것은 기독교에 대한 이교도들의 반격인가.

나에게 계시를 전한 것은 오딘(북유럽 신화에 나오는 아사 신족神族의 최고 신. 원래는 천공天空 또는 바람의 신이었는데 고대 인도의 풍신風神 바타와도 가깝다)인가.

교황청이 유일의 진리라고 설파하는 신은 원래 황야의 백성들이 만들어낸 환영이었다. 그 아류인 크리스트교의 사도들은 한 사람의 인간에 지나지 않는 예수를 인위적으로 왜곡시켰다. 특히, 바울이. 교황의 군대는 게르만의 신들을 죽이고 켈트 족의 정령들을 살해했다.

내가 신에 대하여 무관심하냐면 오히려 그 반대다. 악마처럼 신을 사모하는 자는 없다. 아니, 나를 악마로 지칭하기에는 너무도 작은 존재지만 신을 갈구하는 마음은 내 자신도 속일 수 없는 사실이다.

교황과 성직자와 신학자들이 꾸며낸 신이 아니라 진실의 신. 황야의 백성들을 위한 신이 아니라 진정 보편적인 신 말이다. 그것은 다분히 내 마음 속에 있다. 타인의 마음 깊은 곳에도 있다. 육체를 초월한 보이지 않는 그것은 거꾸로 설 때 명확하게 의식할 수 있는 것은 아닐까?]

기이 로스탕의 수기는 여기서 멈췄다.

아니, 페이지 여백에 마구 갈겨놓은 듯한 글자들이 흩어져 있었다.

[젤소미나여! 그대가 향기로운 만남을 갈망하듯. 이국의 나를 위로해 주오.]

그 글자 위로 빨간 색이 물든 흔적이 군데군데 있었다. 혈흔 같았다. 기이는 여기까지 쓰고 발작적으로 팔목을 그은 것이 아닐까. 그런 생각이 들었다.

젤소미나! 이탈리아 여자 이름이다.

이 나라에서 유럽 여성을 보기란 하늘에 별 따기다. 기이의 주변에 그런 여자가 있었나.

기이의 자살 미수. 있을 법도 한 이야기다. 불장난을 하는 것과 별반 다르지 않은 가벼움으로 생과 사의 경계선을 넘어서는 일쯤은 기이에게 아무 것도 아니다. 생을 가볍게 여기니 죽음도 가볍게 여길 터.

기이와 나쁜 장난을 하던 추억이 떠오를 것 같아 그는 애써 고개를 흔들었다. 기억의 저편으로 묻어버렸다.

마나모는 과외 수업을 받았다고 했다. 그 과외 수업에서 문제가 일어났는지 모를 일이다. 그래서 학교 측이 그를 경계하면서 학생들에게 개인적으로 접근하는 것을 금지했나?

애시 당초 여자와의 문제로 기이가 자살에 이르렀을 거라는 생각은 하지 않았다. 기이가 자살했다면 타인에게 설명할 수 있는 이유 따위는 없이 그저 물방울이 꺼지듯 죽었을 것이다. 그런 생각이 들었다. 혈흔의 정도로 볼 때 정맥을 가볍게 그은 정도가 아닐까 싶다. 물방울을 꺼뜨리기 전에 손톱으로 물방울을 살짝 건드려보는 정도가 손목을 가볍게 긋는 행위일 것이다.

장미 가시에 찢긴 상처는 굳었지만 그가 손을 움직이자 다시 피가 흘러나왔다. 떨어지는 핏방울이 종이 위 혈흔을 녹였다.

그는 노트를 덮어 서랍에 넣고 자물쇠를 잠근 다음 다시 밖으로 나왔다.

돌계단을 내려와 바닥에 섰다. 수면엔 아무 것도 비치지 않았다. 올려다보니 예배당의 종루가 낡은 뇌수처럼 구름 낀 하늘에 우뚝 솟아 있었다. 번개에 맞아 부서진 것을 다시 세운 탑이다.

그 이전의 탑이 수면 아래를 향해 거꾸로 선 모습을 봤다고 기이는 쓰고 있다. 그리고 계시를 받았다고 했다.

수면에 비치는 건물과 사람의 모습을 기이도 삼십여 년을 살면서 수 없이 보았을 것이다. 그럼에도 불구하고 어린 시절 꿈이 떠오른 것은 낙뢰가 있기 전날이었다. 격렬한 석양 빛과 거꾸로 서는 첨탑이 전해주는 힘이 그 정도로 강렬했다. 연이어 다음 날 일어난 탑의 붕괴가 기이로 하여금 생사의 경계를 한 순간에 넘어버리게 한 것일까?

아래는 위로. 죽음은 삶으로. 마르고 키가 큰 기이가 검은 옷을 날개처럼 펼치고 수중을 향하여 추락하는 모습이 뇌리를 스쳤다.

보이지 않는 것을 보기 위한 거꾸로 서기. 즉, 투신인가.

번개가 죽음을 초래한 것일까.

'규율과 양식, 약속 따위로 지켜지는 외부에 몸을 맡기는 행위가 불가능하며 스스로를 파멸시키고 때로는 다른 사람을 파괴하면서 살아갈 수밖에 없는 내면.'

어린 기이가 화가에 대해 기술한 부분이지만 그는 기이 자신도 그랬을 거라고 생각했다.

그러나 기이가 번개가 친 직후에 죽었다면 로코코풍의 거울과 약품을 넣어두는 책상 위의 필기도구, 그리고 서랍 속의 노트가 남아 있을 리 없다. 예배당과 가까운 그의 집도 반쯤 무너져서 다시 지었기 때문이다. 그 물건들은 집을 재건한 다음 준비한 게 분명하다.

기이에게는 멈출 시간이 있었다. 탑과 교사관 일부를 재건축하는 데 얼마의 시간이 필요했을까. 그 '시간'은 기이를 냉정하게 만들기에 부족한 시간이었나.

아니면 그 '시간'을 화가와의 강렬한 추억—거꾸로 서는 기억—을 떠올리는 데 써버리고 죽음을 향해 달려갔을까?

아래 교정에서 중등부 1~2학년으로 보이는 여학생들이 서툰 솜씨로 테니스를 치고 있다. 스포츠를 할 때 학생들은 체육복을 입는다. 운동을 하기 위한 옷이라는 의미다. 흰색 면 셔츠에 감색 반바지다.

서쪽에 떨어져 있는 연못은 테니스코트에서는 보이지 않는다. 나무와 식물들이 무성해서다. 반바지 끝은 고무줄로 조여 있다. 토끼가 뛰고 있는 것처럼 보인다.

그는 연못을 등지고 서서 양 발을 벌리고 상체를 앞으로 숙였다. 배에 살이 찐 그로서는 상당히 힘든 동작이다.

어린 기이가 거꾸로 매달려 본 그림을 바로 보기 위한 동작이다.

하지만 물에 비친 경치는 허벅지 사이로 봐도 별로 인상적이지 않았다.

머리로 피가 몰려 숨이 찼다. 고개를 들어보니 눈앞에 소녀가 서 있었다.

그는 순간적으로 마나모라는 여학생의 이름을 떠올렸다.

마나모가 웃고 있었다.

우스꽝스러운 장면을 들킨 멋쩍음을 어떻게 넘겨볼까……. 화가 치밀어 오른 듯한 표정을 지을까.

'뭘 그렇게 멀뚱멀뚱 쳐다보나?'라고 소리치는 대신 어이없게도 그는 미소를 짓고 말았다.

마나모는 미소를 머금은 채 인사를 하고 돌아섰다.

"잠깐!"

그는 자신도 모르게 큰소리로, 하지만 부드럽게 말했다.

"기다려주겠나? 물어 볼 게 있네."

소녀는 잠깐 멈칫하더니 벤치에 앉았다. 주름이 많은 스커트가 펄럭이며 퍼졌다. 이번에도 역시 등을 곧게 펴고 왼손을 오른손 위에 올려놓는다. 인형처럼 경직된 모습이다. 그는 마나모의 왼쪽 새끼와 약지손가락이 약간 비뚤어져 있다는 사실을 그제야 알았다. 뼈가 굽어 그대로 굳어버린 모양이다. 오른손으로 왼손을 가리는 건 그 때문에 생긴 습관일까. 아니다. 교실에 앉아 있는 여학생들도 하나같이 양손을 무릎 위에 포갠다. 이 나라의 일반적인 풍습이다.

"기이에 관한 일인데, 자네는 로스탕 선생이 살해되었다고 말했지!"

"아닙니다. 학생들 사이에 그런 소문이 있다고 했습니다. 전 아무 것도 모릅니다."

무심한 목소리였다.

"아니야, 자네는 뭔가 알고 있어."

넘겨짚은 것뿐인데 마나모가 '네'라고 선뜻 긍정하는 바람에 그는 잠시 당황했다.

"기이의 죽음에 관하여 무엇을 알고 있나?"

그는 다그치듯 물었다.

"알려진 사실 이외에는 모릅니다."

"혹시 젤소미나에 대해서 아는 게 있나?"

그렇게 묻자 마나모의 표정이 순간적으로 떨렸다. 분명 떨리는 것처럼 느껴졌다. 하지만 '이탈리아 여성이다'라는 말을 덧붙였을 때는 이미 원래의 무표정으로 돌아와 있었다. 희미한 미소를 머금은 것처럼 보이기도 했다.

"모릅니다."

"그렇다면 대체 무엇을 알고 있나?"

"로스탕 선생님은 무서운 벌을 줍니다."

마나모는 다시 '주었습니다'라고 과거형으로 말을 고쳤다.

회초리를 썼나? 그럴지도 모른다. 고국에서는 초등학교나 리세에서 선생들이 종종 회초리를 사용한다. 그가 다녔던 리세엔 남학생뿐이었지만 초등학교에서는 여학생들도 늘 벌로 손가락을 맞았다. 아이를 가르치는 일은 개를 가르치는 것과 비슷하다. 힘으로 억눌러 선생에게 대항하면 안 된다는 것을 몸으로 익히게 만든다.

그렇지만 이 학교에서는 매가 불필요하다. 답답할 정도로 순종적인 학생들이다.

기이는 이렇게 순한 양 같은 학생들에게 어째서 매를 들었을까.

"지각을 하거나 숙제를 안 해온 학생이 체벌을 받는 것은 당연하지."

"네."

마마모는 짧게 대답하고서 입을 다물었다.

"자네가 알고 있는 사실은 그것뿐인가?"

"네."

"탑과 교사관을 고치는 동안 로스탕 선생은 어디에서 기거했나?"

"무너지지 않은 교사관, B호실입니다. 그곳이 비어 있어서……."

"원래 있던 물건들은 낙뢰에도 사용할 수 있었나?"

"네."

"B호실에도 가재도구는 준비되어 있었겠지!"

"네."

"그쪽은 괜찮아서 사용했다고?"

"네."

의문이 생겼다.

"그렇다면 고친 후에도 B호실을 계속 사용할 수 있지 않았을까? 왜 일부러 시간을 들여가며 가구를 옮기고 이사를 했을까? 그럴 필요가 없었을 텐데……. 학교 측에서 A호실로 다시 가라고 지시라도 했었나?"

"로스탕 선생님이 원하셨다고 들었습니다."

"복구하는 데 걸린 시간은?"

"정확히 기억은 안 나지만 몇 개월 걸렸습니다."

무너진 A호실에 각별한 애착이라도 있었나. 노트에 보면 낙뢰는 부임해서 며칠 뒤에 일어났다. 애착 같은 것을 가질 시간이 없었을 것이다. 오히려 몇 달을 산 B호실 쪽에 더 애착이 갔을 텐데.

아니면 B호실에서 계속 살고 싶지 않은 이유라도 있었을까.

"B호실은 살기 불편한가? 가령 좁다던가……."

"좌우만 다를 뿐 거의 같은 크기입니다. 세세히 살펴보지 않아서 정확하는 모릅니다."

복구된 쪽이 새롭기 때문에 살기 편해서 그랬을까.

"B호실 내부를 볼 수 있나?"

왜냐고 되묻는 게 당연한데도 마나모는 이유를 묻지 않았다.

"잠겨 있는 걸로 알고 있습니다."

마나모의 대답은 한마디뿐이었다.

"누가 열쇠를 보관하고 있지?"

"사무실에 있습니다."

"빌려다 주지 않겠나?"

"안에 들어가 보고 싶으세요?"

"그래. 열쇠 빌리는 데 거창한 절차라도 있나?"

마나모는 다시 미소 지었다.

"B호실 열쇠라면 제가 갖고 있습니다."

"사무실에 있다고……."

'여기요!'라는 소리에 열쇠를 주는 줄 알았으나 마나모가 일어나 앞서서 돌계단을 올라갔다. 그가 뒤를 따랐다.

101

교사관 B호실 현관 앞에 서서 마나모는 스커트 주머니에서 작은 동전지갑 같은 것을 꺼냈다. 그리고 열쇠를 꺼내 문을 열었다.

모든 창문의 미늘문을 닫아놓아서 실내는 어두웠다. 마나모가 전등을 켰다. 뚜껑이 없는 알전구였다.

B호실 내부는 삭막했다. 커튼은 떼어졌고 벽과 카펫에 가구를 놓았던 흔적만 남아 있다. 이층 침실의 카펫에도 침대 다리 흔적이 패여 있었다. 이따금씩 창문을 열어 바깥 공기를 쐬어주는지 곰팡이는 없었다. 거실 벽에는 액자 하나만 썰렁하게 걸려 있었다. 렘브란트의 「장님이 되는 삼손」으로 물론 복제품이다.

이곳의 무엇이 기아를 더 이상 견딜 수 없게 만들었을까! 망령이 나오기라도 한 것일까.

"자네는 어떻게 열쇠를 갖고 있지?"

그의 물음에 마나모는 예의 애매한 미소를 지었다.

"저는 필요가 없으니 선생님께서 필요하시면 드릴게요."

그의 손에 빛바랜 열쇠가 놓였다.

"이만 가보겠습니다."

마나모는 재빨리 계단을 내려갔다.

"사무실에 갖다 주면 되나?"

그가 침실에서 나와 계단 위에서 물었다.

"아닙니다. 남는 열쇠니까 굳이 그럴 필요 없습니다."

마나모는 뒤돌아보며 한마디 덧붙였다.

"로스탕 선생님이 A호실로 옮기신 건 여기에 거꾸로 서는 방이 없기 때문입니다."

"뭐라고?"

그는 큰소리로 되물으며 계단을 내려가려다 멈칫했다. 등골이 오싹했다. 미나모의 눈빛이 예사롭지 않았다. 전에 느껴본 적이 있는 감각이다. 거울 속에 비친 미나모를 보았을 때 느꼈던 기묘한 감각.

"전 배신당했어요."

계단 아래서 미나모가 말했다.

"기이에게?"

그의 목소리가 가늘게 떨렸다.

"아니오. 제가 사랑한 상대한테요. 그래서 로스탕 선생님한테 벌을 받았어요. 선생님은 저를 거꾸로 서게 했습니다. 저는 미쳐버렸습니다."

움찔하는 그에게 미나모가 말을 이었다.

"저는 저를 배신한 상대를 미치게 할 작정입니다."

한참 만에 그가 계단을 내려가려고 했을 때는 이미 미나모의 모습이 사라진 뒤였다.

나는 자신도 모르는 사이 쌀 찧는 것을 멈추고 있었다.

읽기 어려운 글자는 여기서 끝나고 다음 페이지부터 다른 글씨체가 시작됐다. 코우즈키 언니가 썼다고 사에다가 말했었다. 미와 사에다가 무엇을 썼는지 빨리 알고 싶은 마음에 코우즈키 언니가 적은 부분을 뛰어넘어 사에다 글씨체가 있는 페이지를 찾았다.

수기_3

여학교에 들어간 해 단 한 번 코우즈키 리츠코(上月葎子)를 만난 적이 있는데 코우즈키 언니는 기억하지 못했다.

첫 공습이 있던 날은 도쿄 부립**고등여학교에 입학하고 얼마 지나지 않아서다. 도쿄가 부에서 도로 바뀌고 부립여고가 도립이 된 것은 그 이듬해였다.

토요일 하교 길에 전차를 타고 가는데 돌연 공습경보가 울렸다. 전차가 멈추고 '대피! 대피!' 하고 누군가 외쳤다. 남자 목소리로 기억한다. 차장이었나? 승객들은 질서정연하게 전차에서 내려 가까운 공공대피소로 들어갔다. 방공호는 길 옆에 파놓은 장방형 동굴이었다. 아직 공습의 무서움을 모를 때라 서두르는 사람들이 없었다. 나 역시 침착하게 행동할 생각이었는데 계단을 내려갈 때 무엇인가에 걸려서 들고 있던 가방을 떨어뜨렸다. 가방이 열리고 노트와 필통이 아스팔트 위에 흩어졌다.

그것들을 줍고 있는데 누군가가 도와주었다. 사복이었으나 가슴에 단 마크로 **여학교 전문부 학생이란 사실을 알 수 있었다.

공습은 그 때 한 번이었고 그 이후는 전쟁 중이었지만 평온한 날들이 이어졌는데…….

여학교 3학년이 된 해—1944년—학생 근로동원령이 발령되면서 여학생, 중학생들도 수업이 중지되고 공장에서 일하게 되었다.

우리 학교에서는 4학년과 5학년 학생들에게 동원령이 떨어져 4월 초부터 몇 개의 군수공장에 나뉘어 배치되었다. 3학년 학생들은 그해 7월이 되어서야 동원되었다. 우리는 여름방학을 반납하고 공장 일에 투입되었다. 학교 내에 기구를 들여와 3학년생 이하는 학교공장에서 일했지만 3학년 네 학급 가운데 우리 반만은 외부 공장에 배치되었다. 학생 수가 마흔세 명으로 가장 많았기 때문이다. 공장은 카나가와현 내에 있었다. 넓은 부지에 거대한 작업장이 늘어선 공장에 각지에서 학생들이 모여들었다.

도쿄는 학교 수가 많지만 카나가와는 사정이 좀 달랐다. 군수공장은 많았으나 도심지를 벗어나면 농촌이어서 동원할 수 있는 사람 수가 부족했다. 그래서 도쿄와 가까운 현뿐만 아니라 동북 지방에 있는 학교의 학생들까지 총동원되었다. 지방에서 온 근로 학생들은 공장부지 안에 있는 기숙사에서 숙식을 해결했다.

우리 **여고 학생들에게 할당된 일은 주형으로 만들어진 금속 부품을 줄로 다듬어 기름으로 닦는 작업이었다. **여학교에서 동원된 학생들과 같은 작업실에서 일했다. 여학교 전문부 학생들도 이곳에 동원되어 일했는데 부서가 달라 서로 얼굴을 마주할 기회는 없었다.

기독교 학교인 **여학교와 우리 도립여고 학생들은 손발이 잘 맞지 않았다. 학교가 가까워서 그런지 통학길도 비슷했다. 처음엔 낯익은 얼굴을 마주쳐도 서로 모른 척했다.

하지만 공장에서는 같은 학년이고, 다른 학생들은 학교에서 작업을 하는데 한 학급만 각각 파견되었다는 비슷한 처지 때문에 서로 인사를 주고받는 사이가 되었다.

씻는 곳은 작업실 밖 넓은 복도에 설치되어 있었다. 잘 다듬은 부품 더미를 그물망에 산더미처럼 담아 세면장에서 좌우로 비벼가며 기름칠을 했다. 장갑을 끼기는 했지만 날카로운 금속가루에 손가락을 찔리기 일쑤였다.

남학생들은 금속 파이프를 절단하기도 하고 그 안에 화약을 넣기도 했다. 삼단식 탄이라 부르는 포탄 내부에 파이프를 단단히 끼웠다. 전함의 포대에서 발사하는 것 같았다. 부품을 잘 다듬는 것보다 무기 완성품을 만드는 일이 더 흥미롭다.

여름이 가고 가을이 깊어감에 따라 전황은 점점 악화되었다. 사이판 옥쇄 작전, 괌 함락, 10월에는 오키나와와 큐슈에 공습이 있었다. 도쿄는 아직 무사했다.

10월 말, 카미카제 특공대가 첫 출격했다는 소식이 전해졌다. 카미카제 특공대의 전과는 눈부셨다.

신문에 의하면 레이티아 필리핀 인근에서 항공모함 세 척, 순양함 두 척, 구축함 두 척, 수송선 한 척을 침몰시키고 공군모함 여덟 척, 순양함과 구축함 등을 포함하여 십여 척 이상을 파괴했다고 한다. 그 이후에도 특공대의 활약은 계속 되었다. 그러나 적군의 비행기가 본토를 정찰하기 시작했다는 소식이 들려왔다. 하늘을 가르는 비행기 구름은 적의 정찰기 흔적인 것 같았다.

11월이 되자 세정 작업이 지겨워졌다. 차가운 기름이 찬물보다 싫었다. 눈으로는 분리할 수 없는 금속 가루는 가시보다 훨씬 거칠었고 살 속 깊은 곳에 박혀 통증을 유발했다.

기름통 속에서 무거운 자루를 움직이고 있자면 자루를 안은 **여학교의 시다라 쿠니코가 다가와 통 앞에 서서 같은 작업을 했다.

동원된 학생들은 모두 공원들처럼 이름과 혈액형, 학교 이름과 학년을 먹물로 쓴 네모난 수건을 가슴에 꿰매고 있었다. 공습으로 죽었을 때 신원을 즉시 알 수 있도록 하고, 또 만일의 경우 수혈이 신속하게 이루어질 수 있도록 하기 위해서.

어느 학급이나 한 학급에 한둘은 이상한 사람 취급을 받아 소외되는 아이가 있게 마련이다. 우리 학급에서는 이브가 그렇다. 이분자를 줄여서 이브라고 한다. 이브짱 특히 아베 킨코(阿部欣子)는 학생들이 싫어하는 것은 아니지만 적극적으로 친하게 지내려고 드는 학생도 없다. 아니, 이브에게는 한 사람 유일하게 친한 친구가 있다. 해골이라 불리는 사노 스에코다. 체격이 당당한 이브는 전형적인 누보다. 확 잡을 곳이 없는 사람을 누보라고 하지만, 사실 이 어원은 '아르누보'에서 왔다고 사촌한테 들은 적이 있다. 사노 스에코는 학급에서 제일 작고 말랐다. 다들 그 애를 해골이라고 불렀다. 본인도 아무렇지 않은 듯 받아들인다. 사노 스에코만 아베 킨코를 이브라 하지 않고 '베-사마'라고 부른다.

여학교 학생들 중에는 시다라 쿠니코가 이상한 사람 같다. 급우들은 그녀 앞에서 시다라라고 부르지만 뒤에서는 지다라쿠 또는 줄여서 라쿠라고 부른다. 지다라쿠는 반 친구들에게 소외당하고 있다.

지다라쿠라는 별명이 시다라 쿠니코라는 이름에서 온 것은 분명하지만 거기엔 '타락녀'라는 나쁜 뜻도 포함되어 있다. 어딘지 모르게 칠칠치 못한 느낌이 든다. **여학교 학생은 유난히 세련된 학생들이 많다. 우리 학교는 공장에서 일하게 되면서 헐렁한 몸뻬에 수건을 두른 차림을 하기로 정했다. **여학교 복장도 스커트에서 바지로 바뀌기는 했지만 날씬하고, 소매 끝을 약간 절개해 살짝 접어올린 멋진 스타일이다. 그런데도 시다라 쿠니코의 제복 주머니는 휴지로 부풀어 올랐고 바지도 다리미로 다림질을 하기는 커녕 요 밑에 깔아서 주름을 잡은 적도 없는 것 같았다. 어깨 언저리에는 비듬이

묻어 있었다. 사람에 따라서 무심함이 오히려 매력이 되는 경우가 있지만 시다라 쿠니코의 칠칠치 못함은 매력으로 바뀔 성질의 것이 아니다.

"미와! 요즘『카라마조프의 형제』읽고 있지?"

시다라 쿠니코가 살갑게 말을 붙여왔다. 그때까지 이야기를 주고받은 적이 없었다. 문고본인데다 껍데기를 싸고 있었는데 어떻게 알았을까. 내 소지품을 몰래 훔쳐보았나? 집과 공장을 오가는 도중과 점심시간에만 읽는데…….

전차는 극도로 혼잡해서 책 읽기가 쉽지 않다. 학교에서 수업을 하지 않기 때문에 집에서라도 영어와 수학을 조금씩 공부하려고 했지만 생각만 있을 뿐 실행에 옮기는 못했다. 집에 오면 피곤해서 자버리게 되니까. 책도 생각보다 많이 읽지를 못했다.

"『카라마조프의 형제』는 나도 초등학교 때 읽었어."

"그러니!"

나는 냉담하게 대답했다.

사촌인 아키히토가 학도병으로 출정하기 전에 '사에다가 좋아하니까'라며 문고판 책 십여 권을 주었다. 유품이 되었다. 카이조샤 문고의『카라마조프의 형제』는 그 중 한 권이다.

카이조샤 문고는 이와나미 문고보다 조금 두꺼운 표지를 사용한다. 갈색이 가미된 회색이 중후해 보인다.

"네가 어떤 등장인물을 좋아하는지 알아."

나의 냉담한 태도 따위는 개의치 않는다는 듯 그녀가 말을 이었다.

"알료샤지!"

멍청하게도 나는 고개를 끄덕였다. 어떤 소설이 좋은지, 어떤 등장인물에게 끌리는지를 알려주는 것은 자신의 본질을 보여주는 행위이기도 하다.

"알료샤는 누구라도 좋아할 거야."

시다라 쿠니코의 말투는 나를 위에서 내려다보는 듯했다.

"선량하고 솔직하고……. 그런데 조금 바보스럽지 않니?"

"장로의 유해가 부패한 대목 말이야."

나는 나도 모르게 고개를 돌리고 더 이상 상대해서는 안 된다고 생각했다. 그런데도 상대는 집요하게 말을 걸었다.

"대심문관과 그리스도의 대화 부분 읽었니?"

"아니."

"난 라스트 부분이 좀……."

시다라 쿠니코가 말을 이으려고 했지만 나는 가볍게 미소 지으며 자리를 떴다. 기름 세척을 끝낸 자루를 상자에 넣어야 한다면서.

반대편에서 지도원이 다가오고 있었다. 카키색 복장에 카키색 전투 모자를 쓰고 일장기가 그려진 수건을 머리에 묶고 있었다. 공원들은 모두 이 복장이다. 피하려 하자 그가 다가서며 기분 나쁜 미소를 던졌다. 피하지 못하고 부딪히면서 자루 속에 있던 것들이 바닥에 쏟아졌다. 갑자기 욕설이 날아왔다.

"해이해져 있다!"

허리를 숙여 하나씩 자루에 담는데 머리 위에서 또 다시 욕설이 이어졌다.

"여학교 학생들은 모두 제멋대로야. 하나같이 맘에 안 든다고. 공원들을 바보 취급이나 하고 말이야. 안 그러나!"

차라리 사과를 한마디 했다면 그냥 지나갔을 텐데……. 잘못한 쪽은 상대방이라고 생각하며 아무 말 없이 부품을 주웠다.

"너도 마음속으로 우리들을 바보로 생각하지. 그렇지! 그러면 그렇다고 분명하게 말해 봐."

지나가던 여학생이 나를 도와 부품들을 주웠다.

생각났다.

가슴에 '코우즈키 리츠코 **학교 전문부 3학년'이라고 쓰인 표찰이 달려 있다.

지도원이 양 팔을 허리에 대고 가슴을 쭉 내밀고 뭐라고 계속 중얼거리자 코우즈키 언니가 벌떡 일어섰다.

그녀는 지도원보다 키가 컸다. 강렬한 눈빛으로 쏘아보자

지도원은 기세가 꺾였는지 "다시 잘 닦아"라는 말만 남기고 황급히 자리를 떴다.

"감사합니다."

"손이 차서 큰일이네."

그녀의 목소리를 처음 들었다.

"주워 준 거, 두 번째에요."

"그래?"

"1년 전 첫 공습경보가 울렸을 때 전차를 타려고……."

기억을 더듬는 듯 그녀는 잠시 생각에 잠겼다. 그러더니 "아아, 그때" 하면서 미소 지었다.

"그걸 기억하고 있었네. 별 것도 아닌데."

"잊을 수 없었어요."

지나가던 다른 공원에게 쓸데없이 수다 떨지 말라는 지적을 받고 코우즈키 언니는 살짝 손을 흔들며 가버렸다. 그 뒷모습을 보며 나는 고개를 숙였다.

그 동안 시다라 쿠니코는 난 관계없다는 듯 세정을 계속하고 있었는데 코우즈키 언니가 가버리자 다시 내게 다가왔다.

"충고해주겠는데 말이지, 저 사람 굉장히 무서워. 가까워지지 않는 게 좋아."

나는 대답도 하지 않고 부품 자루를 기름에 담갔다.

그날 점심시간에 나는 다시 한 번 코우즈키 리츠코 언니를 만났다.

보리와 감자가 섞인 도시락을 다 비우고 『카라마조프의 형제』를 손에 들고 며칠 전 찾아낸 공장 뒤편으로 갔다. 나만의 장소다. 내가 읽고 있는 책 제목을 시다라 쿠니코는 어떻게 알았을까. 생각할수록 불쾌했지만 신경 쓰지 않기로 했다.

우리들이 돌아다닐 수 있는 구역은 한정되어 있어서 통행 금지 지역에 무엇이 있는지 알 수 없었다. 문이 잠긴 창고 같은 건물이 바람을 막아준 덕분에 안쪽에 아늑한 양지가 만들어졌다. 작업동에서 떨어져 있어 그다지 사람 눈에도 띄지 않았다. 공장 안에 가득 찬 기름과 금속 냄새를 여기서는 맡지 않아도 좋았다. 어디에 쓰이는지 알 수 없는 목재들도 잔뜩 쌓여 있다. 나는 그 위에 기어 올라가 앉아 다리를 흔들며 책갈피를 꽂아둔 페이지를 펼쳤다.

어디선가 합창소리가 들려왔다. 우리 학급 학생들이다. 우리 학교는 전통적으로 음악 교육과 합창에 열심이다. 졸업생 중에는 우에노로 가서 성악가나 되거나 피아니스트가 되어 명성을 날리는 사람도 몇 명 있다. 합창으로 전국 규모의 대회에서 몇 차례 입상한 경력도 있다. 공장에 피아노는 없었지만 반 아이들은 점심시간이 되면 반주 없이도 합창을 즐기곤 했다. 공장 측에서는 외국 곡을 부르지 말라고 했지만 담임

선생님이 동맹국인 독일과 이탈리아의 가곡이라 문제가 없을 거라고 역성을 들어주셨다. 담임은 삼십대 남자 선생님으로 세계사를 전공했던 분이다. 과거형으로 말하는 이유는 지금은 수업을 하지 않고 공장 일만 감독하기 때문이다. 그래도 휴식 시간에 잡담을 할 때면 교과서에 나오지 않는 역사 이야기를 들려주셔서 즐거웠다.

지금 들리는 곡은 슈트라우스의 「아름답고 푸른 도나우」다.

……도나우 강물은 흐르고
들판을 건너 부는 바람과
즐거이 손을 맞잡고
물새 우는 소리에
웃음을 실어

경쾌한 합창은 도스토옙스키의 암울한 세계와 어울리지 않는다. 차이코프스키 곡이 듣고 싶다. 그런 생각을 하며 문득 고개를 들었더니 저쪽 다리 위에서 두 사람이 빙글빙글 돌며 춤을 추는 게 보였다.

여덟 살이던가 아홉 살 때 유키코 고모에게 이끌려 본 프랑스 영화 「무도회의 수첩」에서 본 장면이 떠올랐다. 서른여섯 살 미망인의 기억에 남아 있는 이십 년 전—그녀가 열여섯 살이었을 때—의 첫 무도회. 하늘하늘 팔랑거리는 하얀 드레스 자락. 모슬린 커튼, 샹들리에. 궁전의 무도회처럼, 발레 무대처럼 화려했던 무도회. 그러나 이십 년 후 그녀가 같은 장소에서 본 것은 일상적이고 따분한 댄스 풍경이었다.

환멸을 느끼는 그녀의 옆에 선 열여섯 살짜리 딸이 넋을 잃고 중얼거린다.

"꿈 같아! 하얀 드레스, 모슬린 커튼, 샹들리에!"

나는 지금 영화의 소녀보다 두 살 어리지만 환영에 홀리지는 않는다. 돌멩이 투성이 흙 위에서 코러스에 맞춰 사교댄스를 추는 두 사람은 감색 윗도리에 바지를 입고 즈크화를 신은 살풍경한 복장이다.

복장은 그렇다 치고 날씬하고 키가 큰 두 사람의 우아함에 나는 정신을 빼앗겼다. 리드하는 쪽은 코우즈키 언니였다. 상대방은 흡사 서양 인형처럼 생겼다.

책을 덮고 합창소리에 맞춰 흥얼거렸다.

봄엔 꽃 그림자에 물들고
가을엔 달빛에 젖는다

두 사람이 내 쪽을 보았다.
서로 눈빛을 교환하더니 빙글 돌면서 내게로 다가왔다. 곡은 아직 끝나지 않았지만 두 사람은 손을 놓았다. 코우즈키 언니가 앉아 있는 내게 손을 내밀었다.

스텝은 단순했다. 금방 익숙해졌다. 내 머리는 코우즈키 언니의 어깨에 겨우 닿았다. 손으로 내 허리를 가볍게 감싸고 리드하는 그녀의 몸짓은 꽃잎 같았다. 하얀 드레스가 아니라 몸뻬 차림에 두건을 쓰긴 했지만 정말 화려한 무도회에 와 있는 것 같았다.

그녀의 친구는 목재 위에 앉아 아름다운 목소리로 노래를 불렀다.

빈(Wien) 처녀의 노래 소리에도
파도는 다정하게 울려 퍼지네

"아까는 고마웠습니다."
"미와 사에양이라고 했지?"
춤을 추며 코우즈키 언니는 내 가슴의 이름표를 보았다.
"사에다라고 읽어요."
"미와 사에다!"
"예."
"나는……."
코우즈키 언니는 시선으로 자신의 명찰을 가리켰다.

"코우즈키 리츠코!"

내 얼굴은 바로 목재 위쪽을 향하고 있었다. 서양 인형처럼 생긴 사람이 내게 미소를 보내며 자기 명찰을 가리켰다. '나나오 쿄코(七尾杏子)'라고 적혀 있다. 명찰을 보고 코우즈키 언니와 같이 **여학교 전문부 3학년이라는 사실을 알았다.

나나오 언니는 내가 읽던 문고본 책을 들고 말했다.

"부탁이 있는데……."

"네!"

빌릴 수 있는지 물어볼 것이라 생각했는데 의외의 물음을 던졌다.

"이 책 껍데기 줄 수 없니?"

종이가 귀중품이 된 형편이긴 하지만 나는 기꺼이 승낙했다.

"오래된 포장지를 이용한 것인데요."

문고판 크기에 맞춰 자르기 아까워 큰 종이를 접어서 썼다.

나나오 언니는 표지를 벗겼다. 그러자 책 이름이 한눈에 들어왔다.

"『카라마조프의 형제』네! 코우즈키랑 나도 도스토옙스키 좋아해."

타락녀가 이야기했을 때와는 달리 전혀 불쾌하지 않았다. 어딘지 모르게 기쁘기조차 했다.

"빌린 책이니?"

앞에 보라색 잉크로 'K. N상에게 K.S'라고 쓰여 있다. 어느 쪽도 내 이니셜은 아니다.

"전사한 사촌 유품이에요. 사촌의 이니셜은 A.M이고 이름은 미와 아키히토. 사촌은 중학교 때 선배에게서 받았대요."

"K. N인가……."

나나오 쿄코가 혼잣말로 중얼거렸다.

"그 선배는 육군사관학교 예과에 입학할 만큼 우수했대요. 그것도 중학교 4학년으로. 육군사관학교를 졸업하자마자 대륙으로 갔어요. 전쟁에 나가면 생환을 기약할 수 없으니 사촌에게 유품으로 준 것 같아요."

중학교는 5년제로 성적이 우수하면 4학년부터 제국대학으로 연결되는 고등학교에 진학할 수 있다. 물론 하늘의 별따기라고 불리는 시험을 통과한다는 가정 아래서다.

육군사관학교 예과도 마찬가지다.

"K. N상은 K. S에게서 선물을 받은 거네."

코우즈키 언니였다.

"K. S는 여자 분이네. 안됐다. K. N상이 갖고 있기를 원했을 텐데."

남의 일이라 그런지 코우즈키 언니가 웃으며 말했다.

"K. S상은 K. N상에게 배신당했어. 아, 비극이다!"

"우리 오빠가……."

나나오 언니가 말을 잘랐다.

"중학교 4학년 때 육군사관학교 예과에 합격해서 육군사관학교를 졸업하고 소위로 임관해 대륙으로 갔어. 사촌은 어느 중학교?"

"제1중학교에요."

"제1중학교에서 제국대학에?"

"네, 도쿄제국대학!"

"역시."

나나오 언니가 갑자기 소리를 높이는 바람에 나와 코우즈키 언니는 춤을 멈추었다.

"우리 오빠도 처음엔 제1고등학교에서 제국대학을 노리고……. 그러려면 중학교도 제1중학교를 가야지. 치바로 이사 갔을 때도 오빠는 도쿄의 아는 사람 집에서 하숙을 하며 제1중학교를 다녔어. 중간에 군인으로 진로를 바꿔서 제1고등학교가 아닌 육군사관학교 예과에 진학했지만."

나나오 언니가 목재 위가 아니라 지상에 있다면 감격한 나머지 껴안았을 것이다. 그녀 역시 그랬을지 모른다.

냉정하게 생각해보면 여자아이가 상급학교에 진학하는 것을 허락하는 집안이라면 남자가 제1중학교에서 제1고등학교, 그리고 제국대학까지 노리는 일은 당연지사였을 것이다.

"그것보다 더 멋진 우연이 있어."

나나오 언니가 말했다.

"우리 오빠는 나나오 타케루, 나는 나나오 쿄코."

"K. N!"

코우즈키 언니의 목소리가 커졌다.

"그래도 그렇지 설마……."

"그 설마가 바로 그래."

나나오 언니는 "그런 우연이 있단 말이야!"라고 혼잣말로 중얼거리며 표지에 있는 이니셜을 물끄러미 바라보았다.

"네 책이었어?"

코우즈키 언니는 놀라움을 금치 못했다.

"오래 전에…… 내가 초등부 5학년인가 6학년 때였어."

"나나오는 ＊＊여학교 초등부에 다녔어."

코우즈키 언니가 내게 설명해주었다.

"초등부를 졸업한 뒤 아버지가 전근해서 치바로 이사했으니 여학교가 모교지."

"이 책 내가 받은 거야."

"K. S라는 사람에게서?"

코우즈키 언니의 물음에 나나오 언니는 고개를 끄덕였다.

"상급생이었어."

"혹시 나나오한테 S신청을 한 거야?"

코우즈키 언니가 농담처럼 말했다.

"응."

나나오 언니는 명쾌하게 대답했다.

"제비꽃 다발이 아니라 도스토옙스키 문고를……. 참 독특하네. 편지가 들어 있었겠지?"

"음, 하지만 무슨 말이 쓰여 있었는지는 기억나지 않아."

"초등학생한테 『카라마조프의 형제』는 무리지."

시다라 쿠니코는 초등학교 때 읽었다고 자랑삼아 말했다. 만약 아버지 장서에 이 책이 있었다면 초등학생이라도 나 역시 읽었을지 모른다. 부모가 대학출신이라면 대개 세계문학전집 정도는 책꽂이에 꽂혀 있을 것이다. 우리 집에도 있었다. 나도 초등학교 5~6학년 때 독서에 빠져 지냈다. 문학전집에 들어 있던 도스토옙스키 작품은 『죄와 벌』이었고 『카라마조프의 형제』는 없었다. 그때보다 지금 독해력이 더 좋아졌다고는 생각하지 않는다. 지금 읽어서 재미있는 책은 열 살 때 읽었어도 재미있지 않았을까.

열 살 때 재미있었던 책, 러시아 소설과 루이지 피란델로의 희곡은 아무리 읽어도 질리지 않는다. 그 당시 재미없었던 하야시 후미코의 책은 지금도 별로다. 좋아하는 독서 취향은 변하지 않는다.

"그래."

나나오 언니가 코우즈키 언니의 말에 응수했다.

"오빠가 나한테는 조금 무리니까 자기한테 달라고 해서 주었어. 그 당시 나도 별로 신경 쓰지 않았기 때문에 그냥 지나쳤지. 오빠가 그 책대신 사다 준 요시야 노부코의 『단풍새』가 더 좋았어. 전문부에 들어가기 얼마 전 『백치』를 읽고 도스토옙스키에게 빠져 『카라마조프의 형제』가 읽고 싶어졌지. 오빠한테 말했더니 읽은 다음 친구에게 주었다고 하더라고. 그 친구가 바로 미와의 사촌이었네."

K. S라는 ＊＊여학교 상급생으로부터 K. N—나나오 쿄코—에게, 쿄코에게서 그녀의 오빠인 나나오 타케루에게 나나오 타케루에게서 미와의 사촌인 미와 아키히토에게 그리고 아키히토로부터 내게로……. 작은 책의 화려한 여행이다!

"사촌은 제1고등학교에서 도쿄제국대학으로 진학했는데 작년에 학도병으로 출정해서 전장에 나가 있어요. 어쩌면 나나오 언니의 오빠가 있는 부대일 수도 있겠네요."

전쟁터는 광대하다. 그런 우연까지 바라는 것은 무리일 것이다.

"제1중학교에서 육군사관학교를 가는 일은 드문데."

코우즈키 언니가 고개를 갸웃했다.

아키히토가 제1중학교에 합격했을 때 입학식에서 교장이 말했다.

"여러분이 우리 학교에 입학한 까닭은 제1고등학교와 제국대학을 목표로 했기 때문이다."

고모—아키히토의 어머니—가 우리 어머니한테 말했다.

"우리 조카가······."

코우즈키 언니가 말을 이었다.

"중학교는 다른데, 코마바의 제1고등학교에서 혼고의 도쿄 제국대학에 가서 작년에 학도병으로 출정했어."

"코우즈키 언니의 사촌과 우리 사촌이 같이 다녔네요."

"우리 사촌은 코마바의 오래되고 더러운 기숙사에 있었어."

"우리 사촌은 집이 도쿄여서 집에서 통학하기는 했지만, 같은 강의실에서 공부했을 가능성도 있겠네요."

"집에서 통학했다고? 운이 좋네. 코마바의 더러운 기숙사에 들어갔으면 벼룩이나 이나 빈대하고 같이 살았을 텐데."

우리는 소리 높여 웃었고—이상한 화제는 없었지만—코우즈키 언니는 내 어깨를 가볍게 토닥였다. 세 명이 전쟁터에서 긴밀하게 모여 있다는 조금은 감상적인 생각도 들었다.

웃음을 멈추고 코우즈키 언니가 물었다.

"사촌의 사진 갖고 있니?"

"네, 출정하기 전에 사진관에서 기념사진을 찍었어요."

"나나오! 오빠 사진 있지?"

"응."

"나도 사촌 사진이 있어. 그럼 셋이서 사진을 갖고 와서……."

"서로 바꿔볼 수 있네요!"

내가 들뜬 목소리로 말했다.

"하지만 선생님한테는 비밀이죠!"

남자 사진을 갖고 다니는 사실이 발각되면 음란하고 불량한 학생으로 취급받기 쉽다. 아무리 사촌 사진이라도.

합창곡은 마지막 악장으로 치닫고 있었다.

"끝나겠다. 댄스 계속 할래?"

나나오 언니는 고개를 끄덕이며 표지를 뒤집어 제목이 보이게 펼치더니 윗주머니에서 연필을 꺼내 다시 춤을 추기 시작한 우리들을 스케치하기 시작했다.

강물은 눈부시게 맑아
하늘처럼 파랗고
영원한 아름다움으로
도나우는 빛나네
……

합창은 끝났지만 나나오 언니가 그대로 계속 춤을 추라고 했다. 스케치를 하기 위해서.

음악이 없어도 코우즈키 언니는 리드미컬하게 춤을 추며

나를 리드했다. 기분 좋게 리듬을 타던 내가 무엇인가에 끌려 휘청했다. 앞으로 고꾸라지는 나를 코우즈키 언니가 안아주었다.

앞치마 끈이 풀린 것을 밟은 것이다.

"미안해요!"

나는 끈을 다시 묶고 자세를 바로 잡았다. 두 사람은 내 행동을 재미있다는 듯 바라보았다.

"이 앞치마, 촌스러워서 싫지만 우리 교장선생님의 취미라서……."

주위에 아무도 없었기에 나는 안심하고 말했다.

"이 위에 전투 모자나 두건까지 쓰라고 하면 아마 울고 싶어질걸요."

"다리에 붕대를 감듯이 비단처럼 접어서 두르지 뭐."

"어쩌면 그쪽이 움직이기 편할지도 모르지만, 전 좀 서툴러서……."

'충고해 두는데 그 사람 무서워.' 시다라 쿠니코의 말이 머릿속 한 구석을 맴돌았다.

무섭다니! 무슨 의미일까. 조금도 무서운 사람이 아닌데.

'친하게 지내지 않는 게 좋아.' 그러나 벌써 친해졌다.

바로 그때, 돌연 암울한 사이렌 소리가 울려 퍼졌다.

"경계경보 발령!"

스피커에서 소리가 흘러나왔다. 공습 때 종종 피난 훈련을 하지만 우리는 '진짜인가' 싶어서 서로 얼굴만 바라보았다. 보통 때와 달리 '훈련'이라는 말이 없다. 나오 언니가 목재 더미 위에서 내려왔다. 첫 번째 사이렌 소리에 이어 곧바로 두 번째 사이렌 소리가 울리고 "공습경보 발령!" "전원 대피! 방공호로 들어가라!"라는 외침이 들렸다. 훈련 때와는 다르게 긴박감이 느껴지는 목소리였다.

3년 전, 여학교에 입학한 4월에 공습이 한 번 있었고 그 이후로는 뜸했다. 그렇지만 남방의 섬들이 적의 수중에 떨어지자 공습 위험도 높아졌다. 큐슈의 서북부 도시는 이미 연일 계속되는 폭격으로 파괴되고 있다. 대륙의 도시 중 하나인 '성도(세이토)'가 미 공군의 기지가 되었다.

방공 훈련은 생산 일손을 놓을 수 없어서 가능하면 휴식시간을 이용했다. 그래서 오늘도 방공 두건을 작업실에 놓고 온 터였다.

방공호는 각 동에 나누어놓았다. 혼잡을 피하기 위해서다. 공원들과 남학생들이 줄을 지어 달리는 모습이 보였다. 여기서 제일 가까운 방공호는 남자용이다.

두 사람은 어린 나에게 신경을 써주면서 뛰었다. 나도 달리기에서는 져본 일이 없지만 그래도 선배들과 함께 할 수 있어 든든했다.

코우즈키 언니 앞에서 가던 내가 다시 넘어졌다. 이번에도 앞치마 끈 때문이었다. 아까 다시 묶었는데……. 아마 제대로 묶이지 않았던 모양이다. 끈이 풀려 발목 근처까지 술술 내려왔다. 앞치마 끈에 신경을 쓰느라 땅 위에 있는 웅덩이를 미처 보지 못했다. 앞으로 넘어지면서 몸을 살짝 옆으로 비튼 덕분에 얼굴이 땅에 부딪히는 것만은 피할 수 있었지만, 어쩔 수 없이 엉덩방아를 찧었다.

"채플린 같죠!"

덤벙거리는 내 자신이 우스웠다.

"앞치마를 아예 풀어놓는 게 좋겠다."

코우즈키 언니가 웃으며 말했다.

"정말 그러는 게 좋겠네요."

나는 발에 감기는 긴 천을 풀었다. 나나오 쿄코가 끝에서부터 감아주었다.

일어나려는데 왼쪽 발목 부근에 심한 통증이 느껴졌다.

"못 걷겠어?"

"아니요. 괜찮아요!"

말은 그렇게 했지만 왼쪽 다리에 체중을 실을 수가 없었다. 한 쪽 발로만 걸을 수밖에.

"먼저 가세요."

내가 말했다.

"빨리 가지 않으면 방공호가 다 차버릴 거예요."

동원된 학생 수는 점점 늘어나는데 정작 방공호는 그 수요를 맞추지 못했다. 그래서 나중에 들어가려고 하는 사람들이 입구에서 밀려나오는 것을 훈련할 때 종종 목격했다.

코우즈키 언니와 나나오 언니는 미소를 머금은 눈빛을 교환했다. 두 사람은 오른쪽 손으로 자신의 왼쪽 손목을 붙잡고 왼손으로 상대방의 오른쪽 손목을 쥐었다. 네 개의 손이 卍자가 되었다.

"방공 훈련 때 구호법이랑 들것이 없을 때 사용하는 운반법도 배웠어. 너희도 배우지?"

"네."

"자, 어서 올라와."

두 사람은 내가 앉기 편하도록 자세를 낮췄다.

"죄송해요!"

"이럴 경우를 대비한 훈련이지."

두 사람의 목을 끌어안고 몸을 의지했다.

"생각보다 무겁지 않네."

말은 그렇게 했어도 먼 거리는 무리다.

"신여(신의 몸체) 같네."

두 사람은 가볍게 나를 위아래로 들썩였다. 미안하다고는 말해도 재미있었다.

"방공호는 이미 다 찼을 테니 여기로 들어가자."

콘크리트 창고 앞에 멈춰 서서 코우즈키 언니가 말했다.

긴박감이나 공포 따위는 느껴지지 않았다. 방공호에 들어가 오랜 시간 머무는 것은 고통 그 자체다. 통풍이 충분히 안 돼서 훈련할 때도 몇 명은 속이 안 좋아지기도 했다.

창고 안에는 포장된 짐이 엄청나게 많이 쌓여 있었다. 판자 이음새로 새어 들어오는 빛줄기 속으로 먼지들이 춤을 추고 있었다.

나를 마룻바닥에 내려놓고 코우즈키 언니는 혼자 밖으로 나갔다.

"위험해요!"

"금방 돌아올 거야."

"여기, 너의 소중한 책!"

나나오 언니가 주머니에서 책을 꺼내 내 손에 올려놓았다.

"고마워요!"

"이것도 돌려줘야겠지!"

그렇게 말하며 나나오 언니는 스케치한 표지 종이를 내게 주었다.

"안 가져가도 괜찮아요?"

"그린 그림은 갖고 갈 필요 없어!"

"기념으로 잘 간직할게요."

코우즈키 언니가 돌아왔다. 젖은 손수건을 들고 있었다. 창고 입구 옆에 물을 채워 놓은 방화용 수조가 있었다. 손수건을 발목에 감아 차게 해주었다.

"철없는 공주 같아요, 제가!"

"받들어 모시겠습니다!"

세 사람은 깔깔 웃었다.

창고 안에서 시간을 보내기 위해 삼부 합창을 했다. 코러스는 **여학교에서도 유행인 듯했다.

피아노 파트도 멜로디만 부르고…….

밤나무 숲 그늘에

연회는 흥겹고

횃불은 환하게 타오르는데

나뭇잎 이불 삼아 쉬어 가는구나

'이게 바로 낭인의 무리'는 나나오 언니의 한 톤 높은 소프라노다. 그리고 '눈빛은 빛나고 머리는 반짝이네' 부분은 내가 메조소프라노로, 코우즈키 언니가 알토를 맡아 삼부로 불렀다.

닐의 강물에 비쳐서

반짝 반짝 빛나네

경보 해제 사이렌이 울릴 때까지 얼마나 시간이 흘렀을까…….

방공호에서 나온 공원들과 학생들은 각각 인원 점검을 했다. 두 사람은 내가 일행의 후미에 붙을 때까지 나를 부축했다. 그것이 두 사람이 방공호로 대피하지 못한 데 대한 면책 수단이기도 했다.

해산하자마자 사람들 사이를 헤치고 시다라 쿠니코가 내게로 왔다. 나는 같은 반 학생의 도움을 받아 작업실로 돌아가는 중이었다. 공원들과 남학생들은 작업에 복귀했지만 여학생들에겐 가족이 걱정한다는 이유로 귀가 조치가 내려졌다.

"왜 우리 학교 상급생하고 같이 있었니?"

시다라 쿠니코가 따지듯이 물었다. 살기까지 느껴질 정도였다.

"너한테 설명할 필요는 없을 텐데."

반 친구도 시다라 쿠니코에게 불쾌한 기색을 내비쳤다.

발목 통증이 점점 더해져서 담임선생님이 공장의 의사를 불러왔다. 골절이 아니라서 입원할 필요는 없다고 한다. 약간 삐끗한 정도로 안정을 취하면 며칠 내로 나을 것이라 했다. 의사가 찜질한 곳에 기름종이를 대고 붕대를 감아주었지만 만원 전차를 타고 집으로 갈 일이 문제였다.

"집에 연락해서 데리러 오라고 하자!"

"그게…… 아무도 없어요."

아버지는 군의관으로 대륙에 가 계시고 어머니는 초등학생인 남동생 둘과 미취학 아동인 여동생을 데리고 친정이 있는 누마즈에 피난 간 상태다. 작년부터 대도시에 사는 초등학생을 연고지로 피난시키라는 정부의 지시가 있었다. 그래서 올 7월에는 연고가 없는 아동들을 집단으로 시골로 피난시켰다.

어머니는 아이들을 데리고 누마즈로 가셨지만 집을 무인지경으로 놔둘 수는 없었다. 고모―아버지의 막내 동생―가 나와 함께 집을 지키며 살고 있었다. 고모는 고모부가 징집되어 빌린 집에서 혼자 지내고 있었기 때문에 우리 집으로 옮겨 오기가 쉬웠다. 내가 태어날 때까지 독신이었던 고모는 오빠네 집―즉 우리 아버지―에서 같이 살았는데 조카인 나를 무척 귀여워했다. 고모가 결혼해서 임대한 집으로 이사할 때 나는 고모에게 배신감마저 느꼈다.

그날 고모는 식량을 사러 연고가 있는 시골에 가고 없었다. 당일 날 돌아오기 힘들기 때문에 하룻밤 묵고 다음 날 돌아오기로 되어 있었다.

이러한 사정을 선생님께 이야기하는데 코우즈키 언니와 나나오 언니가 내 몸 상태를 보러 왔다.

"오늘 밤만 공장 기숙사에서 자는 게 어떨까요?"

코우즈키 언니가 선생님께 제안했다.

"그건 좀……."

"지방에서 온 여학생 기숙사나 여자 공원들의 기숙사는 선생님께서 부탁해주시면 될 거 같은데요?"

코우즈키 언니가 한마디 덧붙였다.

"제가 오늘 밤 같이 있겠습니다. 저는 ＊＊여학교 기숙사에 있기 때문에 여기서 자도 불편하지 않습니다. 기숙사 사감한테 선생님이 사정만 잘 설명해주신다면……."

"저도 같이 있겠습니다."

나나오 언니였다.

"미와상이 다리를 다쳤을 때 우리 두 사람이 같이 있었어요. 선배로서 책임을 느낍니다."

나는 단숨에 두 사람의 동생이 된 기분이었다. 사교댄스와 삼부 합창을 하며 보낸 시간들이 떠올랐다.

"공장에서 저녁과 아침밥을 줄까?"

선생님이 걱정하셨다.

"외식권으로 안 될까요?"

코우즈키 언니가 말했다.

"외식권을 갖고 있나?"

"네. 기숙사 식당이 올해부터 일요일은 문을 닫기 때문에 종종 사용하거든요."

"비상식량도 준비하고 있습니다."

나나오 언니가 거들었다.

이번 가을부터 공장에 갈 때 만일의 공습에 대비하여 방공두건과 더불어 비상식량을 휴대하도록 했다. 볶은 콩과 찐쌀 그리고 건빵 등 휴대가 간편한 것을 작은 봉투에 넣어 갖고 다녔다. 지금까지 비상식량을 사용할 상황은 없었다.

"한 번 이야기해보자!"

선생님이 말했다.

"저는…… 지금 외식권이 없는데요."

나는 기어들어가는 목소리로 말했다.

"집에 있으니 나중에 갚을게요. 아참, 비상식량은 있어요."

선생님이 공장으로 허가를 얻으러 가셨다. 학급 친구들은 저마다 몸조심하라고 떠들썩하게 한마디씩 하고 돌아갔다. 학급 임원인 이데 후사코가 코우즈키 언니와 나나오 언니에게 '나를 잘 부탁한다'며 주제넘게 끼어들었다.

"학교 기숙사에 돌아가서 아무 말도 하면 안 돼."

코우즈키 언니가 나나오 언니를 보며 다짐을 받았다.

나나오 언니는 미소로 대답했다.

"때로는 다른 곳에서 자고 싶어."

다른 곳이라도 공장 기숙사는 좀…….

"어쩌면 학교 기숙사보다 식사가 잘 나올지 몰라."

같은 작업장에 있던 **여학교 학생들은 두 선배에게 깍듯이 인사를 하고 나갔다. 시다라 쿠니코가 마지막까지 남았다.

"학교 기숙사에 질렸다면 우리 집으로 오세요. 제가 신세를 졌다고 하면 고모도 대환영일 거예요. 식사는 잘 대접할 수 없지만."

"가고 싶은데."

시다라 쿠니코는 우리 세 사람을 물끄러미 바라보고 있었다. 유심히 관찰하는 듯했다.

코우즈키 언니와 나나오 언니는 눈짓과 표정만으로 무엇인가 의견 교환을 했다. 말로 표현하자면 코우즈키 언니가 '저 아이 기분 나쁜데 혼내줄까' 하자 나나오 언니가 '그냥 내버려두자'고 하는 것처럼 보였다.

숙박과 식사는 여자 공원들 기숙사에서 하는 것으로 결정되었다. 공장 측과 협의가 끝나자 나는 장거리 전화로 고모에게 소식을 전했다. 조금만 움직이려 해도 두 사람의 어깨를 빌려야 했다. 벽에 붙은 전화기 앞에 코우즈키 언니가 의자를 놓고 나를 앉혔다. 전화기 위치가 높아서 앉은 채로는 전화를 걸 수가 없었다. 교환수에게 장거리 전화를 부탁하는 것도 코우즈키 언니가 대신 해주었다. 고모가 나오자 코우즈키 언니는 일목요연하게 사정을 설명했다.

나나오 언니의 어깨를 빌려 한 발로 서서 수화기를 받아들었다.

"공장은 위험하지 않니?"

고모는 걱정스러운 모양이었다.

"발은 어떤데? 지금이라도 가고 싶은데 오늘은 타고 갈 차편이 없어……."

"괜찮아요. 야간 공습은 없을 거래요. 공장 사람들도 그렇게 말했어요."

"내일 여기서 곧장 가마!"

"공장 작업 시간 끝나면요."

"다쳤을 때라도 좀 쉬게 해달라고 하지."

"다듬는 작업은 앉아서도 할 수 있어서 괜찮아요. 걱정 마세요 고모!"

"그래도……."

"항공기 생산과 관계되는 작업이라서요. 쉬는 만큼 생산이 늦어져요."

특공대원들에게 미안하다. 작은 나사 하나라도 모자라면 비행기를 완성할 수 없다.

조립공장 사람들은 부품이 도착하기를 기다리고 있다.

"게다가 제 부주의로 다쳤는데요. 쉴 수가 없어요."

"내일 점심 때쯤 집에 가 있을 테니 전화해라."

그렇게 하겠다고 대답하고 나는 전화를 끊었다.

두 사람 부축을 받으며 기계기름 냄새가 진동하는 복도를 지나 여자공원들 식당으로 가는데 무엇인가 시야에 잡혔다. 창문 옆 벽에 시다라 쿠니코가 기대 서 있었다. 우리가 다가서자 모르는 척 창밖으로 시선을 돌렸다.
"너 무슨 일 있니?"
코우즈키 언니의 날카로운 목소리에 나는 움찔했다. 정말 냉랭했다. '충고해주겠는데 저 사람 무서워! 가깝게 지내지 않는 게 좋아'라던 시다라 쿠니코의 말이 또렷하게 떠올랐다.
"아니요, 별로……."
"특별한 용건이 없으면 따라다니지 마라."
"저는 그냥……."
눈물을 애써 참고 있는 것인가 아니면 토라진 것일까.
"빨리 집에 가. 다들 걱정할 거 아니야!"
나나오 언니의 말에 시다라 쿠니코는 눈물을 주르륵 흘렸다.
"가자!"
코우즈키 언니가 나나오 언니와 나를 재촉했다. 두 사람의 도움을 받아 한 발로 걸었다. 내내 뒤쪽이 신경 쓰였다. 시다라 쿠니코가 뒤따라오는 것은 아닐까. 포기하고 집으로 돌아갔나.
해는 이미 저물고 있었다. 야간 공습에 대비해 등화관제가 철저하게 시행되고 있었다. 창문이라는 창문은 다 닫혀 있다.

나무판을 대거나 덧문을 닫아걸었다. 안쪽엔 암흑이 드리워져 있을 것이다. 바늘구멍만 한 빛도 새어나오지 않았다. 하늘의 무수한 별이 은하수를 이루어 지상의 건물들이 더욱 검게 도드라졌다. 적기가 이 하늘을 장악했다는 게 믿기 어려웠다. 희뿌연 밤하늘 아래 유랑민이 횃불을 들고 노래하고 춤을 추는 모습이 연상되었다. 나는 '밤나무 숲 그늘에'를 불렀다. 마음속으로 부를 생각이었는데 나도 모르게 소리가 흘러나왔다.

"연회는 흥겹고 횃불은 환하게 타오르는데……"

두 사람도 가세했다.

"나뭇잎 이불 삼아 쉬어 가는구나."

다음 대목은 고음이라 목청을 돋워야만 한다. 우리는 함께 노래를 불렀다.

"이게 바로 낭인의 무리, 눈빛은 빛나고 머리는 반짝이네."

작곡가 슈만은 독일 사람이다. 독일 가곡이다. 공장 지도원이 뭐라고 하면 그렇게 대꾸하면 그만이다. 노래를 부르며 여자 공원들이 사용하는 기숙사를 찾았다.

'사랑스러운 소녀는 춤을 추고'는 나나오 언니의 투명하고 맑은 소프라노로 '횃불을 밝혀 들고'는 내가 메조소프라노로 그리고 '피리 소리에 맞춰, 서로서로 얼싸안고' 부분은 코우즈키 언니가 알토로 불렀다. 혼성 합창이라면 여성의 소프라노와 알토, 남성의 테너와 베이스 사부로 편성될 것이다.

　장소를 알려줬지만 모든 건물이 비슷비슷해서 찾느라고 헤맸다.

　이곳이라고 짐작되는 건물 안으로 들어갔다. 넓은 현관에 슬리퍼 상자가 뽀얗게 먼지가 앉은 채 줄지어 있었다.

"무슨 일이지?"

　수위가 가로막았다.

"선생님이 공장 분한테 연락을 해두었어요. 여기서 하룻밤 머물도록 허가를 받았습니다."

　코우즈키 언니가 우리 세 사람의 이름과 학교 이름을 또박또박 말했다.

"잘못 안 거겠지. 남자 기숙사엔 여자가 들어올 수 없어."

"여자 공원들 기숙사 아니에요?"

"여기는 남학생 기숙사다. 여자 공원들 기숙사는……."

　수위가 공터 옆에 있는 건물이라고 알려주었다.

　여자 공원 기숙사에서는 이미 연락을 받은 모양이다. 식당으로 갔더니 우리 세 사람을 위한 식사가 준비되어 있었다. 다른 사람은 없었다. 작업복 차림에 앞치마를 두른 주방 아줌마가 우리를 맞았다.

"아직 모두들 작업 중이야. 너희처럼 도쿄에서 통학하는 학생들은 굉장히 대우가 좋은 거야."

통학생들은 여덟 시부터 네 시까지 일했지만 기숙사에 사는 공원들과 지방에서 온 정신대 학생들은 여자들도 오전 일곱 시부터 오후 일곱 시까지 열두 시간 꼬박 일해야 했다. 일주일마다 야근도 했다.

비록 만원 전차에서 고생을 해도 우리가 훨씬 편한 셈이다.
"배고프지. 여기는 군에서 직접 관할하기 때문에 민간 공장보다 식량사정이 나은 편이야. 많이들 먹어라."

식사로 나온 죽에는 조개가 많이 들어 있었다.
"너한테 친절하게 해줘서 다행이네."

코우즈키 언니가 나를 돌아보며 장난스럽게 말했다.
"확실히 학교 기숙사 식사와는 많이 다른데?"
"그래도 열두 시간 노동에 야근까지 한다니 고역이겠어."
"과로해서 몸 상하는 아이들이 많아."

아주머니가 한마디 끼어들었다.
"설사 정도는 병원에도 안 보내줘" 하면서 주위를 한 번 살피더니 "비밀이야!"라며 눈을 찡긋했다.

침실로 할당된 방은 여분의 이불 등을 놓아두는 곰팡이 핀 곳이었다. 어쩔 수 없다. 습기를 먹어 눅눅한 이불들을 바닥에 깔았다. 상급생하고 같이 수학여행이라도 온 것처럼 기분이 들떴다.

두 사람은 어린 아이를 돌보듯 번갈아 발목에 찜질을 해주었다. 전문부 3학년이면 스무 살이다. 그러니 여섯 살이나 아래인 내가 얼마나 어리게 보일까!

나는 장녀이기 때문에 항상 동생들을 돌봐왔다. 어머니와 남동생이 피난 가고 없는 지금은 같이 사는 고모가 외동딸처럼 귀여워해 주지만.

언니 둘이 귀여워해주니 기분이 좋았다.

코우즈키 언니를 가운데 두고 우리는 나란히 누웠다.

창문의 덧문을 닫았다. 등화관제 때문에 사방이 어두웠다. 방 안도 어둡다. 전기를 끄니 칠흑 같은 어둠뿐이다.

좀처럼 잠이 오지 않았다. 규칙적이고 가녀린 숨소리가 조금 떨어진 곳에서 들리는 걸 보니 나나오 언니는 벌써 잠든 모양이다.

옆에서 코우즈키 언니가 뒤척이는 느낌이 들었다. 귓가에 호흡이 느껴졌다.

"만약에 내일 그 아이가……."

코우즈키 언니가 속삭였다.

"너한테 이상한 짓을 하면 말해. 못 하게 할 테니!"

"시다라 쿠니코요?"

나나오 언니가 깨지 않도록 나도 말소리를 낮췄다.

"그래."

"전부터 아는 사이인가요?"

"아니, 그 애가 일방적으로 다가와서 혼내줬더니 그만 두긴 했는데."

"그만 둔다면…… 무엇을요?"

"따라다니며 살피는 거. 공장에 와서부터는 그렇게 따라붙지 않지만."

"저기, 어쩌면 시다라……."

나는 망설였다. 하급생이 상급생을 지켜본다면 사모하고 있다고 밖에는 생각할 수 없다.

"너희 학교에도 있지?"

"S요?"

"응."

"있어요. 금지되어 있지만."

내 사물함에도 누가 보냈는지 모를 꽃다발과 카드가 몇 번 들어 있었다. 누가 나를 좋아하니까 만나주라는 등 귀찮은 참견을 들은 적도 있다. 하지만 나는 여학생들끼리 수다 떨고 싶은 생각이 없다. 사모하는 마음을 가진 상대는 『카라마조프의 형제』와 십여 권의 책을 유품으로 남기고 전사한 사촌뿐이다.

어두워서 상대방 얼굴이 보이지 않자 왠지 긴장도 풀렸다. 그 바람에 사촌에 대한 내 속마음을 코우즈키 언니에게 털어놓고 말았다.

143

"하지만 사촌은 나를 아이 취급해요. 학도병 출정이 결정되고 우리 집에 인사하러 왔을 때도 '헤이, 떡판'이라고 했다니까요."

"떡판? 네 얼굴은 그렇게 넓적하지 않은데."

"이름 가지고 놀리느라고 그래요. 늘 그랬어요. 다른 사람이 있는 데서도 그렇게 부르니까요. 너무하죠!"

코우즈키 언니는 억지로 웃음을 참는 것 같았다.

나나오 언니가 잠들지 않았다면 아마 웃음을 터뜨리고 말았을 것이다.

"나도 사촌을 좋아해."

코우즈키 언니가 속삭였다.

어둠 속에서 코우즈키 언니와 나는 손을 꼭 잡았다. 같은 상실감으로 동지애를 느꼈다. 코우즈키 언니도 그랬을 것이다.

잠시 침묵이 흐르다 누가 먼저라 할 것 없이 손을 놓았.

눈은 점점 더 말똥말똥해졌다.

"시다라 쿠니코, 코우즈키 언니한테 열성인가요?"

주제를 앞으로 돌렸다.

"열성이라고 할 정도로 귀엽지 않아."

코우즈키 언니는 한숨을 내쉬었다.

"그 아이 이상해."

타인을 험담하는 말은 듣고 싶지 않다는 등 위선을 떨 생각은 없다. 코우즈키 언니의 말에 나는 기분이 좋아졌다. 시다라 쿠니코는 아이들한테 소외당하고 있다. 하지만 내게는 호감을 보였다. 분위기에 편승해서 시다라 쿠니코를 헐뜯는 식으로 치사하게 굴지는 않았지만 나 역시 속으로 비웃고 있었다. 실은 내가 시다라 쿠니코보다 더 못됐다.

 시다라 쿠니코의 이니셜도 K. S······라는 생각이 들었다. 그렇지만 나나오 언니가 K. S한테서 『카라마조프의 형제』를 받은 것은 초등학교 4학년인가 5학년이라고 했으니 거의 십 년 전의 일이다. 나와 같은 학년인 시다라는 그 당시는 미취학 아동이었다.

 시다라 쿠니코는 왜 그렇게 소외당하는 걸까. 복장이 단정치 못하고, 아무리 좋다고 해도 상대방을 따라다니며 빤히 보기만 한다면 당연히 싫어지겠지만 동급생에게 마저도 소외당하는 이유는 무엇일까. 내가 시다라 쿠니코를 싫어하게 된 것은 세정 작업할 때 이상하게 가까운 척하며 이야기를 걸기 때문이다. 다른 사람에게도 그렇게 뻔뻔하게 치근덕거렸나? 그래서 모두 싫어하는 걸까. 우리 반의 이상한 아이인 이브―아베 킨코―는 소외되지는 않는다. 친구가 되자고 하면 거부하지 않지만 묘하게 혼자만 겉돌아 결국 아무도 친구가 되자고 하지 않을 뿐이다. 나도 이브가 싫지는 않지만 둘이서만 이야기하는 것은 괴롭다. 그저 '응, 응' 하는 누보의 이브는 엉뚱한 소리를 잘 하기 때문이다. 나뿐만 아니라 누구한테나 그런 모양이다. 해골만은 예외다. 그 애는 이브와 이야기가 잘 통하는 것 같다. 때때로 둘이서 무슨 이야기를 나누는 걸까. 궁금하다.

"나나오가 깊이 잠들어서 하는 이야기니까 저 애한테는 말하지 마."

"네."

"작년, 아마도 7월쯤이었지……. 그 아이가 기숙사 방에 몰래 들어와 이상한 물건을 남겨놓았어. 점심 먹으러 식당에 갔다 오니까 제비꽃 다발이 노트 위에 있는 거야. 그것만으로도 기분 나쁜데 서랍에도 이상한 물건이……."

"이상한 물건이라면?"

"무엇인가 쓰여 있는 책……이라고 할까 노트라고 할까……. 내용은 거의 읽어보지 않았어. 읽어보고 싶었지만 글씨를 못 알아 볼 정도로 악필이라 몇 페이지 읽다가 그만 두고 기숙사 벽장 안에 넣어두었는데……. 아, 참 지금도 그대로야."

"편지와는 다른가요?"

"편지는 아니야. 무엇인가 자신의 일을 미주알고주알 써놓은 듯했어. 내가 아무도 없는 곳으로 그 아이를 불러서 혼냈지. 그런 짓 하지 말라고……."

시다라 쿠니코는 '그런 짓'이 무엇이냐며 모르는 척 했다고 한다.

"나나오한테 침입자가 있었다는 이야기는 하지 않았어. 대범한 것 같아 보여도 무척 예민하거든."

잠시 침묵이 흘렀다.

"우리가 너하고 친해졌다는 사실을 알고 그 아이가 너한테 질투심을 느껴 무슨 짓을 할까봐 걱정이 돼서 그래. 괜히 불필요한 이야기까지 하게 됐다. 이제 그만 자자."

'예'라고 대답은 했으나 잠이 오지 않았다.

창문 밖이 시끄러웠다. 남자들이 고함을 질렀다. 비명소리도 섞여 있었다.

"무슨 일이지?"

코우즈키 언니가 일어나서 나도 이불을 빠져나왔다.

코우즈키 언니가 커튼을 젖히고 덧문을 살짝 열었다. 하늘의 별이 처량하게 지상을 비추고 있었다. 패싸움을 하는 중학생들이 보였다. 마구잡이로 나무 몽둥이를 휘두르는 학생도 있고 피를 흘리는 학생도 있었다. 피가 별빛 아래 검게 보였다.

나나오 언니도 잠에서 깨어 창가로 왔다. 우리들은 문틈에 얼굴을 대고 숨죽이며 지켜보았다.

운동장을 가로질러 남자 기숙사에서 도망쳐 나오는 학생들과 쫓는 자들의 수가 늘어갔다. 초등학교 때 남자아이들이 싸우는 것을 본 일이 있지만 몸집이 큰 중학생끼리의 싸움은 그것과는 비교할 수 없을 정도로 격렬했다. 솔직히 말하자. 나는 조금—아니 상당히—흥분되었다.

소란은 금방 끝났다. 인솔하는 선생님 같은 사람과 공장에서 야근하는 사람인 듯한 건장한 남자들이 달려와 진압했다. 학생들은 두 줄로 서로 마주보고 서 있었다. 선생님의 가차 없는 기합에 서로 마주 보고 있는 사람끼리 상대방의 따귀를 때렸다. 있는 힘껏 상대방의 뺨을 때렸다.

"좋아, 이것으로 서로 유감은 없는 거다. 내일을 위해서 어서 자라."

중학생들은 기숙사로 돌아갔다. 우리도 덧문을 닫고 이불 속으로 돌아왔다. 자기 전에 코우즈키 언니가 다시 한 번 찜질 수건을 갈아주었다. 막내 동생이 된 기분이었다.

찜질이 효과가 있었는지 다음 날 아침이 되자 통증이 많이 가라앉았다. 일일이 어깨를 빌리지 않아도 왼쪽 다리에 부담만 가지 않게 하면 혼자서 걸을 수 있었다.

여자 공원들은 이미 식사를 마치고 공장으로 간 뒤였다. 통학생들의 작업 개시는 한 시간 늦는다. 함께 있으면 서로 불편할 것을 알고 주방 아주머니가 우리 순서를 뒤로 바꾸어서 배려해주었다.

아주머니는 어젯밤 소란이 야마나시에서 온 중학생과 이바라키에서 온 학생들 간의 싸움이라고 했다.

"낮에 작은 일로 서로 다툼이 있었는데 저녁에 야마나시 학생이 이바라키에서 온 학생 기숙사로 쳐들어가면서 일이 터졌다네. 야마나시는 옥쇄 전법으로 싸운 야마자키타이사가 나온 학교라서 위세가 대단해. 낮에 그렇게 힘들게 일하고도 여전히 힘이 남아 있다니! 부러울 뿐이야. 하지만 한바탕 하고 나서 이제 깨끗하게 정리된 모양이야."

"남자들 싸움은 좋네요. 뒤끝이 없어서."

코우즈키 언니가 말했다.

"서로 따귀 한 대씩 주고받은 다음에는 유감을 털어버린다니, 멋있어요."

"발은 어때?"

"덕분에 어제보다 통증이 많이 가라앉았어요."

"잘됐네. 그래도 무리는 하지 마!"

작업에 들어갔다. 나는 복도 세정 장소까지 나를 수 없기 때문에 의자에 앉은 채 다듬기만 했다. 한쪽 구석, 용기에 담아놓은 나사 더미를 반 아이들이 날라다주었다.

"미와 것도 좀 갖다 줘!"

이데 후사코가 일일이 참견하고 나섰다.

"이번엔 내가 갖다 줄게. 마침 내가 다음 차례거든. 그러니 신경 쓰지 마."

이데 후사코가 그러면 왠지 신경이 쓰인다.

이브짱 그러니까 아베 킨코는 뒷자리에 있다가 어정쩡한 자세로 내 옆을 지나간다. 멍한 표정으로 당연하다는 듯 자기 것만 챙겨 간다.

'미안해'라고 말하면 '뭐라고?' 하는 듯한 이상한 표정이다.

어제의 공습은 나카지마 비행기를 만드는 무사시노 제작소가 폭격을 받은 것이라고 했다.

끝날 때까지 일을 계속할 작정이었는데 점심때가 지나 고모가 데리러 왔다. 선생님도 귀가를 허락해주셨다. 그때도 이데 후사코가 설쳐댔다.

"고모님, 항상 신세 지고 있습니다. 누가 미와를 좀 도와줄래?"

떠들썩한 배웅을 받으며 조퇴했다.

이틀 정도 지나자 통증이 가셔서 다시 공장에 나갈 수 있게 되었다.

다리가 어떤지 코우즈키 언니와 나나오 언니가 문병을 왔다.

"이제 괜찮아요. 저기…… 사촌 사진은 내일 갖고 올게요."

"그럼 내일 점심시간에 거기서 보자."

"경보가 울리지 않으면 좋겠는데."

이야기를 하는 사이 등 뒤로 시다라 쿠니코의 질투에 찬 눈길이 느껴졌다. 우월감도 있었지만 불쾌한 기분도 감출 수 없었다.

"멋있는 분이네!"

햇살이 드는 '비밀 장소'에서 세 사람이 가져온 사진들을 서로 교환해보며 이구동성으로 감탄했다.

코우즈키 언니의 사촌도 나나오 언니의 오빠도 그리고 우리 사촌인 아키히토도 생김새는 제가끔이었지만 분위기는 한결같았다. 멋지고 씩씩했다.

나는 양쪽으로 접은 아키히토의 사진만 갖고 왔지만 두 사람은 앨범을 갖고 왔다. 풀로 붙여놔서 한 장만 뗄 수 있었기 때문이다.

코우즈키 언니의 앨범은 이삼 년 된 것으로 얇았지만 나나오 언니 것은 검은 바탕에 아기 때부터 전부 붙여놓은 거라서 두께가 3센티미터 정도 되었다.

나와 코우즈키 언니는 얼굴을 맞대고 나나오 언니의 753장의 사진 즉, **여학교 초등부 입학 기념사진부터 감상했다. 어릴 때부터 나나오 언니는 서양 인형 같았다. 특히 피아노 발표회 때 사진을 보고서는 나도 모르게 '템플짱 같아요!'라고 중얼거렸다. 미국 영화에 나오는 셜리 템플은 말아 넘긴 머리와 보조개가 사랑스러운 배우다.

발표회에 나온 학생들의 사진도 있었는데 상급생들은 예복을, 아이들은 프릴과 리본으로 장식한 그림 속의 공주 같은 옷을 입고 있었다. 모두 화려하기 그지없었다.

"아주 귀한 거네!"

코우즈키 언니가 나나오 언니한테 말했다.

"자신을 이렇게 전부 공개하다니."

"공습으로 어떻게 될지 아무도 모르잖아."

나나오 언니가 대답했다.

"그래서 사진이라도 보여주고 싶었어."

"공습으로 죽을 때는 모두 함께야."

"그래도 뭐라고 할까? 적당한 표현이 떠오르지는 않지만, 뭐랄까, 나의 과거를 너희들과 함께 나누고 싶었어. 코우즈키의 사진을 본 것만으로 나도 너와 시간을 공유한 거나 다름없어."

"미와의 어릴 적 사진도 보고 싶은데."

코우즈키 언니가 웃으며 말했다.

"앨범을 어머니가 전부 피난처로 갖고 갔어요. 나나오 언니! 어릴 때부터 피아노를 쳤나요?"

"아주 오래 전에 그만뒀어."

나나오 언니의 말투가 어딘지 처량하게 느껴졌다.

"폴로네즈 제4번이 멋있었지. 언제인지 음악실에서……"

코우즈키 언니가 말하는데 작업 개시를 알리는 종이 울렸다. 이야기는 거기서 중단되었다.

우리들은 작업 공장으로 돌아가다 창고 구석에 있는 시다라 쿠니코를 발견했다. 원망스러운 눈초리였다.

그리고 자주 경보가 발령되기 시작했다. 그때마다 작업을 멈추고 방공호로 대피했다. 여기 저기 폭격을 받았다.

해가 바뀌었다. 1945년. 공습은 점차 강화되었다. B29뿐 아니라 함재기까지 파상 공격을 퍼부었다. 연일 경계경보와 공습경보가 울렸다.

1월 27일에는 B29 대편대가 긴자에서 니혼바시와 유락쵸 일대에 포탄을 쏟아 부었다. 보호대 밑으로 피신했던 사람들은 현장에서 즉사했다고 한다. 긴자에서 가업을 잇고 있는 동급생은 집과 가게가 모두 파괴되어 시골로 피난을 갔다. 그 외에도 피난을 떠난 동급생이 많았다.

가끔 경보가 울리지 않는 점심시간에 우리는 '비밀 장소'로 향했다. 코우즈키 언니와 나나오 언니는 말을 맞춘 듯 항상 그곳에 있었다.

셋이 모여도 수다를 많이 떨지는 않았다. 『카마라조프의 형제』는 읽었기 때문에 나나오 언니가 좋아한다는 『백치』를 읽기 시작했다. 사촌이 남겨준 책 중에 들어 있었다. 추위를 견디기 위해 셋이서 어깨를 맞대고 각자 책을 읽거나 스케치를 하면서 시간을 보냈다. 먹을 것이 부족해서 언제나 배가 고팠지만 두 언니와 함께 있을 수 있어서 마음은 풍족했다.

2월 중순.

몸이 꽁꽁 얼어붙는 복도 세정소에서 나사를 씻고 있는데 시다라 쿠니코가 다가왔다. 나는 별로 이야기하고 싶지 않아 고개를 돌려버렸다.

"므이슈킨 공작의 비밀, 알았니?"라고 말하며 옆에 나란히 섰다.

"비밀?"

나도 모르게 물어보고 말았다. 그 이후로—이 아이는 내가 무엇을 읽고 있는지 알고 있다—고 생각하니 기분이 나빴다.

"그 병 말이야? 발작 직전에 무서울 정도의 황홀경에……."

내가 대꾸하자 시다라 쿠니코는 엷은 미소를 머금었다. 나를 바보 취급하는 표정이었다.

"병에 대한 이야기는 확실하게 드러나 있잖아. 그럼 비밀이 아니지. 여자와의 일 말이야. 그걸 모르면 『백치』를 이해할 수 없어."

며칠 뒤 점심시간에 두 사람과 만났을 때 나는 므이슈킨 공작의 비밀이 무엇인지 물어보았다. 시다라 쿠니코가 말한 내용에 맞춰서.

두 사람은 곤란한 표정으로 서로 마주보았다.

"어디까지 읽었는데?"

"아직 반도 안 읽었어요."

"지금 몰라도 돼. 어른이 돼서 알아도 충분해."

코우즈키 언니는 그렇게 말하면서 "그 아이 정말 조숙하네" 하고는 불쾌한 표정을 지었다.

"요즘 터치가 조금 바뀌었네!"

그리고는 얼른 나나오 언니의 스케치로 화제를 돌렸다.

"에곤 실레의 터치를 흉내낸 거야."

아버지 서고에는 미술 전집도 있었다. 중세부터 르네상스, 에꼴 드 파리, 인상파, 야수파, 입체파 등에 이르기까지 세계 명화가 총망라되어 들어 있었는데 에곤 실레라니, 금시초문이었다.

내가 솔직하게 말하자 나나오 언니는 "일본에서는 아직 실레의 화집이 안 나왔을 거야" 하고 대답했다.

"코코슈카는 아니?"

"예에, 소묘를 본 적이 있어요. 화집에서지만."

터치가 바늘처럼 날카롭고 불건전하면서 무서운 느낌이 좋았다고 말했다.

"실레도 거의 동시대 사람이야. 코코슈카는 아직 살아 있지만 실레는 오래 전에 죽었어. 스물여덟 살. 코코슈카보다 삶이 더 고통……이었지."

나오 언니는 늘 무뚝뚝했는데 의외로 달변가처럼 말한다. 좋아하는 것을 이야기할 때면 인간은 달변가가 되기도 하는 모양이다.

"자살이에요?"

"아니, 스페인 독감. 하지만 실레의 그림을 보고 있으면 살면 살수록 고통이 더했을 거라는 생각이 들어."

"저도 보고 싶네요."

"보면 괴로워. 내면의 세계를 표출하고 있기 때문에. 하지만 그걸 그림으로 표현했기 때문에 살 수 있었을 거라는 생각도 들어."

얌전하고 부드러운 나오 언니가 이야기하기엔 어울리지 않는 주제 같았다.

"일본에서 간행되지 않는 그림을 어떻게 봤어요?"

"도서관! 우리 학교 도서관. 외국에서 출간된 화집도 있으니까."

"보고 싶네요!"

내 말투가 어리광을 부리는 것처럼 들린 모양이다.

"빌려다 줄까?"

"부탁할게요. 하지만 시간이?"

기숙사에서 잔다고는 해도 아침 일찍 공장에 나갔다가 돌아오면 이미 저녁 무렵이다. 도서관이 개방된 시간에는 두 사람 모두 공장에 있을 때다.

"학교 가는 날 빌릴 수 있어."

＊＊여학교 학생들은 한 달에 한 번 등교일이 있어서 공장을 쉬고 학교에 간다.

"부러워요. 저도 학교에 가고 싶은데."

"학교에 가기는 해도 수업은 없어. 예배만 봐. 전몰자를 위한 묵도와 훈시가 다야."

코우즈키 언니가 말했다.

"도서관은 열어 놓으니까 빌릴 수 있어."

나나오 언니다.

"이번 등교일은 3월 15일이니까 아직 보름이나 남았지만."

"언제라도 괜찮아요. 전차도 혼잡한데 짐까지 있어서."

"괜찮아."

약속을 한 며칠 뒤인 2월 25일. 도쿄 시내는 다시 폭격을 받았다. 밤이었다. 니혼바시에서 간다 부근까지 불에 타 폐허가 되었다. 폭격으로 사망하고 피난을 떠나기도 해서 학생 수는 급격히 줄어들었다.

그리고 3월 10일. 도쿄는 지금까지의 몇 배에 달하는 편대의 맹폭을 받고 초토화되었다. 특히 혼죠, 후카가와, 아사쿠사 등의 서민 주거지 쪽은 저공비행하며 투하한 소이탄으로 모두 불타버렸다.

도쿄뿐 아니라 치바와 미토 그리고 센다이까지 B29의 무차별 폭격이 이어졌다.

나나오 언니의 집은 치바다.

다음 날 공장에서 코우즈키 언니를 만났다.

"나나오는 가족들과 연락이 안 돼서 오늘 집으로 갔어. 표를 구하기가 굉장히 어려웠지만."

코우즈키 언니가 사정을 들려주었다.

"불타지 않았으면 좋겠는데!"

우리가 할 수 있는 일은 행운을 빌어 주는 것밖에 없었다.

연이어 나고야, 오사카, 고베 등의 대도시도 편대에 의한 소이탄의 무차별 폭격 대상이 되었다.

어머니로부터 안부를 묻는 전보가 왔다. '안전'하다고 답장을 보냈으나 전화국도 불타버린 곳이 많아서 언제 도착할지는 모른다. 며칠 지나 어머니로부터 속달이 왔다. 누마즈는 군수공장 등이 있어서 폭격 목표물이 될 것 같아 다른 피난지를 물색 중인데 받아줄 곳이 없다는 내용이었다. 적당한 장소를 찾으면 부르겠다는 말도 적혀 있었다.

며칠 뒤 '비밀 장소'에 가봤지만 코우즈키 언니도 나나오 언니도 만날 수 없었다. 대도시는 이미 위험 지역이 되었다.

학생들은 조금이라도 안전한 시골을 찾아 피난을 떠났다.

이데 후사코도 피난을 갔다.

남아 있는 사람들은 공장에서 작업을 계속했다. 나도 그중 한 사람이다. 느긋하고 대범한 아베 킨코가 있다는 사실이 위로가 되었다.

**여학교의 3월 15일 등교일은 백지화되었다. 공장에서 만날 수 있는 여학원의 학생 수는 몰라보게 줄었다. 시다라 쿠니코는 피난을 떠나지 않고 버텼다.

4월.

우리들은 4학년으로 올라갔다. 우리 한 학년 위는 전시 학제 개편으로 4학년으로 졸업했기 때문에 우리가 제일 높은 학년이 되었다.

코우즈키 언니를 비롯한 **여학교 전문부의 3학년 학생들은 3월에 형식상 졸업은 했으나 그대로 여자 정신대로 공장 근무를 계속했다.

4월에 접어들자 B29의 도쿄 공습은 밤낮을 가리지 않고 계속되었다. 밤은 우리 집 정원에 있는 방공호에서, 낮은 공장 방공호에서 보냈다. 잠깐씩 틈이 날 때마다 작업을 계속했다.

남아 있는 몇 안 되는 친구들 사이엔 친밀감이 더해졌다. 같은 작업실의 **여학교 학생들과도 친해졌다. 그러나 좋고 싫고 하는 감정은 여전히 남아 있어서 시다라 쿠니코가 "우리는 공동운명체야!"라고 같잖게 굴 때면 모두 고개를 돌리고 침묵했다.

사람 수가 적기 때문에 점심시간에 혼자만 빠져나가는 데 눈치가 보였다. 모두들 작업실에서 형편없는 도시락으로 끼니를 때우고 그대로 시간을 죽였다. 그래서 코우즈키 언니와 나오 언니도 만날 수가 없었다.

5월의 어느 점심시간. 동맹국인 독일이 연합국에 항복하고 열흘 정도 지난 뒤였다. 웬일인지 공장에서 배식이 나왔다. 검게 바싹 마른 바나나 하나. 마른 감자보다는 단맛이 많이 남아 있었다.

내 자리에서 비스듬한 자리에 앉아 있던 시다라 쿠니코가 갑자기 자리에서 일어났다.

뒤를 돌아보니 코우즈키 언니가 입구에 서서 나를 부르고 있었다.

나는 다른 사람에게 신경 쓸 겨를도 없이 달려갔다.

"고향으로 갔다고 생각했어요."

"시코쿠도 공습 대상이 되어서 돌아갈 수 없어."

코우즈키 언니는 내게 오라는 눈짓을 하고 앞서 갔다. 얇고 평평한 보자기를 들고 있었다. 연보라빛 비단이었다.

건물 밖으로 나가자 코우즈키 언니의 얼굴이 한결 부드러워졌다.

"그 아이 앞에서 친절한 내색을 하면 위험하니까"라고 속삭였다.

"너한테 줄 물건이 있어서……."

"혹시 실레의 화집이에요?"

"참, 나나오가 약속했었지. 그건 아니야!"

"저기, 나나오 언니, 함께 있는 거 아니에요?"

"그 일도 너한테 말해줘야 하고. 나나오는 그만 뒀어."

코우즈키 언니가 혼자 나타났을 때부터 어느 정도 예상은 했었다.

'비밀 장소'로 갔다.

"3월 공습으로 나나오는 가족을 잃었어. 치바에 있는 집이 불타는 바람에."

"그랬군요. 역시……."

"치바에 일단 돌아가서 아는 사람네 방을 빌려 장례식과 뒷정리를 했지. 4월 중순까지 밤낮없이 공습이 있었잖아. 그 뒤 잠깐 공습이 뜸해진 틈을 타 학교에 왔었어. 졸업 증명서하고 기숙사에 놓아둔 짐들을 챙기러."

코우즈키 언니가 돌연 화제를 돌렸다.

"여기서 우리가 서로 사진을 바꿔보았지. 나나오가 그렇게 자신의 신상 이야기를 한 것은 좀처럼 없는 일이야."

"과거 시간의 공유라고 말했었죠."

코우즈키 언니는 보자기를 펼쳤다.

책이었다. 공작의 깃털 무늬가 들어간 마블지가 붙은 표지. 언뜻 보면 보통 책으로 보인다. 다시 말해서 지금 내가 쓰고 있는 노트다.

"네가 읽었으면 해."

"코우즈키 언니 일기에요?"

"전에 너한테 이야기했었지. 시다라 쿠니코가 내 방에 들어와 서랍에 이상한 것을 넣어두었다고. 이게 그거야."

그렇게 말하고 코우즈키 언니는 다시 노트를 보자기에 싸서 나에게 주었다.

"나도 그 뒤부터 썼어. 왜 너한테 이 노트를 주는지에 대한 이유도 쓰여 있어. 그 아이한테 들키지 않도록 조심해."

"나나오 언니에게는 아직 시다라 쿠니코의 노트에 관한 이야기 안 했나요?"

"나나오가 사라졌어."

코우즈키 언니가 말했다.

"그 일에 대해서도 여기에 적어놨어."

작업실에 들어서자마자 시다라 쿠니코가 내게 다가왔다.

"코우즈키 언니한테 받은 게 뭐니?"

심문하듯이 캐물었다.

시다라 쿠니코의 말을 무시하고 가방을 쌌다.

기분이 개운하지 않았다. 원래는 시다라 쿠니코가 코우즈키 언니한테 준 것이다. 편지 대신일 것이다. 내가 읽어도 될 게 아니었다. 읽기도 싫었다. 그러나 코우즈키 언니가 쓴 부분은 읽고 싶었다.

집에 돌아와서 고모가 만들어놓은 죽을 먹고 설거지를 한 다음 방에 틀어박혀 노트를 읽었다. 시다라 쿠니코 글씨는 읽기도 어렵고 읽을 마음도 없어 뒤로 미루어 놓고 코우즈키 언니가 쓴 부분으로 직접 갔다. 하지만 이야기 전개가 시다라 쿠니코가 쓴 이야기 뒤를 잇게 되어 있어서 어쩔 수 없이 처음부터 읽으려는데 마침 경계경보가 울렸다. 전등을 모두 껐다. 초는 귀하기 때문에 거실에 하나만 켜놓고 고모와 둘이 있었다. 고모는 영어 원서를 읽었다. 눈이 피로해지자 열시쯤 읽기를 멈추고 잠자리에 들었다. 뒤척이고 있는데 공습경보가 발령됐다.

아래층으로 내려갔다. 경보가 울릴 때마다 일일이 방공호로 대피하는 것도 귀찮아서 그냥 거실에서 잤다.

다음 날 아침, 라디오에서 역대 최대 공습이 있었다고 발표했다. 고모는 공장을 쉬라고 했지만 그렇게 할 수가 없었다. 불타버린 집이 많아서 공장에 나오는 학생들 수가 격감했기 때문이다.

다음 날 저녁에도 대공습이 있었다. 도쿄 대부분이 초토화되었다. 다행히 공습을 피한 우리는 공장에서 작업을 계속

했다. 공장에서는 시다라 쿠니코 때문에 책을 읽을 수 없었다. 밤에는 등화관제로 어두워서 눈이 금방 피로해지기 때문에 읽기가 어려웠다.

29일 아침 일찍부터 경계경보가 울렸다. 이럴 때는 공습이 이어지기 때문에 쉬기로 되어 있다.

하늘을 뒤덮는 대편대가 도쿄에서 카나가와에 걸쳐 무차별적으로 소이탄을 투하했다. 고모와 나는 방공 두건을 두르고 밖으로 나와 옆 조 사람들과 함께 불을 끄는 막대기에 물을 적시고 대기했다.

소이탄이 떨어지면 곧바로 끄기 위해서나. 그러나 경험한 사람의 이야기로는 불 끄는 막대나 왕골 짚 모두 소이탄의 화력 앞에서는 무용지물이라고 했다. 일단 불이 붙으면 도망치는 수밖에 길이 없는 듯했다. 수백 미터까지 불길이 번졌지만 집은 살아남았다. 공장이 전소되었다는 소식이 전해졌다.

동원된 학생은 각자의 학교로 돌아가 학교를 공장으로 삼아 작업을 계속해야 했다. **여학교 학생들과는 미처 이별 인사를 나눌 틈도 없었다.

책읽기를 마쳤다. 그리고 코우즈키 언니가 원하는 대로 나 역시 쓰기로 마음먹었다.

계속 이어서 썼다. 여학원과 우리 학교는 가까우니 다 쓰면 만나러 가자!

그렇지만 만나러 갈 수 없게 되었다.
아베. 베-사마!
지금 나는 너에게 쓰고 있다.
나는 베-사마 너와도 우리들의 시간을 공유하고 싶다. 여기까지 써온 내용들 즉, 내가 쓴 것뿐만 아니라 시다라 쿠니코와 코우즈키 언니가 쓴 이야기까지 합쳐 전부 네가 읽어주었으면 한다.
코우즈키 언니는 나 이외의 사람이 읽는 것까지는 생각하지 못했을 것이다. 하지만 이제는 코우즈키 언니의 허락을 얻을 수 없다.
시다라 쿠니코와 코우즈키 언니 그리고 나에게는 공통점이 있다. 우리는 꺾인 꽃이다. 공상—또는 이야기—이라는 물을 공급받지 못하면 말라버리는 꽃. 게다가 그 물에는 독이 들어 있지 않으면 안 된다. 독이 우리들의 양분이다.
아베! 너는 다르다. 너는 일상이라는 대지에 튼튼하게 뿌리를 내리고 건전한 영양분을 얻고 있다. 얼굴을 마주보면 겸연쩍어서 이런 이야기를 할 수 없다.
나는 〈거꾸로 선 탑의 살인〉의 이어지는 부분을 아직 쓰지 않았다.

시다라 쿠니코가 왜 이런 이야기를 코우즈키 언니에게 읽게 하고 계속 이어서 쓰기를 강요했을까.

그리고 코우즈키 언니는 왜 공습할 때 예배당에 있었을까.

나 혼자서는 도저히 알아낼 수가 없다. 나는 시다라 쿠니코와 코우즈키 언니의 동료이기 때문에 오히려 안 된다.

아베! 네가 협조해주면 기쁘겠다. 그렇게 하기 위해서 우리들의 시간을 공유할 필요가 있다.

너는 아마도 나와는 다른 입장에서 이야기를 해석할 것이다. 그렇게 생각한다. 이 책을 너에게 맡긴다.

IV

 미와 사에다 같은 독서가라면 몇 시간이면 다 읽겠지만 나는 별로 책을 좋아하지 않는다. 게다가 중간에 옆 조의 회람판이 돌아 분위기가 산만했다. 회람판은 감자 배급 일을 알려주는 내용이었다. 옆의 다른 조로 돌리고 나서 읽기에 들어갔다.

 드디어 사에다가 쓴 부분을 다 읽고 한숨을 내쉬었다. 말도 안 되는 과대평가다. 사에다가 모르는 것을 내가 알 리가 없다.

 시계를 보니 저녁 준비를 해야 할 시간이었다. 이층에 올라가 사에다의 상태를 살폈다. 아직 자고 있다. 볼이 부자연스럽게 빨갛게 달아올라 있어 이마에 손을 대보았다. 열이 있었다. 저녁이 되면 열이 오르는 듯하다. 유키코 고모가 돌아오자 한결 든든했다. 소고기와 콩이 들어간 통조림이 선물이었다. 전쟁이 일어나기 전에도 소고기 통조림은 훌륭한 음식이었다. 우리 집에서는 좀처럼 구경하지 못했던 것이다. 거실로 내려온 사에다가 맛있다며 잘 먹어서 한숨 덜었다. 설거지를 마치고 사에다는 잠을 잤고 나는 이층 옆방에서 계속 노트를 읽었다. 앞으로 돌아가 코우즈키 언니가 쓴 부분부터.

수기 _2

나나오가 그린 그림에는 언제나 거울이 있었다.
"거울은 눈썹이 없는 눈"이라고 캔버스 뒷면에 써놓았다.
"혹은 감는 것을 잊어버린 눈."
의식은 뇌에 의해 태어난다. 뇌를 갖지 못한 눈인 거울은 의식과 판단을 스스로 하지 않으면 안 된다. 그런 까닭에 눈은 발광한다. 캔버스 뒷면의 글은 그렇게 계속되었다.

나나오가 유화를 그린 덕분에 기숙사의 우리 두 사람 방은 린시드오일(아마의 씨에 함유된 건성지방유로 천연오일이다)과 포피오일(겨자씨에서 추출되는 투명한 기름) 냄새가 진동했다.

나는 이 노트에 문자를 수놓는다. 하지만 기록되는 순간 나의 사고는 이미 죽는다. 읽는 자는 바싹 말라버린 껍데기만

갉을 뿐이고.

 노트의 형태. 4·6판. 두꺼운 표지다. 초콜릿색 모조 가죽 위에 공작의 깃털 무늬가 들어간 마블지가 붙어 있다.

 아아, 초콜릿. 가게에서 사라졌다. 쓸데없는 것을 쓰고 말았다.

 초콜릿. 이 기회에 써보자. 진짜 초콜릿의 맛을 나는 잊고 있었다. 안 되는데……. 어렸을 때 어머니가 긴자에 쇼핑 나가실 때 사다주던 선물은 동그란 두꺼운 용기에 싼 '스마크 아이스'였다. 직경 3센티미터 길이에 길이 10센티미터 정도의 통형 틀에 얼린 듯한 아이스크림의 겉면에 종이처럼 얇은 초콜릿 막을 입힌 것으로 하나하나 파라핀 종이에 쌓여 여섯 개가 들어 있었다. 드라이아이스로 차게 해놓아서 초콜릿은 희뿌연 색깔을 띠었다. 초등학교 5학년 때 아버지가 전근 가시는 바람에 시코쿠로 이사했다. 네모난 초콜릿은 있었지만 스마크는 어디에서도 팔지 않았다. 도쿄의 그 가게에만 있었는지 모르겠다.

 1년 전—1942년—현립 여학교를 졸업하고 상급학교에 진학할 때 도쿄 **여대를 제 1지망으로 하고 차선으로 이 **여학교를 선택했다. 1지망은 맞지 않았다. 상경해서 여학교 기숙사에 들어갔다. 중등부 학생들은 모두 자택에서 통학하기 때문에 기숙에 들어가는 사람은 지방에서 온 전문부 학생

뿐이었다.

　어머니는 혼기를 놓칠까 염려하셨다. 고등여학교의 고등과라면 5년이 끝나면 2년만 남지만 그렇다 치더라도 진학하는 학생은 많지 않았다. ＊＊여학교의 전문부는 전문학교와 같은 자격으로 3년제다. 여학교를 나오면 꽃과 다도 그리고 현악기 등으로 여가 활동을 하며 세상 이야기를 즐기는 친척이나 지인들이 소개하는 선을 보고 1~2년 안에 결혼. 그것이 보통이다. 스물이 넘어가면 주위에서는 늦었다고 난리를 친다. 어머니는 전문학교를 졸업하면 잘난 척하는 여자로 간주되기 십상이라며 걱정하셨다. 사람들이 멀리한다는 것이다. 나의 두 언니는 여학교를 졸업하자마자 결혼해서 둘 다 어린 자녀를 두었다.

　아버지가 찬성해주셔서 진학할 수 있었다. 필요할 때 케이지가 상담해줄 거라고 아버지가 어머니를 위로했다. 케이지는 아버지 형님의 차남으로 제1고등학교에 다니며 코마바 기숙사에 있었다. 결혼을 약속한 상대가 아닌데 멋대로 사귀면 곤란하다며 어머니는 더더욱 눈살을 찌푸렸고 케이지와 둘만 만나면 안 된다고 못을 박았다.

　6년만의 도쿄 생활이었지만 스마크 가게 등은 이미 사라지고 없었다. 그래도 주위의 눈이 번거로운 시골 생활보다는 답답하지 않았다.

제 1지망인 * *여대에는 영문과, 국문과, 수학과가 있었는데 나는 영문과에 가고 싶었다. 장래에 영어 시와 동화를 번역하고 싶었다. * *여학교 전문부는 과가 나뉘어져 있지 않아 외국문학과 국문학이 서로 섞여 있었다. 남자들의 4년제 대학처럼 강의를 선택할 수도 없다. 여학교의 연장인 것처럼 시간표대로 움직였다. 하지만 1학년 영어 교과서는 무미건조하지 않았다. 『키다리 아저씨Daddy Long Legs』와 『작은 아씨들Little Women』을 각각 순서대로 읽기 때문에 즐거웠다. 두 개 모두 번역본이 나와 있어서 자습서 대신 참고했다. 프랑스어는 초등부에서 올라온 학생들과 우리처럼 외부에서 온 학생들이 따로 배웠다. 초등부에서 올라온 학생은 이미 프랑스어와 친숙해져 있었다.

입학을 축하하기 위해 케이지가 크리스티나 로제티의 원서를 선물해주었다. 고서점에서 찾았다고 했다. 입학식 3일 전에 상경한 나를 도쿄 역까지 데리러 와준 사람이 케이지다. 검은색 학생 모자에 망토를 걸친 케이지는 망토 자락을 조금 걷어 올려 옆구리에 끼고 있던 그 책을 웃으며 건네주었다. 날짜가 지난 신문으로 포장한 것이었다. 포장용으로 마음에 드는 종이는 이미 어디에도 없었다. 책에 케이지의 체온이 남아 있었다. 케이지는 내 보스턴 가방을 들어주었다. '짐은 이게 다야?' '나머지는 화물로 보냈어.' 우리가 나눈 대화는 이 정도였다. 케이지는 여학원 교문 앞까지 와서 길옆에 가방을 놓고 곤란한 일이 있으면 전보로 부르면 된다고 하고 갔다.

하드커버지만 사이즈는 문고보다 한 치수 크고 들고 다니기에 편했다. 초록색 표지는 퇴색되고 종이는 누렇게 변해 있었지만 영어 원서는 시코쿠에서는 구할 수도 없었다. 마루젠(1868년에 문을 연 도쿄의 서점)에서조차 원서를 입수하기 어려웠기 때문에 너무 기뻤다. 사랑하는 서정시를 조금씩 노트에 써두었다.

나의 사과나무는 연분홍 꽃이 피고,
그것을 엮어 관처럼 머리에 꽂는다.
수확의 계절,
나의 사과나무는 열매가 열리지 않았네
리리안과 리리어스가
새빨간 사과 그득한 바구니를 들고 집으로 가며
당신의 바구니는 텅 비었다고
바보라 놀리네.
새침한 갈트루드가 내 옆을 지나치고
그녀의 팔에도 넘쳐나는 사과 바구니
그녀의 통통한 팔뚝
아아, 윌리 윌리 나의 사랑은

사과만도 못했나?
일찍이 사랑은 당신이었소!
내 팔을 붙잡고 걸었던 사람은.
웃고, 속삭이며 이 오솔길을……

몇 편정도 모이면 케이지에게 보여줄 생각이었다.

이층 건물인 기숙사 외관은 서양식이지만 식당 이외는 일식으로 되어 있어 긴 중간 복도 양편에 학생 방이 늘어서 있다. 놀란 것은 학교 건물도 그렇지만 세면대가 수세식이라는 점이었다. 개교에 전력을 기울인 캐나다에서 온 선교사들이 일본의 전통 방법인 퍼 담는 방식을 싫어하여 지을 때부터 아예 수세식으로 했다. 상수도를 사용하면 수도 요금이 많이 나온다고 화장실 전용 우물을 팠다고 한다. 벽 위쪽에 물을 채운 용기가 달려 있고 못을 잡아당기면 물이 흘러내려온다.

학생들 방은 일식이지만 입구는 장지를 바른 문이 아니라 나무문이다. 세 척 네 치 크기의 토방에 두 평 남짓 한 일식이다. 두 사람에게 하나의 방이 할당된다. 침대를 놓을 만큼 크지는 않다. 옷장 한 개를 두 사람이 반씩 사용했다. 위에는 이불을 개켜두고 아래쪽 함에는 갈아입을 옷 등을 넣었다. 창가에는 책상이 두 개 있다.

나나오가 이젤을 놓아 조금은 협소하지만 내가 거의 방에 없기 때문에 불편하지 않았다. 수업이 끝난 후 저녁시간 전까지 나나오는 방에서 그림을 그린다. 나는 체육관에 간다.

학교 부지는 두 단으로 되어 있다. 경사면에 계단을 만든 곳이 두 군데 있다. 아래 교정에는 교실이 있는 본관과 지방에서 온 전문부 학생들을 위한 기숙사, 그리고 테니스 코트가 있고 그 위쪽 동서로 나뉜 교정에는 체육관과 예배당이 있다. 예배당 옆으로 교사관이 이어진다. 울타리는 덩굴장미로 둘러싸여 있다. 아치에도 덩굴식물들이 타고 올라와 꽃이 피는 계절이 되면 레몬 색 작은 꽃이 활짝 펴서 향기가 진동한다.

예배당이 우뚝 솟은 서쪽 끝의 급경사 밑에는 넓은 연못이 있고 그 주위에는 수초가 무성하여 물새들이 집을 짓고 산다. 연못에는 경사면 위의 예배당이 그림자를 드리우고 있다.

기숙사를 나서서 체육관을 가다보면 중간에 반드시 누군가 불러서 테니스를 치곤 한다. 내가 다녔던 시코쿠의 여학교에는 테니스 코트가 없어서 이쪽 학교에 입학하고 처음으로 라켓을 쥐어보았지만 운동신경이 괜찮아서 금방 다른 사람만큼 칠 수 있게 되었다.

테니스도 싫지 않지만 나는 혼자서 몸을 움직이는 운동이 좋다. 체육관 천정에는 여러 가지 기구가 설치되어 있다. 나는 링을 즐겨한다. 체조복으로 갈아입고 도약해서 링을 잡는다. 양팔을 끌어올려 링을 잡은 팔로 버티고 몸을 올려 수평을 잡고 거꾸로 서거나 회전하기도 하고 다리를 링에 걸어 거꾸로 매달려 기분 좋게 흔들며 무중력을 즐긴다. 탈의실에서 땀에 젖은 체육복을 사복으로 갈아입고 기숙사로 돌아온다. 그러면 나나오는 붓을 씻고 있다. 둘이서 기숙사 식당에 간다. 내 몸에는 땀 냄새가 남아 있고 나나오의 손에는 오일 냄새가 배어 있다.

"그렇게 그림 그리는 게 좋으면서 왜 미술학교에 가지 않았니?"

내가 그렇게 물은 적이 있었다. 그때 나는 묵계를 깨뜨렸다. 서로 들어온 사정 등을 묻지 않기로 한 약속이다. 일부러 정한 것이 아니었다. 나나오나 나 둘 모두 일상에 대한 참견을 하지 않는 성격일 뿐이다.

나나오가 잠시 침묵을 했는데 기분이 상한 것이 아니라 솔직하고 정확한 대답을 해주려고 생각했던 것이라 본다.

"여러 가지 이유가 있어서……."

나나오는 동그란 입술 양끝을 오므리며 말했다.

"미술학교에 가는 걸 부모님이 허락하지 않았어. 부모님은 미술학교를 불량스럽다고 생각해. 루바시카(러시아의 블라우스풍 상의)를 입고 베레모를 쓴 남녀의 교제가 방종이라고. 상급학교에 진학하는 일조차 반대였으니까. 다도와 꽃꽂이는 아주 일찍부터 배웠어."

"우리 집하고 똑같네. 나도 다도하고 꽃꽂이."

"다도는 오모테(일본 다도의 한 유파). 꽃꽂이는 오하라류(일본 꽃꽂이의 한 유파). 아주 질린다니까."

"나는 다도는 우라(일본 다도의 한 유파). 꽃꽂이는 이케노보(일본 최대의 꽃꽂이 종파)."

"부모들은 다 똑같아. 여학교를 졸업하면 곧바로 결혼시키려고 안달이지. 부모님이 학자금을 대주지 않으면 가출해서 혼자 고생할 자신이 없어. 그게 제일 큰 이유였을 거야."

이번엔 나나오가 무엇을 할 거냐고 물었다.

"졸업하면 뭐할 건데?"

이것 역시 좀처럼 없던 일이다. 내가 먼저 묵계를 깨면서 작은 구멍이 생긴 것이다.

"우리 부모님도 빨리 결혼하라고 성화야."

"결혼하고 싶지 않은데……."

나나오와 함께 쓰는 방은 일층에 있다. 창문과 벽 사이의 좁은 공간에 철망을 따라 멋진 덩굴장미가 피어 있다.

처음 기숙사에 들어왔던 작년 5월. 창밖에 피어 있던 장미에 정신을 빼앗겼다. 장엄하다고 할까 거만하다고 할까. 숨이 막힐 듯이 화려했다.

-나는, 장미는 한송이만을 가까이서 보는 것을 좋아한다-

중년의 일하는 아주머니가 이따금씩 전지를 해주고 비료도 주었다.

일찍이 캐나다에서 온 장미를 좋아하는 수녀가 학교에 고용된 정원사와 같이 키운 것이다. 그 정원사가 수녀를 좋아해서 같이 죽으려고 했는데 실패했다거나 혼자 자살했다든가 하는 여학생들 특유의 소문이 무성했다.

그런 이야기는 나나오에게서 들었다. 나나오는 이 여학원 초등부에 6학년 때까지 다녔다고 한다. 아버지가 전근을 가는 바람에 중등부에는 진학하지 못하고 지방 여학교에 입학했다. 나나오도 나도 아이일 때 도쿄에서 컸고 비슷한 사정으로 지방으로 이사 갔다. 왠지 모르는 친밀감이 있었다.

칼로 다듬은 것처럼 끝이 뾰족한 가시로 무장한 덩굴장미는 외부의 시선을 차단하고 침입을 포기하게 만드는 효과가 있다. 작년에는 당국으로부터 쓸모없는 장미 대신 야채를 심으라는 권고를 받았다. 그러려면 철망을 벽돌로 바꾸어야만 했다. 하지만 학교에는 그런 데 쓸 예산이 없었다. 학교장은 정부에 자금 지원을 요청했지만 정부는 책임 소재가 불분명한 애매한 말만 했다.

장미를 뽑고 야채를 심는 데 반대하는 이들이 서명을 받아 탄원서를 제출하자고 주장했다. 하지만 전원은 무리였다. 국가 정책을 따르자는 의견도 있고 기숙사 식사가 좋아진다면 야채를 심는 것이 좋다는 사람도 많았으니까. 나는 서명 운동에는 관여하고 싶지 않았지만 의견을 말하면 반애국적인 인간으로 규탄의 대상이 될 것이다. 국책을 따르는 것은 부정해서는 안 되는 영역이다. 나는 입을 다물었다. 비겁하다. 어느 쪽인가를 결정해야 하는 상황에서는 반대 의사가 허락되지 않는다. 서명을 거절하면 실리적인 명분 아래 경관을 포기하는 야채파가 되고, 서명하면 반애국적인 장미파가 된다. 전쟁이 승리로 끝나고 식량 사정이 좋아지면 장미를 살릴 수 있을 텐데. 전쟁이 지속되어 사정이 악화된다면 찬반 없이 당연히 야채를 심을 것이다.

나나오와 나는 거울에 대하여 서로 이야기했다.
'눈은 점점 미쳐간다, 거울도 점점 미쳐간다'라고 하는 것.
우리들의 의식이 점점 미쳐가듯 거울은 그것을 보는 사람을 미치게 만든다.
'미친다'는 말은 나나오와 내가 일부러 아무렇지 않게 사용했다. 깊은 의미가 없는 것처럼. 이건 속마음을 감추는 행위다. 미쳤다고 가볍게 말하는 사람의 신경은 그다지 쇠약하지 않다.

쥬모우 인형은 사랑스러운 서양 인형의 대표 격이지만 활처럼 휜 짙은 눈썹과 애교가 없는 눈이 내게는 오히려 무섭게 느껴졌다. 나나오는 볼이 통통하면서 하얗고 동그란 얼굴로 큰 눈과 작은 입술이 서양 인형을 연상시킨다. 쥬모우와 같은 무서운 얼굴이 아니다. '사랑스러운 서양 인형'이라는 형용은 쥬모우가 아니라 동양의 나나오에게 딱 어울리는 말이다. 그림을 예로 들자면 마리 로랑상의 파스텔 컬러 소녀라고나 할까!

나나오가 그리는 그림은 자신의 부드러운 외모에 전혀 어울리지 않는다. 다른 사람이 그린 것 같다.

나나오는 오딜롱 르동처럼 어머니에게 버려진 아이였을까. 뭉크처럼 결핵에 걸려 죽은 어머니와 병적으로 종교에 심취한 아버지를 가진 걸까.

가족사에 대한 이야기는 거의 나눠본 적이 없었지만 그런 것은 아닌 것 같다.

아이가 전혀 불만을 가지지 않는 이상적인 부모란 없다. 부모에게 이상적인 아이가 존재하지 않듯이. 아이가 자신의 처지와 자기 자신을 어떻게 생각하느냐는 태생적인 성향이다. 나는 그렇게 생각한다. 생각하고 싶지 않지만 생각하게 된다. 혼魂의 고아라는 말이 떠오른다. 부끄러워서 결코 말하지는 않지만.

부모가 어떻든 가족이 어떻든 전쟁이 있든 없든 나나오는 거울이 있는 그림을 그릴 것이다. 거울이 있는 장소는 실내이기도 하고 실외이기도 하겠지만 거울에는—최종적으로—아무 것도 비치지 않는다. 은회색 공허가 존재할 뿐이다. 그리는 과정을 나에게 숨기지 않기 때문에 일부러 보고 싶지 않아도 보게 된다. 나나오는 타블로(살아 있는 캐릭터들의 움직임이 액자 속의 그림처럼 정지된 화면. 캔버스나 종이에 그린 평면그림을 뜻하는 프랑스어)를 완성시킬 의도는 없는 듯하다. 거울 이외의 부분은 사실적이고 꼼꼼하게 그린다. 어느 때는 거울 속에 불안이 응축된 표정, 어느 때는 빨강과 검정의 소용돌이 안에서 떠오르는 무표정한 얼굴. 위아래가 반전되어 있다. 그 위에 채색되는 불안정한 색채의 분출. 아름답기도 하고 불쾌하기도 한, 자신밖에는 알 수 없는 색의 결정. 그리고 마지막으로 그녀는 은회색으로 모두 덧칠해버린다.

 캔버스가 부족해지는 상황이 되었다. 지우고 다시 그 위에 그린다. 아무리 지워도 색채는 캔버스에 남아 있다가 생각지도 못한 복합색을 연출한다. 나나오는 그리는 행위만 할 뿐이다. 소리치고 비명을 지르는 대신 그리는 것은 아닌가 하는 생각이 들었다. 진정 표현하고 싶은 것들은 표현하는 순간 거짓이 된다. 그림을 그려도 글로 써봐도 마찬가지다.

 나나오는 그림으로, 나는 링으로 공간을 유희한다. 나의 거친 숨소리와 땀이 비명 대신 허공에 메아리친다.

여학생들은 친해지면 이름을 성이 아니라 ~짱이라고 부르기도 하고 애칭으로 부르기도 한다. 쿄코는 성인 나나오에서 나나로, 나는 츠키 또는 리짱이라 불린다. 부모님은 리츠코(律子)라고 지어주셨지만 나는 초두 밑(萆子)에 덧붙여 쓴다. 수풀이 무성한 덤불의 이미지가 들어가 있다.

나나오와 나는 서로 성을 불렀다. 나나오. 코우즈키. 우리 둘은 이미 마음을 공유했기에 적당한 거리감을 두는 게 더 편했다.

전문부 2학년이 된 작년—1943년—4월에 야마모토 연합함대 사령관이 전사했다는 소식이 전해졌다. 5월에는 아츠섬의 황군수비대가 옥쇄작전을 결행했다. 학교생활에 큰 변화는 없었지만 영어 수업 시간이 줄고 프랑스어 시간은 폐지되었다. 교과서는 읽기 쉬운 『작은 아씨들』에서 갑자기 셰익스피어의 『맥베스』로 되었고, 난해한 전개가 시작되었다.

덩굴장미가 비에 젖는 6월의 어느 토요일 오후. 기숙사 방을 나서려는데 나나오가 붓질을 멈추고 물었다.

"체육관?"

"아니, 비가 와서 도서관에 가보려고."

우산을 쓰고 체육관까지 갈 마음이 내키지 않았다.

음침한 도서관에는 카운터 사서 이외에 중등부 1학년인지 2학년인지 모를 학생 하나가 구석진 자리에서 독서를 하고 있었다.

그 아이가 고개를 들어 반가운 표정을 짓자 괜히 기분이 상했다. 중등부 학생인 시다라 쿠니코였다. 나를 질리게 따라붙는 눈빛을 느꼈기 때문이다. 도츠레오라든가 S의 대상이 되는 것이 불쾌했다. 한 번 말을 걸어온 적이 있다. 이름도 그때 스스로 말했다. 매몰차게 대했지만 신경 쓰지 않는 눈치다.

전문부는 토요일이면 대개 휴일이지만 초등부와 중등부는 반나절 수업이 있다. 대다수의 학생들은 수업이 끝나면 서둘러 집으로 돌아가는데 도서관에 온 걸 보니 굉장히 책을 좋아하는 모양이다. 설마 내가 올 것을 미리 예상한 건 아닐 테고.

도서관은 개가식이라 자유롭게 책을 고를 수 있다.

신조사의 〈세계문학전집〉과 춘양당의 〈메이지 다이쇼 문학전집〉, 근대사의 〈세계희곡전집〉 등은 아버지 서고에도 있기 때문에 다 읽었었다.

"세 권입니다!"

나보다 나이가 들어 보이는 여자의 목소리가 음울하게 들렸다. 비가 오는 우중충한 날씨 때문일까! 날씬하고 깨끗한 이미지의 얼굴이다. '사서'라고는 하지만 정식 자격을 갖췄는지는 모른다. 단순한 사무직원일 수도 있다. 왼쪽 손가락 움직임이 약간 부자연스러운 것 같다.

아버지의 서고에는 없는 앙드레 말로의 『왕도』와 폴 부르제의 『제자』, 앙리 바르뷔스의 『지옥』을 골라 카운터로 갖고 갔다. 『지옥』은 아버지 서고에 있었지만 아직 읽기에 어리다고 해서 못 읽은 책이다.

대출부에 학년과 이름 등을 기재하고 있을 때 희미한 린시드오일 향과 더불어 나나오가 도서관에 들어왔다.

"나도 책 좀 빌리려고. 몇 권까지 가능해?"

"세 권이래."

나나오가 고른 책을 카운터에 올렸다.

"이거 아버지가 금지한 책이야!"

내가 『지옥』을 가리키자 "그거 정말 재밌어" 하면서 나나오가 미소 지었다.

"지극히 허무한 내용이에요."

사서가 끼어들었다. 우리 쪽을 안 보고 혼자 중얼거려서 혼잣말인 줄 알았다.

[우리 주변에는 어디를 보아도 단 하나의 말밖에 없다고 생각한다. 그것은 고독을 위로해주는 것과 동시에 기쁨의 허

무함을 파헤치는…… 저 광대한 언어 즉, 무無다.]

마지막 부분의 한 대목이다.

한 쪽에서 사람의 인기척이 느껴졌다. 돌아보니 시다라 쿠니코가 서 있다.

책을 빌릴 생각이 없는지 아무 것도 들고 있지 않다.

"뭘 빌렸어요?"

멋대로 내 손을 살폈다.

"가자!"

나나오를 재촉해서 도서관을 나왔다.

인기척이 없는 복도를 걸어 음악실 복도에 접한 창문 앞에서 멈춰 섰다.

그랜드 피아노가 두 대 있는 음악실은 학생들에게 인기가 좋았다. 점심시간과 토요일 오후가 되면 피아노 소리와 독주 그리고 합창소리가 뒤섞여 들린다. 우윳빛 유리창이 살짝 열려 있는데 피아노 소리도 합창 소리도 들리지 않기에 안을 들여다보았다. 웬일인지 비어 있다. 나는 안에 들어갔다. 나나오도 함께 따라 들어왔다.

책을 한쪽 책상 위에 놓고 검게 반짝이는 그랜드 피아노 덮개를 열었다. 건반을 건드려봤다. 도쿄에 있을 때 개인교습을 받은 적이 있다. 어머니의 고급스러운 취향 탓이었기에 레슨은 그저 건성이었다. 시코쿠로 이사할 때 운반비가 많이 든다는 이유로 피아노를 팔아버렸다. 어머니는 피아노를 열심히 치지 않는다며 잔소리하는 데 질린 모양이다. 딸의 재능이 별로라는 사실을 알아버린 까닭일 수도 있지만. 지금에서야 그만 둔 것이 조금 후회가 되었다. 시코쿠에서 다니던 여학교에서는 피아노를 배운 학생이 거의 없었기 때문에 그나마 악보를 읽을 줄 아는 내가 음악 시간이면 선생님을 대신해서 반주를 했다. 방과 후 학교 피아노를 빌려 치고 있으면 음악 선생님이 따라붙어 지도를 해주셨다. 전문가가 되겠다는 뜻을 품고 치는 것이 아니라 자유롭게 아무렇게나 마음 가는 대로 치다보니 실력이 늘지 않았다.

피아노 위에 쌓인 악보를 이것저것 훑어보다 치기 쉬운 드보르자크의 소품 「유머레스크」를 악보대 위에 올려놓았다. 나나오는 피아노에 기댄 채 들었다. 나나오의 표정이 조용히 변했다. 그럴 리는 없지만 나나오의 피부가 얇아져 근육 위에서 미세하게 떨리는 것처럼 보였다. 마지막 음을 남겨두고 연주를 마친 다음 나나오에게 자리를 양보했다. 지금까지 우리 두 사람은 피아노를 화제 삼아 이야기해본 적이 없다. 나나오는 마치 필드에 선 창던지기 선수 같았다. 긴장과 맹렬한 기세. 아니면 출주 신호를 기다리는 경주마.

나와 경쟁해보자거나 과시하려는 마음은 티끌만큼도 없

다. 단지 연주하고 싶어 견딜 수 없었을 뿐이다. 나는 그렇게 생각했다.

악보도 보지 않고 나나오의 손가락은 건반 위를 내달렸다. 쇼팽의 폴로네즈 중에서는 그다지 인기가 없는 제 4번, 단조 작품 40-2였다. 「군대」라고 하는 제 3번과 「영웅」이라는 이름으로 사랑받는 제 6번에 비하면 지루하고 어두운 곡이지만 저음부로 연주하는 비극적인 모티브가 나를 사로잡았다. 뒤뜰로 난 창문을 빗방울이 아련히 두들기고 있었다.

장조로 연주가 바뀌며 곡이 부드러워질 때쯤 희미한 소리가 폴로네즈로 가득 찬 실내 공기를 흩어놓았다.

복도 창문 쪽을 보았다. 회색빛 유리창이 슬금슬금 열리는 중이었다.

돌아보자 시선을 피하기 위해 몸을 숙였는지 몸은 보이지 않고 창문틀에 걸친 손가락만 보였다. 하지만 손가락도 이내 사라졌다.

연주에 몰두하고 있던 나나오는 아무 것도 모른 채 연주를 계속했다.

이 노트—책이라 불러야 하나—가 내 책상 서랍에 들어 있었던 것은 그로부터 한 달쯤 뒤였다.

나나오는 감기 기운이 있어 토요일과 일요일은 쉬겠다며

금요일 저녁에 집으로 갔다. 치바가 집이기 때문에 나처럼 왔다 갔다 하기가 어렵지 않다. 중등부, 초등부는 오전 수업이 있지만 전문부는 휴일이다.

시험이 다가온 터라 오전에는 나나오한테서 빌린 노트를 베꼈다. 기숙사 식당에서 대충 점심을 때운 뒤 방으로 돌아온 나는 깜짝 놀랐다.

단 하나의 위화감. 내 책상 위에 종이 리본으로 묶은 짙은 보라색 제비꽃 다발이 놓여 있었다. 두 권의 노트 위에…….

시코쿠의 여학교에는 이런 풍습이 없다. 순정소설을 읽다가 다이쇼 시대에 여학교 학생들끼리 유사연애를 했다는 이야기는 보았지만 막상 이곳에서 이따금씩 학교 신발장이나 사물함에 편지나 작은 꽃다발이 들어 있는 걸 볼 때마다 놀라곤 했다. 기분이 나빴지만 나도 모르는 사이 익숙해졌다. 등굣길에 있는 꽃가게 앞에는 여학생들이 용돈으로 살 수 있는 작은 제비꽃 다발이 널려 있다.

사물함이나 신발장 정도는 그래도 웃어넘길 수 있지만 방까지 들어오다니. 불쾌하기 짝이 없다. 기숙사 방문에 잠금장치가 없는 것은 학교 측에서도 이러한 사태까지는 예측하지 못했기 때문일 것이다. 외부 사람들은 기숙사 입구에 있는 접수창구에서 허가를 받아야만 들어올 수 있다. 하지만 선생님이나 제복을 입은 학생들은 출입이 자유롭다. 열쇠를 채우지 않는 것은 사감이 학생들의 행동을 파악하기 위해서이기도 했다. 시험이 가까울 때는 소등 시간을 넘겨도 어느 정도 눈감아준다.

K. S로부터라 써진 카드가 달린 제비꽃 다발을 구석에 있는 휴지통에 처넣었다. 시다라 쿠니코의 집요함에 소름이 끼쳤다. 다른 편지는 없었다.

빨리 베끼는 것을 끝내려고 노트를 펼쳤다. 나나오의 노트는 요령 있게 정리되어 있었다. 나는 노트를 정리하는 데 좀 서툴다. 만년필 잉크가 다 되어 잉크를 꺼내기 위해 서랍을 열어보니 처음 보는 책 한 권이 들어 있다. 인조 가죽 위에 공작의 깃털 무늬가 들어간 마블지가 붙은 겉표지.

나나오와 나는 서로 상대방의 영역을 침입하지 않는다. 절대로 상대의 책상 서랍을 마음대로 열어 물건을 꺼내거나 하지 않는다.

시다라 쿠니코는 제비꽃과 함께 책까지 넣어두었나. 자신이 좋아하는 책을 나에게 읽으라는 걸까.

일단 첫 페이지를 열어보았다.

속표지에는 덩굴장미 장식 가운데 〈거꾸로 선 탑의 살인〉이라고 적혀 있다. 나는 탐정소설에는 흥미가 없다. 지금까지 읽었던 책 중에서 가장 강렬한 인상을 받은 건 도스토옙스키이고 나나오 역시 그렇다. 둘 다 체호프가 아니라 도스토옙스키다. 나는 『카라마조프의 형제』를 가장 좋아하지만 나나오는 『카라마조프의 형제』는 아직 읽지 않았고 『백치』에 끌렸다고 한다.

『카라마조프의 형제』에도 억지로 끼워 맞추면 탐정소설적인 부분이 있다. 하지만 내 마음을 끈 부분은 누가 표도르 카라마조프를 죽였는가가 아니다. 기독교나 러시아 정교에 문외한인 주제에 도스토옙스키를 운운하는 것은 분에 넘치고 무모한 일이지만 나는 이반의 회의懷疑, 스메르자코프의 절망에 마음이 더 끌린다.

읽기 곤란한 글자들이 줄을 이었다. 활자판 책이 아니었다.

졸필이어도 또박또박 썼다면 읽기 쉽겠지만 자기만 알아볼 수 있는 필체로 갈겨놓아 독해가 어려웠다. 인내하고 읽어낼 만한 내용은 아닌 듯했다. 몇 페이지 읽다 던져버렸다.

간신히 읽은 문장에는 '이 학교에 입학한 해 4월에 첫 공습이 있었다'고 쓰여 있었다. 내가 상경해서 전문부에 들어간 그해다. 토요일 오후였다. 물건을 사려고 혼자 전차—그 당시 도쿄는 시였다. 도가 된 것은 그 다음해부터다—를 타고 나갔는데 경보가 울렸다. 전차가 멈추고 승객들은 어리둥절해하며 근처의 방공호로 달려갔다.

겨우 몇 페이지 읽은 것만으로도 시다라 쿠니코가 얼마나 자의식에 도취되어 있는지, 얼마나 제멋대로 느끼고 사는 애인지 알 수 있었다.

하지만 노트를 버리지는 않았다. 장 속에 처박아 두었다가 언젠가 마음이 내킬 때 읽어볼 생각이었다.

수입이 끊기고 생산은 군수품을 우선으로 하는 체제가 되었다. 당연히 물자가 부족했다. 나나오는 프랑스제 유화 도구가 품절됐다고 불평했다. 국산은 품질이 떨어진다면서. 그렸다가 지우기 때문에 그림 도구의 질은 별로 상관없어 보였지만 그것은 내가 그림을 잘 모르기 때문일 것이다.

역 앞의 광장에 가면 출정하는 병사들을 배웅하는 광경을 종종 목도하게 된다. 「출정 병사를 보내는 노래」는 왜 그렇게 슬플까. 가사만 보면 용감한데 선율은 단조다.

> 천황폐하의 부름을 받고
> 생명이 꿈틀대는 동틀녘
> 환호하는 일 억의 물결 속에
> 환호는 하늘을 찌른다
> 자, 떠나자 용사여, 일본의 청년이여!

죽음이 기다리고 있기에 선율이 슬퍼지는 것이다.

가라! 가라! 나의 아들아!

아버지는 아들을 떠나보낸다.

늙으신 아버지의 바람은 오직 하나
전투에 나서면 몸을 소중히 하고
탄환에 죽을지언정 병으로 죽지 마라

나나오는 집에 있는 휴대용 축음기를 기숙사로 가져왔다. 덕분에 나도 좋아하는 곡을 들을 수 있었다. 밤이면 덧문을 꼭 닫고 문틈을 이불로 싸서 소리가 새어나가지 않도록 한 다음 우리는 함께 차이코프스키와 슈베르트를 들었다.

나나오와 왈츠를 추었다. 그날을 확실히 기억하고 있다.
10월 20일이었다. 기숙사 식당에서 죽으로 저녁을 때우고 있는데 창밖에서 구슬픈 군가가 들려왔다. 방에 돌아와서 레코드를 틀었다. 가끔씩 듣던 슈트라우스의 「황제 원무곡」이다. 누가 먼저랄 것도 없이 일어나 손을 맞잡았다. 전문부 1학년 체조시간에 사교댄스 스텝을 배웠다. 체조를 가르치는 선생님은 오십을 넘긴 여자였는데 학생들 사이에서 '오징어(いか)'로 통했다. 오징어를 닮아서 그런 게 아니라 얼굴이 '엄격해 보인다(いかつい 이카츠이)'는 단순한 이유에서다. 젊은 시절을 유럽에서 보내서 그런지 오징어는 사교댄스를 중요하게 생각했다. 양가집 규수라면 반드시 익혀야 할 교양쯤으로 알고 있었다. 체조 시간에 자주 폭스트롯과 왈츠를 가르쳐주셨다. 하지만 유럽의 풍습을 배척하는 정부의 지도책이 강화되면서 2년째가 되는 올해부터 금지되었다.

한 손으로 나나오의 등을 살포시 붙잡고 나나오의 한 손을 내 어깨에 얹은 채 한 평 반 남짓 한 좁은 방에서 원을 그리며 스텝을 밟았다.

이 날을 기억하는 이유는 그 다음 날—10월 21일—이 학도병들의 출정식이었기 때문이다.

다음 날 진눈깨비가 내렸다. 성전聖戰에 나가는 학도병들의 출정식은 메이지 신궁 가이엔의 광대한 경기장에서 거행되었다. 대학생에게는 징병유예의 특전이 주어졌지만 문과는 폐지되었으므로 그대로 소집되었다.

전문학교 여학생들은 스탠드에 정렬하여 숙연한 분위기로 배웅했다. 스탠드를 매운 학생은 도쿄 여섯 개 대학 야구 응원단보다 많은 숫자였을 것이다.

두 갈래로 땋아 내린 머리 끄트머리에서 물방울이 떨어졌다. 우리 **여학교 전문부 학생들 옆에 있는 도쿄여자의전

(의학전문학교) 학생들의 모자챙에서도 물방울이 떨어졌다. 불과 5일 전에 이 경기장에서는 마지막 소케이전(우리나라의 연세대와 고려대의 연고전, 고연전처럼 와세다대학과 게이오대학의 축제)이 있었다. 그날은 하늘이 맑았는데.

도쿄제국대학 학생들을 선두로 수 만 명에 달하는 학도병들이 경기장으로 들어왔다. 각 대학의 기수들은 무겁게 젖은 대학 깃발을 꼿꼿하게 들고 있었다.

검은색 대학 모자에 검은색 소매의 학생복, 바지 무릎에서 발목까지 장병들처럼 각반을 매고 착검한 38식 보병총을 어깨에 두른 모습으로 진창이 된 운동장을 행진했다. 학생들의 동작은 통일되고 정연했다. 군사훈련을 받은 덕분이다.

스탠드에 있던 우리들은 모두 일어나 작은 일장기를 흔들며 환영했다. 흑백과 회색의 중간에 깃발의 진홍색이 선명하게 흔들렸다.

코마바의 제1고등학교에서 혼고의 제국대학 문학부에 진학한 케이지도 이 무리 안에 있을 것이다. 케이지에게서 엽서가 왔었다. '출정한다'는 단 한 문장밖에 없었지만.

검은색 옷을 입고 정렬해 있는 학생들의 얼굴이 모두 비슷해보였다. 잘 구분이 되지 않았다. 그들은 빗속에서 불타오르는 생명의 불길이자 처절한 죽음의 집단이기도 했다.

제일 높은 단상에 선 수상이 군모의 챙에서 떨어지는 물방울과 함께 마이크를 앞에 놓고 젖은 종이를 읽어나갔다. 확성기를 썼으므로 우리에게도 또렷하게 들렸다.

"황국의 젊은이인 제군들이 용맹스럽게 출정의 장도에 올라 선조의 위풍을 앙양하고 침략자들을 격멸하여 황국의 운명을 다시 일으키는 날이, 드디어 오늘 왔습니다."

이어서 학생 대표인 제국대학 학생이 단상에 올라 답사를 읽었다. 안경을 쓴 가냘픈 얼굴이었다.

생들은 지금 필살의 총검을 들고
여러 해 각고의 정진 끝에
드디어 영광스러운 나라의 부르심을 받아
필승의 정신으로 적들을 섬멸한다
생들은 애초에 생환을 기약 없이……

'생들은'이란 단어는 알아듣기 쉽지 않은 말이다. 하지만 그게 '우리 학생들'이라는 것쯤은 누구나 짐작할 수 있었다.

살아 돌아올 것을 생각지 말고 가자
생명이 움트는 동틀녘

노래가 귓전에 울려 퍼졌다.

태양이여! 빛나라!

진눈깨비가 계속 내렸다.

케이지를 사랑하고 있다는 느낌이 들었다. 케이지뿐 아니라 검게 젖어 생과 사가 하나로 녹아든 학도병들을 모두 사랑하고 있는지도 모른다.

남자를 사랑하는 게 아니라 그들의 비통함에 대한 연민일 것이다.

「바다로 가면」이라는 합창곡이 시작될 때 나나오가 양손으로 배를 움켜쥐고 몸을 앞으로 숙였다. 표정을 보니 고통을 참고 있는 듯했다. 검은색 면양말 위로 빨간 실처럼 가는 선혈이 보였다.

"저거?"

내가 속삭이자 가볍게 고개를 끄덕였다.

"갑자기……, 항상 규칙적이었는데!"

쉴 만한 곳을 찾아보기 위해 전후좌우를 살폈지만 어느 구석이나 학생들로 가득했다. 나나오를 부축해 까치발을 띠고 우리를 인솔하는 체조 선생님을 찾아보았다.

체조 선생님은 앞줄 오른쪽 끝에 서 있었다. 머리를 뒤로 묶어 올린 채 꼼짝도 하지 않고.

　옆에 있는 학생에게 나나오가 몸이 많이 안 좋다며 선생님을 불러달라고 했다.

　바다로 가면 물처럼 쌓인 시체
　산으로 가면 풀처럼 쌓인 시체

　장중한 합창이 울려 퍼지는 가운데 희미한 잔물결처럼 소곤대는 소리가 오른쪽에서 오른쪽으로 전달되었다. 잠시 후 선생님은 소식을 전해 들었는지 뒤를 돌아보았다. 몸을 약간 숙이고 줄과 줄 사이를 기듯이 해서 우리 쪽으로 왔다. 나나오를 부축하고 '몸을 낮추면 안 돼' 하면서 통로 쪽으로 데리고 갔다. 선생님의 지시는 없었지만 나도 몸을 숙이고 뒤를 따랐다.

　천황 앞에서만 죽지 마라
　돌아올 길은······

　빗물이 혈흔을 지웠다.
"항상 심하니?"
　체조 선생님이 염려스러운 듯 물었다. 수업을 할 때는 결코 볼 수 없는 부드러움이었다.

"아니요, 보통은 가볍게 지나가는데 오늘은 갑자기……, 죄송합니다."

빈 방으로 가는 도중 화장실에 들렀다. 선생님이 가방에서 생리대를 꺼내 나나오한테 주었다. 여학생들을 인솔하는 교사는 항상 이러한 경우에 대비해야 한다.

"감사합니다."

벽과 바닥에 배인 암모니아 냄새가 지독했다. 습기 때문에 더 심한 것 같았다. 문 앞에서 기다리는데 선생님이 내게 '친구'냐고 물었다.

"기숙사 방을 같이 씁니다."

"데려다 줄래!"

"네!"

다행히도 스커트에는 피가 묻지 않았다. 팬티와 양말만 버린 것이다.

"빈 방에서 잠깐 쉬다가 돌아가라!"

선생님은 빠른 걸음으로 스탠드로 돌아갔다.

기숙사로 돌아와 나나오를 방에서 쉬게 하고 나는 주방으로 가서 아주머니한테 부탁해 주전자 한가득 뜨거운 물을 받아왔다. 젖은 옷을 갈아입은 뒤 나나오가 더럽혀진 옷을 정리하는 동안 나는 복도에 나가 있었다.

"고마워. 이제 괜찮아!"
나나오 말에 안으로 들어갔다.
나나오의 안색은 보통 때처럼 돌아와 있었다.

아름다운 나의 사랑아, 어디에

내가 흥얼거렸다.

아름다운 나의 사랑아, 어디에

나나오가 따라 불렀다.
나나오의 소프라노, 나의 메조소프라노는 자연스럽게 이부 합창이 되었다.

당신은 활을 들고 떠나며
용감하게 이별을 고하고

아름다운 나의 사랑아, 어디에
아름다운 내안의 사랑아
당신은 창을 들고 떠나며
용감하게 이별을 고하고

원곡은 「스코틀랜드의 파란 별The Bluebells of Scotland」
이라는 가요다. 일본어로 번역된 가사는 원래 가사와는 상당
히 다르지만 원래의 가사에 대해서는 아는 바가 없다.
 이 노래를 흥얼거릴 때 항상 떠오르는 그림은 스파르타의
젊고 건장한 무인이다.

 아름다운 나의 사랑아, 아디에
 아름다운 나의 사랑
 당신은 큰칼 차고 떠나며
 용감하게 이별을 고하고

우리 둘은 이어서 다른 노래를 불렀다.

 파도가 부딪히는
 팔백 리 바닷가에
 파도가 밀려오면
 이제, 아가씨들도
 총을 들고 물러서지 않으리

그 이듬해, 전문부 최고 학년이 된 1944년.
대학생들도 총을 들고 전쟁터로 간 마당에 우리 여학생들

에게 공장 일이 떨어진 것은 당연한 일이었다. 젊은 선생님들도 모두 징집되었다.

상급학교에 진학하지 않고 가정에 있던 여자들도 스물다섯 미만이면 모두 여자 정신대원으로 봉사해야 했다.

동원이 결정된 날 예배당에서 행해진 아침 미사에서 학생들은 선생님의 지휘 아래 노래를 불렀다.

주인님은 전쟁터로 떠나시고
피의 바다를 넘어 벗은 싸우는데
어째서 나만 꽃길에
꿈속을 헤매이는가

전쟁터에서 싸우는 장병들을 생각하면 후방에 있는 사람도 편안하게만 있어서는 안 된다며 억지를 쓰는 듯한 가사다. 주인님은 예수 그리스도이고 전쟁이란 이교도를 적으로 한 십자군 전쟁이 아닐까. 기독교인들 입장에서 보면 이쪽이 이교도인데……. 가사와 현실의 모순을 선생님은 무시하고 있다.

학생 대표가 답사를 읽었다.

'위기에 처한 조국을 위하여 우리 **여학교 학생 일동은 온힘을 쏟아 싸울 것입니다. 연약한 우리들을 위해 주님이 힘

을 빌어주시기를 바라오며 기도 드립나이다. 주 예수그리스도의 은총이 함께 하기를!'

군수공장에 다니게 되었다. 전차 수가 줄었기 때문에 통학할 때 무척 혼잡했다. 앉아 있다 보면 사람들에게 눌려버린다. 좌석 위에 신발을 신은 채 버티고 서서 죽을힘을 다해 손잡이를 잡아야 한다. 시코쿠 집에서는 자퇴를 하고 집으로 돌아오라고 여러 차례 편지가 왔다. 어머니가 상경해서 설득도 했다. 기숙사 응접실에서 어머니와 이야기했다. 맞선 자리도 몇 개 들어왔다고 한다. 빨리 결혼하지 않으면 젊은 남자들은 계속 전쟁터로 가고 상대가 없어질 거라며 다그쳤다. 나는 아직 결혼할 생각이 없다며 완강하게 버텼다.

"설마 리츠코 너, 케이지와 특별한 약속을 한 건 아니지? 케이지는 언제 돌아올지 몰라. 돌아와도 몸이 성할지는 알 수 없는 일이고."

"모두 공장에서 일하는데 나만 돌아갈 수 없어요."

"시코쿠에 가도 정신대에서 일할 수 있으니까 친구를 배신하는 건 아니야!"

몇 시간 동안 논쟁을 하다 어머니는 결국 혼자 집으로 돌아가셨다.

나나오와 함께 기숙사와 공장을 오갔다. 나나오도 집에서 학교를 그만두고 결혼을 하라고 난리였다.

 전문부는 4월부터 공장에서 일했는데 6월이 되자 중등부 4학년, 5학년들이 다른 공장으로 동원되었다. 7월 여름방학을 앞두고 3학년 이하의 중등부 학생들에게도 동원령이 떨어졌다. 중등부 3학년 세 학급 중 한 학급이 우리와 같은 공장에 파견되어 학교에서 일을 하게 되었다. 군수품 생산에는 방학이 따로 없었다.

 초등학생들에게는 시골 연고지로 피난할 것을 권했다. 시골에 친척이 없는 학생들은 학교에서 일괄적으로 모아 피난시키라는 법령도 포고되었다.

 7월에 사이판 옥쇄작전 소식을 라디오로 들었다. 사이판 함락은 본토가 적들의 대형폭격기인 B29의 사정권 안에 들어갔음을 의미한다.

 **여학교 초등부의 어린 학생들은 집단 피난령에 따라 동북쪽으로 떠났다. 학교는 더욱 한산해졌다.

 나나오는 더 이상 그림을 그릴 수 없게 되었다. 도구를 구할 수도 없었지만 공장에서 돌아오면 지쳐서 그림을 그릴 기력이 없었기 때문이다. 물론 다른 이유도 있었을 것이다. 온 나라가 소리치고 있기에 나나오 자신은 소리 없이 외치는 일을 그만둔 것일지도 모른다.

나도 링 운동을 그만두었다.

나나오는 토요일에도 집에 가지 않았다. 공장은 토요일 저녁까지 가동되었다. 당일 날 돌아오는 것도 피곤하고 왕복표를 구하기도 어려워졌다.

결국 덩굴장미는 뽑혔고 그 자리를 고구마와 호박이 차지했다. 그리고 줄곧 고구마줄기를 데친 것이 반찬으로 나왔다.

그리고 1년 전, 1944년 11월. 공습경보가 발령된 그날 나는—나나오와 나는—사에다, 너를 알게 되었다.

장롱 속에 처박아 두었던 시다라 쿠니코의 읽기 괴로운 노트를 읽게 된 계기와 내가 그 뒤를 이어 쓰게 된 이유를 너에게 알려주겠다.

나나오 쿄코가 사라졌다.

나는 그렇게밖에 생각할 수 없다.

도쿄의 마을들이 초토화되고 십만 명 정도가 불에 타 죽은 3월 10일의 대공습 때 치바도 소이탄으로 불타버렸다.

전화도 전보도 할 수 없게 되자 나나오는 가족들의 안부가 걱정되어 치바로 돌아갔다.

우리 전문부 학생들은 3월에 졸업했지만 4월에도 계속 정신대로 공장에서 일했다. 지방에서 온 사람은 이전처럼 여학원 기숙사에 머물렀다.

4월의 전반부도 연일 밤낮 없는 공습에 시달렸다. 불의 비가 내렸다. 공장 사람들 이야기로는 소이탄은 휘발유를 넣은 오륙각형 통을 마흔 여섯 개 묶은 것이라고 한다. 투하하면 묶인 다발이 풀어지면서 흩어지는데 그때 하나하나에 달려 있는 긴 리본이 타면서 떨어지는 것이다.

4월 후반, 공습 대상지역이 큐슈로 집중되어 도쿄가 한숨 돌릴 때쯤 나나오가 학교에 왔다. 그날이 바로 등교 일이었다. 공장을 쉬고 전교생이—라고 해도 겨우 몇 명 되지 않았지만—예배당에 모여 미사를 보았다.

"등교일인 줄 몰랐어. 다행이네."

나나오가 말했다. 치바의 집은 완전히 불타고 미처 피신을 못한 가족들이 모두 불에 타 죽었다고 했다.

"아는 사람 집에 나 혼자 가 있어. 졸업증명서하고 기숙사에 놓아둔 짐들을 가지러 왔는데……. 치바로 돌아가고 싶지 않아. 이대로 너하고 같이 여기서 일하고 싶어."

바보 같은 말은 좀처럼 하지 않는 아이인데. 지인의 집에 머무는 동안 안 좋은 생각을 하는 시간이 많다는 것을 알 수 있었다.

예배당에 모인 전교생의 수는 이백 명도 안 되었다.

덕분에 시다라 쿠니코는 단번에 우리를 찾아냈다.

우리 둘은 맨 뒷좌석에 앉아 있었다.

"미와는 어떻게 지내?"

"최근에는 못 봤어."

"화집을 빌려주겠다고 약속했는데 그 이후로……."

"어쩔 수 없지. 사정이 이런데!"

앞자리에 앉은 시다라 쿠니코가 소곤대는 우리를 돌아보았다. 집요한 눈초리로 빤히 쳐다봤다. 나는 그 시선을 무시했다.

교장은 기독교와 국가정책을 어떻게든 꿰어 맞추기 위해 중구난방의 훈화를 하였고 묵도와 주님의 험난한 싸움이라는 모순된 노래가 이어졌다. 그리고 해산.

나나오가 교무과로 졸업증명서를 받으러 간 사이 나는 기숙사 방에서 기다렸다.

얼마 후 경계경보가 울리고 이어서 공습경보가 발령됐다. 나는 혼자서 천천히 방공호로 갔다. 어두운 방공호 안에서 나나오를 불러봤지만 대답이 없었다.

경보가 해제되고 기숙사 방으로 돌아왔으나 아무리 시간이 지나도 나나오는 오지 않았다. 근처에 소이탄이 떨어지지 않았으니 방공호 밖에 있었어도 무사했을 것이다.

교무과로 갔다. 원래 담임이었던 오징어 선생님은 3월에 퇴직했다. 교무주임에게 나나오가 없어졌다고 말했다.

"졸업증명서는 발급해 주었는데……. 치바로 돌아간 게 아닌가?"

"하지만 기숙사 방에 짐들이 그대로 있는데요."

축음기는 갖고 가기가 쉽지 않고 열차표도 발급받지 않았다. 레코드와 갈아입을 옷 그리고 약간이지만 남아 있는 화구들은 쉽게 구할 수 없는 귀중한 물건들이다.

"여기에 오자마자 무슨 급한 일이 생겼나보지!"

교무주임은 소란을 떨 필요가 없다는 듯 가볍게 말했다.

도서관에 갔을지도 모른다는 생각이 들었다.

나나오는 미와 사에다에게 학교 도서관에 있는 에곤 실레의 화집을 빌려준다고 했었다. 약속을 아직 지키지 못했다. 기회가 좋으니 도서관에 갔을 거라고 짐작했다.

최근에 나는 도서관에 가지 않았다. 볼 만한 책들은 다 읽었다. 아직 읽지 않은 책은 별로 재미가 없는 것들뿐이다.

도서관에는 한 사람밖에 없었다. 그게 시다라 쿠니코여서 기분이 상했다. 카운터에 있어야 할 사서도 보이지 않았다. 시다라 쿠니코에게 묻는 수밖에 없었다.

"나나오 도서관에서 못 봤니?"

"모르겠는데요. 저도 지금 막 와서."

프랑스에서 수입한 화집이 있는 서가로 가서 에곤 실레를 찾아보았다.

하나 또는 경향이 같은 두세 명을 하나로 묶어 시대 순으로 정리한 이십여 권의 화집이 꽂혀 있었다.

나는 미술을 잘 모르고 프랑스어로 써진 화가 이름과 설명도 읽을 수가 없지만 언젠가 나나오가 화집을 보여주며 가르쳐준 적이 있었다. 유명한 그림은 알지만 19세기 말부터 20세기 초에 걸친 현대 화가는 처음 보는 인물들뿐이었다. 초등부 6학년까지 이 학교 학생이었던 나나오는 프랑스어를 배웠다.

전학 가서도 독학을 했다고 했다. 오스카 코코슈카, 에드바르 뭉크, 오딜롱 르동 그리고 에곤 실레. 실레의 그림은 너무 비극적이다. 괴로운 자신을 작품으로 객체화하는 실레가 쓸쓸한 존재로 느껴진다.

현대 화가들의 작품에는 대개 우수와 불안이 깃들어 있다.

뭉크가 묘사하는 침대에 앉은 나체의 소녀는 작은 몸을 웅크리고 알 수 없는 불안을 응시하고 있다. 뒤로 비스듬하게 비친 소녀의 그림자는 그녀가 안고 있는 절망을 구체화한 듯하다.

이 그림을 처음 보았을 때 나는 선입관을 가졌다. 나나오를 닮았다고 생각했다. 얼굴이 아니다. 인상이다. 나나오는 이 소녀보다는 훨씬 어른스럽고 사람들 앞에서는 애교스러운 표정만 짓지만 타인의 눈을 의식하지 않고 무방비 상태에 있을 때면 문득 이런 표정을 보이곤 하지 않는가!

전쟁이나 공습 같은 외부의 요인이 아니다. 공포. 불안은 살아 있고 존재하는 그 자체에서 온다. 아무리 몸부림쳐도 살아 있는 동안 인간은 '살아 있다'고 하는 불안과 공포에서 벗어날 수가 없다. 순간순간 잊고 있을 뿐이다. 뭉크와 르동은 그것을 그림으로 표현했다. 나나오는 표현할 방법이 없어서 그렸다가 지우며 캔버스 위에서 몸부림치는 것이고. 나의 억측일까. 내 자신은 그렇게까지 염세적이지 않다……고 생각한다.

동시대를 살아간 인물 가운데 같은 경향을 가진 화가를 알파벳순으로 정리했다. 실레Schiele는 분명 르동Redon 옆에 있을 것이다. 확인하지도 않고 빼보았더니 프란츠 할스 화집이다. 할스는 시대를 한참 거슬러 올라간 17세기 화가인데.

전에 본 학생이 아무렇게나 꽂아놓은 모양이다.

할스 그림은 대부분이 초상화다. 귀족과 부호를 모델로 한 것뿐만 아니라 길거리의 가난한 아이들과 야채가게 주인 등을 그린 그림도 많다. 그 어느 것이나 즐거워서 견딜 수 없다는 듯 활짝 웃고 있다. 시대의 우울을 묘사한 19세기 말 미술 속에 뒤섞여 어딘지 모르게 비웃고 있는 듯한 느낌이다. 17세기 네덜란드는 스페인의 속박을 벗어나 무역으로 번영하고 있었기에 모델들도 저렇게 걱정 없는 표정을 짓고 있는 것일까! 아니면 할스의 기질인가!

실레는 찾을 수 없다.

대출기록부를 보면 나나오가 이곳에서 대출해 갔는지 여부를 알 수 있을 텐데.

카운터 위에는 대출기록부가 없었다. 사서 자리를 둘러보니 선반 옆에 대출기록부가 걸려 있는 게 보인다.

나나오의 이름도 에곤 실레의 이름도 적혀 있지 않았다. 최종 대출일은 1년 전이었다. 빌리는 학생이 없어서 관리가 엉망인 까닭일까.

표지를 보니 〈Ⅲ〉이라고 적혀 있다. 세 번째 대출기록부라는 뜻이다. 첫 페이지를 펴보았다. 뭐야! 빌려간 날짜가 1935년 9월 21일. 10년 전이다. 10년 동안 노트 한 권을 채우지 못할 정도로 빌리는 학생이 적었다는 뜻이다. 독서를 싫어하는 걸까, 아니면 부유한 가정의 학생들인 만큼 읽고 싶은 책은 얼마든지 사서 볼 수 있기 때문일까. 뒤쪽에서 내 이름과 나나오의 이름을 확인했다. 함께 책을 빌렸던 그날이다.

시다라 쿠니코는 어느새 사라지고 없다.

어쩌면 나나오는 음악실에 가 있을지도 모른다. 순간적으로 그런 생각이 스쳤다.

나나오는 공습으로 책도 피아노도 잃었다. 귀신에 홀린 듯 폴로네즈를 연주한 그날 이후 나나오는 건반을 만지지 않았다. 하지만 굉장한 연주 실력이었다. 집에 있던 피아노를 잃어서 더 이상 연주를 할 수 없으니 기회다 싶어 마지막으로 멋지게 연주했던 건 아닐까!

음악실 안을 살펴보았다. 나나오는 없었지만 피아노 위에 쌓아놓은 악보 맨 위에 폴로네즈 제 4번 악보가 놓여 있다. 내가 방에서 기다리는 동안 나나오는 여기서 연주하고 있었을까. 외워서 연주했을 테지만……

사에다 너에게 말해두지.
그 이후 나나오는 사라졌다.
개인 물품들은 기숙사에 놓아둔 채.

아무리 기다려도 나나오가 방으로 안 돌아와서 사감에게 찾아봐달라고 요청했다. 우리는 이미 여학교 학생이 아니다. 학적이 없고 정신대원으로서 기숙사를 빌려 쓰고 있을 뿐이다. 나나오는 정신대원도 아니다. 지방에 사는 사람이 졸업증명서를 떼러 온 것에 불과했다. 열차 편이나 어떤 사정 때문에 치바로 돌아간 것일까. 사감은 학교 측엔 책임이 없다고 했다. 원래 담임인 오징어 선생님이 있었다면 조금 더 친절하게 대해주었으련만. 그래도 사감은 함께 교내를 돌며 찾아봐주는 수고 정도는 해주었다. 나는 경찰에 알렸다. 그러나 아이가 행방불명 된 것과는 사정이 다르다. 경찰도 대수롭지 않게 취급했다. 일손이 부족한데다 밀거래를 단속하는 것만으로도 정신이 없었으니까.

나는 그날 밤 내내 안절부절못했다. 나나오가 내게 아무 말도 하지 않고 치바로 돌아갔다고는 차마 상상할 수가 없다. 길이 엇갈렸나. 내가 도서관과 음악실을 찾아 헤매는 동안 나나오는 기숙사에 와서 나를 기다리다가 기차 시간이 되어……

그럴 리가 없다. 물건들이 그냥 남아 있지 않은가!

이유가 있어서 그대로 돌아갔다면 분명 메모라도 남겼을 것이다.

장롱 속에 처박아둔 시다라 쿠니코의 책—혹은 노트—를 그 순간 떠올린 것은 프란츠 할스의 화집 때문이었다.

에곤 실레의 화집이 있어야 할 자리에 할스의 화집이 놓여 있었다. 그것도 거꾸로 말이다. 꺼내면서는 뒤처리가 좋지 못하다고만 여겼는데 그 순간 문득 〈거꾸로 선 탑의 살인〉이라는 말이 뇌리를 스쳤다. 아마 상하가 뒤집힌 화집 때문이었을 것이다.

이어서 시다라 쿠니코가 넣어둔 책의 표지에 쓰여 있던 말이라는 것도 기억났다. 나는 벌떡 일어나 장롱 속을 찾았다. 도서관에 있던 시다라 쿠니코의 얼굴이 떠올랐다.

시다라 쿠니코가 장롱 속에 처박아둔 책을 빨리 읽게 하려고 할스의 화집을 거꾸로 꽂아두었다……는 생각은 지나친 비약이다. 시다라 쿠니코가 나와 나나오가 예배에 출석한 것을 보긴 했지만 실레의 화집을 빌리러 도서관에 갈 것이라고 생각할 수 있을까? 아니, 알 리가 없었다.

혹은 우연히 도서관에서 나나오를 본 것일까. 나나오가 실레 화집을 꺼내는 걸 보고 얼른 할스의 화집을 갖다놓았나. 그것도 거꾸로. 〈거꾸로 선 탑의 살인〉을 기억하게 하기 위해서? 그렇다면 내가 나나오를 찾아 도서관에 갈 것을 미리 예측했단 말인가, 어떻게 그럴 수 있을까!

할스를 선택한 데는 무슨 의미가 있을까. 손에 잡히는 대로 그랬을까. 유럽의 카드 점은 그림이 거꾸로 있으면 의미가 반전된다. 할스의 웃는 얼굴을 거꾸로 놓음으로써 악의를 상징한 것일까.

등화관제로 촛불에 의지해 글을 읽자니 너무 불편했다. 나는 늙고 지친 사람처럼 눈가를 손으로 계속 문지르며 읽어 내려갔다.

힘겹게 다 읽고 난 뒤 시다라 쿠니코가 방구석에서 나를 거꾸로 쳐다보는 것 같아 오싹 소름이 돋았다. 촛불은 눈앞만 비칠 뿐 방구석까지는 불길이 미치지 않는다. 불을 밝히고 싶었지만 등화관제가 강화된 터라 불을 켤 수가 없다. 경보가 해제된 다음 공습을 받은 지역도 있다.

손목시계를 촛불 가까이 대고 시간을 보았다. 오전 두 시가 되어 간다. 지금 잠들지 않으면 내일 작업에 지장이 있을 것이다.

이불장에서 이불을 꺼내 깔고 촛불을 껐다.

나나오가 사라지지 않았다면 소설을 돌려서 쓰는 시다라 쿠니코의 의도를 재미있어 했을지도 모른다.

타인의 방에 마음대로 들어가 서랍까지 열고 노트를 두고 간 행위는 불쾌하기 짝이 없지만, 시다라 쿠니코가 반쯤 쓴 이야기의 분위기는 내가 흥미를 가질 만한 내용이었다.

이 노트가 서랍에 들어 있었던 것은 1년 전이다. 시다라 쿠니코가 〈거꾸로 선 탑의 살인〉을 쓴 것은 열세 살 무렵이다. 상당히 조숙한 편이다. 시다라에게 호감은 없지만 그 애의 조숙함에는 경의를 표한다. 앙리 바르뷔스의 『지옥』을 인용하고 있다. 작년에 도서관에서 빌려 봤는데 지나친 허무와 염세주의에 빠져 있다.

시다라가 쓴 이야기는 중간에 끊겼다. 아마 내가 그 다음 이야기를 이어서 써주기를 기대했을 것이다.

나는 그 당시 체육관에서 링 운동을 할 때가 많았다. 왜, 시다라는 내가 소설을 돌려쓰는 일에 흥미를 느낄 것이라고 생각했을까.

  시다라는 자기 생각에 집착이 강하다. 자신이 생각한 대로 상대방도 행동할 거라고 확신하는 듯하다.

  시다라 쿠니코가 쓴 이야기에 나오는 기독교 학교는 분명히 우리 **여학교를 모델로 한 것이다. 위아래 두 단으로 된 교정, 예배당, 교사관, 그리고 연못.

  연못……. 전율이 느껴진다. 돌연 나나오를 연못에 밀어 넣는 시다라 쿠니코의 모습이 떠올랐다. 왜 그런 일을……. 그녀를 무시하는 나에 대한 복수의 차원인가.

  책상 위에 놓인 제비꽃 다발은 '흠모하고 있습니다'라는 신호다. 그것을 무시하고 대수롭지 않게 여기며 따라다니지 말라고 혼줄을 냈다. 사모의 강렬함은 쉽게 한으로 반전된다.

  나나오가 내게 둘도 없는 친구라는 점을 시다라는 눈치채고 있다.

  나에게 직접 복수하는 것보다 멀리서 나를 고통스럽게 하는 길을 택했나…….

  지금, 중등부 4학년인 시다라는 열일곱 살이다. 만으로 치면 열다섯이나 열여섯. 그 나이에 이렇게 심하게 왜곡된 생각을 할 수 있을까?

  있을 수 없다. 어른은 아이들이 갖는 부정의 감정을 모른 척 한다. 질투, 한, 증오 따위는 어른이 되어서야 생기는 감정이라 치부하면서 모르는 척 하는 것이다. '아이들을 위해' 쓴 책들을 보면 어른이 이상형으로 생각하는 아이들—사실 그런 아이는 없다—이 나온다. 자기들이 만든 틀 안에 아이들을 끼워 맞춘다. 열다섯, 열여섯 정도가 되면 감정 형태가 어른과 별반 다르지 않다. 하지만 억제력은 어른보다 훨씬 약하다.

시다라는 〈거꾸로 선 탑의 살인〉의 말미에서 미나모라는 여학생을 통해 이렇게 말한다.

"저는 저를 배신한 상대를 미치게 할 작정입니다."

남자아이를 사는 이상한 화가도 등장한다. 그 화가에게는 에곤 실레의 그림자가 있다. 실레는 미성년 소녀를 유괴했다는 혐의로 구류를 산 적이 있다고 화집에 나와 있다. 프랑스어로 기록되었으니 시다라 쿠니코는 알 길이 없을 것이다. 시다라 쿠니코의 상상력이 실제 화가에게 따라붙은 것일 뿐이다. 그림을 보는 것만으로 실레의 불온한 에로스를 느꼈단 말인가.

한잠도 못 이루고 아침을 맞았다.

기숙사를 나와 연못 주변에 가보았다.

주변에 무성한 풀들. 밟힌 흔적은 없다.

아침 햇살을 받자 어둠 속을 맴돌던 생각들이 터무니없이 느껴졌다.

시다라 쿠니코는 조숙하고 집착이 강한 것뿐이다. 그것뿐이다.

그렇다면 나나오는 어디로 갔을까?

'치바로 돌아가고 싶지 않아. 너하고 같이 여기서 정신대 일을 하고 싶어.'

슬픈 일이지만 나나오의 말은 어쩌면 본심이 아니었을지도 모른다.

사람은 때때로 자신의 본심을 숨기기 위해 반대의 사실을 강조하니까. 집과 가족을 잃은 나나오는 그 점에서는 아직 행운아인 나와 그다지 이야기를 나누고 싶지 않았을지도 모른다. 나를 보고 그런 기분이 강화된 것은 아닌가. 그래서 남겨 둔 짐이야 어찌 되든 상관없다는 생각으로 돌아갔나! 사감과 경찰이 말한 것처럼······.

그렇게 생각하는 쪽이 시다라 쿠니코가 나나오를 연못에 빠뜨려 죽였다는 생각보다 훨씬 자연스럽다.

나는 시다라 쿠니코의 이야기를 이어가는 일에 흥미를 느꼈다.

그와 동시에 내 자신과 나나오의 일까지 써보기로 마음먹었다.

사에다, 네가 읽어주기를 원해서.

너도 기억하고 있을 거야. 세 명이서 사진을 함께 보았을 때 과거 시간의 공유라고 나나오가 말했지.

지금, 나는 너에게 나나오와 나의 시간을 공유해 주길 부탁하는 거야.

공습도 죽음도 자신에게는 닥쳐오지 않을 것만 같기도 해. 오늘이 지나면 내일이 또 오지. 하지만 언제 그것이 끊길지는 아무도 몰라.

그 때문이야! 내가 이렇게 감상적이 된 이유는.

한편으로 연속된 시간 안에서 이야기를 계속 이어갈 수 있다는 낙관적인 생각도 들어. 지나친 모순이지.

우선, 쓰기로 했어. 그러나 시다라 쿠니코는 못 보게 할 거야. 우리 세 사람의 시간 속으로 그 아이를 끌어 들이고 싶지는 않아.

사에다, 너에게 다음을 부탁해.

쓸데없는 것을

거꾸로 선 탑의 살인 _3

주루 서먼은 손바닥 위에 남겨진 열쇠에 잠시 시선을 주었다.

B호실의 보조키. 마나모는 왜 보조키를 갖고 있었을까.

그는 서둘러 사무실로 발길을 옮겼다. 사무원 한 명이 퇴근 준비를 하고 있었다.

"주인 이외의 사람도 보조키를 지닐 수 있습니까? 학교에서 그걸 허락하나요? 위험하지 않습니까?"

보조키를 내밀며 따져 물었다.

상대는 겁먹은 표정으로 고개만 가로저었다. 말이 통하지 않는다는 걸 깜빡하고 있었다. 사무원은 벽에 걸린 열쇠 꾸러미를 들고 어느 것이 필요하냐는 듯한 표정을 지었다.

너무도 허술하다. 그는 어쩔 수 없다는 뜻으로 어깨를 으쓱해 보이고는 교사관으로 돌아왔다.

기이의 상태를 확인하기 위하여 직원들이 창문을 넘어 실내로 들어갔다고 했다. 학교 측이 보조키를 갖고 있었다면 열쇠를 갖고 왔을 것이다. A호실 보조키가 없으면 B호실의 보조키 또한 만들지 않았을 것이다.

마나모가 보조키를 갖고 있다는 건 무슨 의미일까.

과외 수업을 받았다고 하지만 단지 그것 때문이라면 굳이 열쇠를 갖고 있을 필요가 없다.

경계를 넘는 친밀한 관계였다는 생각이 억측일까.

일부러 그를 애태우게 만들어 즐기는 듯한—그를 협박하듯—마나모의 말을 되새겨보았다.

'로스탕 선생이 A호실로 옮긴 것은 여기에 거꾸로 서는 방이 없기 때문입니다.'

'저는 배신당했습니다.'

기야고 그가 물었을 때 마나모는 자신이 사랑했던 상대라고 했다.

'그 때문에 로스탕 선생에게 벌을 받았습니다. 선생님은 저를 거꾸로 서게 했습니다. 저는 미쳤습니다.'

마나모의 목소리가 귓전을 맴돌았다.

'저는 저를 배신한 상대를 미치게 할 작정입니다.'

배신했다! 누가 마나모를 배신했을까.

누군가가 배신했기 때문에 마나모는 기이에게 벌을 받았다.

거꾸로 선다……라는 의미는 무엇이지?

그는 거실의 긴 의자에 몸을 맡겼다. 쿠션이 너무 딱딱하다.

'여기에는 거꾸로 서는 방이 없기 때문입니다.'

그때는 B호실에 있었다. B호실에는 없는데 A호실 즉, 여기에 거꾸로 서게 하는 방이 있단 말인가?

그는 거울을 쳐다보았으나 실내의 모든 것들과 그 자신도 정상적으로 비쳤다. 거울에 비치는 그리스도에 눈길이 갔다. 이리저리 살피다 액자 자체를 바라보았다. B호실의 거실에도 액자가 하나 남아 있다. 나머지 가구들은 모두 이쪽으로 옮겼는데…….

예배당에 접한 벽은 중세풍으로 두껍지만 B호실과의 벽은 그렇게 두껍지 않을 것이다.

그가 일찍이 읽었던 앙리 바르뷔스의 「지옥」을 연상시킨다. 벽 틈에서 옆방을 훔쳐보는 쾌락에 도취해서 끝없이 추락해 가는 한 남자의 이야기.

'쾌락이야말로 인생의 전부다'라고 중얼거리며 '이것밖에 없어! 재미없군!' 하고 남자는 한탄한다.

허무로 이어지는 엿보기. 기이에게 어울리는 행위가 아닌가!

B호실에 남아 있던 액자 그림이 「장님이 되는 삼손」이었던 것도 어쩌면 암시일지 모른다. 이 사이, 벽의 저쪽이다.

그는 의자에서 일어나 벽 구석부터 양팔을 벌리고 액자까지의 대략적인 거리를 잰 뒤 밖으로 나가 B호실로 들어갔다.

액자 위치를 재보았다. 이제부터 쾌락의 장소로 들어가기라도 할 것처럼 미소 띤 그리스도의 바로 뒤쪽에 삼손이 있다. 델릴라의 배신으로 포로가 된 삼손은 눈이 찌그러져 있다.

그는 액자를 떼어냈다.

A동처럼 이쪽에도 틈은 없다.

하지만 벽지가 다른 세 면과 달리 새것이라는 점을 발견했다.

낙뢰에 의해 예배당이 무너졌을 때 예배당과 접한 A호실도 피해를 입어 복원했다. 예배당과는 반대쪽인 이쪽의 사이 벽도 균열이 생겼을 가능성이 있다.

복원이 끝날 때까지 수개월 동안 기이는 여기 B호실에 있었다. 그 사이 균열된 틈을 엿보는 수단으로 이용하고 직원들이 벽지를 새로 바르기 직전에 틈을 메웠다.

그렇게는 생각할 수 없을까.

그러나 거꾸로 서는 것과 어떤 관계가 있을까.

틈이 작고 둥글다면……라는 데 생각이 미쳤다. 균열로 약해진 벽에 인위적으로 극히 작은 구멍을 만든다. A호실이 어둡고 B호실이 밝을 경우 핀홀 카메라(바늘구멍 사진기)로 촬영한 사진과 같은 효과가 나오지 않을까! A호실의 거울에 거꾸로 선 상이 비치지는 않을까.

상을 보기 위해서는 A호실에 있어야만 한다. 마모는 자신이 거꾸로 서는 영상을 볼 수 없다. B호실에 있지 않으면 거꾸로 서는 영상은 만들어지지 않고 그것을 보는 쪽은 A호실에 있는 자다.

마모가 A호실에 있다고 가정하자. 어두운 방 거울에 어슴푸레한 영상이 보인다. 기이의 상일까. 그것은 상하가 뒤집혀 있다. 핀홀 카메라의 원리를 모르는 사람은 경악하겠지! 하지만 그 정도로 미칠까.

마모는 기이에 의해 거꾸로 세워졌다고 했다. 상하가 바뀐 기이의 상을 보고 자신이 거꾸로 섰다고 착각한 것일까.

그는 「장님이 되는 삼손」이 끼워진 액자를 면밀히 들여다보았다. 복제품이라고는 해도 너무 싸구려다. 뒤판을 떼어내 액자에서 꺼냈다. 얇은 종이에 인쇄한 것이다. 「삼손」의 뒤에는 렘브란트의 「툴프 박사의 해부학강의」 그림이 인쇄되어 있다. 게다가 액자에 있을 때는 이면지에 가려 몰랐는데 한쪽 끝에 가위나 칼로 자른 듯 톱니자국이 나 있다. 페이지 구석에는 페이지 수를 나타내는 숫자가 붙어 있다. 화집에서 잘라낸 것이 분명하다. 한 권짜리라면 위쪽이 될 부분에 희미한 검푸른 얼룩이 있었다.

잘려진 페이지를 들고 다시 한 번 A호실 거실로 돌아왔다. 그레코의

「십자가를 안고 있는 그리스도」와 비교해보기 위해서다.

그레코도 액자에서 꺼냈다. 뒷면에는 '그리스도는 부활하고 옆으로 흰 하얀 깃발을 왼손에 들고 승천하고 있다'라고 되어 있다.

이것도 자세히 들여다보면 잘라낸 인쇄물임을 알 수 있다. 위쪽에 희미한 얼룩이 있는 점도 렘브란트 것과 똑같다.

"미와는 또 결석인가요?"

아베와 문어대가리가 나를 지명했다. 이전에는 부르지도 않더니 패전으로 윤리도덕관이 180도 변했는지 갑자기 태도가 바뀌었다.

"네."

"그제는 출석하더니 어제부터 다시 병이 도졌나?"

미와 사에다는 시업식 다음 날도 등교했지만 수업 중에 빈혈 증상으로 쓰러져 양호실에서 한참을 쉬다가 내가 데리고 집으로 갔다. 열이 높았다. 옆 조 사람이 최근 개업했다는 의사를 가르쳐주었다. 그 전에는 시부야까지 자가용을 타고 갔는데 패전이 임박해서 그 의사도 징집되었다고 한다. 하지만 의사는 본토 근무였기 때문에 곧바로 복귀했다. 병원이 불에 타는 바람에 자택을 진료소로 썼다. 밤 열시쯤 왕진을 해주었다. 유키코 고모도 집에 돌아와 의사에게 감사의 뜻을 전했다. 폐렴이라면서 당분간 안정을 취하라고 했다. 그러곤 학교에 제출할 진단서를 써주셨다.

나는 학교를 자퇴할 작정이었다. 간호사를 대신 해 사에다를 곁에서 돌보며 완쾌가 되면 일자리를 알아보려 했지만 유키코 고모가 반대했다. 여학교 졸업증을 따두어야만 나중에 일자리 찾을 때 유리하다는 것이다.

사에다는 1개월 정도 쉬다가 등교했다. 살인적인 만원 전차는 병치레 끝에 타기에 너무 가혹했다.

전시체제 하에서 4년제로 졸업했던 여학교와 중학교는 패전 뒤 5년제로 원상복귀 되었다. 새로운 학제를 도입할 거라는 이야기도 돌았다. 남녀공학에 중학교 3학년까지는 의무교육이고, 그 다음은 3년제 고등학교로 한다는 이야기와 제국대학으로 직접 연결되는 고등학교와 사립학교의 예비과를 폐지한다는 소리도 들렸다.

우리 학년은 과도기의 특례로서 4년제로 졸업하지만 5학년까지 진학해서 졸업해도 상관없었다.

물론 나는 1년을 더 기다릴 생각은 없었다. 생활비를 벌어야했다.

사에다도 내년 3월 4학년으로 졸업한다. 하지만 나처럼 일자리를 찾는 게 아니라 여대 입시를 치른다. 전공은 영문학이다. 사에다는 만원 전차에 시달리며 등교하고 재미없는 수업으로 시간을 낭비하는 것보다 스스로 공부하는 쪽이 능률적이라고 판단했다. 출석은 졸업 일수만 채우면 된다. 유키코 고모도 찬성했다. 사에다는 원서를 술술 읽을 줄 알았다. 영어 수업이 폐지되었던 기간에도 유키코 고모한테 영어 동화와 이야기를 활용해서 배웠기 때문에 영어에 관한 한 학교 수업은 필요 없었다.

수험과목은 영어와 국어 그리고 수학이었다. 유키코 고모가 친구로부터 아들이 사용했다는 수학 참고서와 문제집을 받아왔다. 사에다가 친하게 지내던 사촌의 것이다. 제국대학 학생이었으나 학도병으로 참전하여 전사했다고 한다. 그 책— 노트라고 해야 하나—에 있던 아키히토라는 사촌이다.

"또 장기 결석이면 다시 의사 진단서를 제출하도록."

문어대가리가 기분 나쁘게 사에다를 신경 쓰는 이유를 학급 아이들 모두 알고 있다. 불탄 자리 뒷정리 때나 시업식 때나 '미와, 미와' 하고 이름을 부르며 혼내는 것은 '네가 좋다'라는 역설적 고백이다. 이런 일에 여학생들은 민감하다. 그러나 무사도 정신을 발휘하여 아무도 입에 올리지 않았다.

'무사도 정신'이라는 말을 쓰는 것도 패전 이후 곤란해졌다.

'정신'은 괜찮지만 '무사도'가 문제였다. 점령군이 진주하고부터는 무에 관한 것들은 특별히 봉건적이고 군국주의적인 것으로 치부되어 기피 대상이 되었다.

전쟁 중에는 이국인이나 빨갱이가 절대 악을 상징하는 말이었다. 하지만 패전 후에는 봉건적이라는 말이 반론을 허용치 않는 악이 되었다. 인간은 누구나 평등하고 선생님이나 학생도 대등하므로 선생님이나 부모를 존경하는 것은 봉건주의 유물로 취급되었다. 이것이 미국이 가르치는 민주주의라고 하는 것인데 유키코 고모 말에 의하면 점령군 사이에서는 흑인 병사에 대한 대우가 열악하다고 했다.

무엇이 평등이란 말인가! 언론은 자유를 말했지만 입에 올려서는 안 되는 것들이 족족 만들어졌다. '일본인 여성이 폭행을 당했다. 상대는 검고 덩치가 큰 남자이다'라고 신문은 보도했다. 신문과 라디오는 무법의 행위를 한 상대가 반도의 사람이거나 중국인이라면 제 3국인 또는 3국인이라는 완곡한 표현을 해야만 한다. 3국인에게 지금의 일본 경찰은 손을 댈 수 없기 때문에 일부 무리가 도당을 결성하여―일본 야쿠자도 무서워할 만한 큰 집단―하고 싶은 대로 폭력을 행사하고 있다.

데모가 있을 경우 수업은 쉰다. 선생님들은 이제 노동자다. '쌀을 달라! 임금을 올려라!'라는 깃발을 든 데모가 한창 유행이다.

우리 학교 선생님들이 데모할 때 드는 플래카드에는 '도립 ＊＊여고 학생에게 교실을'이라고 쓰여 있다. 감사한 일이다. 공습의 염려가 없어지자 피난을 떠났던 학생들이 줄줄이 도쿄로 돌아왔다. 같이 쓰고 있는 ＊＊여학교 교실도 예외 없이 좁아질 것이다.

초등학교에서는 점령군 당국이 금지하는 부분에 검은 먹줄을 그은 교과서를 사용했다. 우리는 교과서도 없다. 선생님의 칠판 글씨를 노트에 옮겨 적어 교과서 대신 사용했다. 선생님 수도 줄어서 수업 시간이 적었다. 영어 시간이 부활해서 유키코 고모가 밤마다 예습·복습을 봐주었다. 어느 정도 도움이 되었다.

문어대가리가 담임이라는 사실은 불운이었다. 공산당원임을 과시하는 가슴의 표찰은 떼었지만 수업 중에는 여전히 공산주의를 열렬히 찬양했다.

바깥에서는 '들어라 만국의 노동자, 울려 퍼지는 메이데이의……'라는 노래가 흘러나오고 있다.

'오랜 착취에 고통스러운 무산 민중이여 궐기하라! 지금 24시간 계급전쟁이 왔도다.'

같은 구절로 보다 더 과격한 무정부주의 노래도 들린다.

'닥치는 대로 부서라! 철저하게 파괴하라! 귀부인을 강간

하고 도시를 암흑으로 만들어라!'

위세가 좋다고 해야 하나, 아니면 자포자기라고 해야 하나!

나는 몽당연필을 사용하고 있는데 손으로 가리고 쓰고 있는 건 로마글자다. 내 이름과 미와 사에다의 이름을 로마글자로 쓰고 공통된 알파벳을 지우고 있다. 시다라 쿠니코 수기에 있었던 알파벳점이다.

노트라고 해야 할까 책이라 해야 할까…… 타이틀을 줄여 〈거꾸로 섬〉이라 하자. 그것을 어찌어찌 읽어냈지만 모르는 소설가와 화가 이름만 나와 고생했다. 시다라 쿠니코나 코우즈키 리츠코나 미와 사에다나 모두 지식이 풍부하다. 내가 너무 모르는 게 많은가?

"처음 썼을 때는 베-사마에게 읽게 할 작정이 아니어서 베-사마에 관한 것을 이브 또는 누보 등으로 썼어. 미안!"

다 읽었다고 말하자 사에다는 그렇게 말하며 목을 살짝 움츠렸다.

"보는 데서 지울까 했는데 그게 더 이상할 거 같아서!"

이브이건 누보이건 특별히 사과할 필요는 없다. 누보 역시 어른스러운 풍격이 있어 보이니 좋은 말 아닌가!

그러고 나서 사에다가 잠들어버리는 바람에 이야기는 거기서 끝났다.

모처럼 사에다가 기대해주었는데 나는 전혀 모른다. 표지를 싸서 갖고 다니며 여러 차례 반복해서 읽었다.

"······라고 하는 것이 공산주의의 이상입니다. 질문 있나?"

문어대가리 말은 내 귀를 무사통과했다. 하지만 앞에 앉은 이데 후사코는 손을 번쩍 들었다. 가을 학기가 시작되고 나서 얼마 후 이데 후사코는 피난처에서 돌아왔고 복학과 동시에 반장에 임명되었다.

"질문이 아니라 제안입니다."

지명을 받자 이데 후사코는 자리에서 일어나 말했다.

"직원회의에 관한 것인데 우리 학생들과 관련된 일이 논의되고 있기에 우리도 회의에 참석해야 한다고 생각합니다. 그것이 민주주의 아닐까요?"

자신의 뜻을 잘 알아들었다는 듯 문어대가리는 고개를 끄덕였다.

"대단히 귀중한 의견이다. 직원들 중에는 아직도 구습을 버리지 못한 사람들이 많아서 곧바로 채택은 안 되겠지만 여러분도 이데처럼 '전후민주주의'를 어떻게 실현하면 좋을지 잘 생각해 보도록."

당시 남녀평등이라든가 인권존중을 부르짖던 아주머니들은 불과 얼마 전까지 '국민정신총동원의 비상시국이다, 긴 팔소맷자락을 잘라버리자, 파마를 하지 말자'고 절규하던 사람들이다. 이데 후사코는 이제부터 '그것은 봉건적입니다, 개인의 자유를 존중합시다'라거나 '누구나 평등해야 합니다'라며 학급을 휘젓고 다닐 것이다. 개인의 자유와 평등은 서로 모순된 것 아닌가.

"다음으로 폭력과 평화에 대해 생각해보자. 폭력은 어떠한 경우에도 절대 안 된다. 어떤 것이든 대화로 해결해야 한다. 싸움은 먼저 저지른 사람이 나쁘다."

진주만을 선제공격한 일본이 '절대 악'이라고 말하고 싶은 것이다. 문어대가리는 말을 이었다.

"비폭력적인 수단에 호소해야 한다. 우리에게는 글자라는 좋은 수단이 있다. 인도 독립을 주장한 간디는 '비폭력 무저항'이라는 방법으로 영국과 싸웠다."

나는 주위에서 무엇을 말하든 대개 흘려듣는 성격인데 무엇에 홀렸는지 나도 모르게 손을 들어버렸다.

문어대가리가 꺼림칙한 표정으로 나를 지명했다.

"저는 손오공 이야기를 읽으면 삼장법사가 교활하다고 분개했는데요!"

"수업과 관계없는 이야기는 하지 마라."

문어대가리는 전쟁 중에 그랬던 것처럼 고함을 질렀다.

"아니, 관계가 있습니다. 손오공이 난폭해지면 삼장법사는 머리의 관을 조여서 벌을 줍니다. 하지만 약해빠진 법사가 위기에 처했을 때 목숨을 보전하는 것은 모두 손오공 덕분 아닌가요? 손오공이 힘을 이용하여 적을 물리쳐주니까요. 만일 손오공이 비폭력 무저항을 한다면 삼장법사는 죽고 맙니다."

"그런 것을 말하는 게 아니다."

문어대가리는 더 이상 내가 발언을 하지 못하도록 말로 쥐어박았다.

"아베는 아직 전쟁의 망령에서 깨어나지 못하고 있나? 우리 인민은 군부에 속았다. 이 전쟁은 어리석은 군부가……."

선생님도 학생도 대등한 것이 전후민주주의라고 역설했지만 대등하게 취급되는 자는 문어대가리와 유사한 생각을 하는 학생들뿐이다.

나는 고개를 숙이고 알파벳점을 계속했다. 문어대가리한테 찍힌다 한들 내년 3월이면 졸업인 것을.

헵번식이나 일본식이나 미와 사에다와 내 이름은 변함이 없다.

MIWASAEDA

ABEKINKO

공통된 글자를 지우면 남는 것은

MWASDA

BKNKO

여섯 개와 다섯 개. 합이 열한 개다.

책상 아래 무릎 위에 펼친 〈거꾸로 섬〉의 알파벳점에 대하여 쓰인 부분을 확인해본다.

순서는 F. L. S. H. 점친 결과는 S다. 어딘지 쑥스럽다. 사에다와 내가 사이는 좋지만 S와 같은 음침한 관계는 아닌데.

시다라 쿠니코는 조숙해서 어려운 책도 잘 읽으면서 알파벳점에 집착하다니, 역시 소녀에 지나지 않는가보다. 나는 이렇게 생각하며 시다라 쿠니코와 코우즈키 리츠코를 비교해보았다.

헵번식과 일본식에서 조합이 틀리게 나온다. 헵번식으로 일단 해보자.

KOZUKIRITSUKO

SHIDARAKUNIKO

지워보면

KOZUT

HDAAN

둘 다 다섯 개가 남는다. 합하면 열 개. L. 노트에 맞춰본다.

어라? 시다라 쿠니코가 적은 숫자는 훨씬 많지 않았나. 나는 다시 읽었다.

헵번식이라면 남는 글자는 열여덟. 일본식이라면 열일곱. 다시 말해서 전자는 L, 후자는 F다.

'나는 L을 미지근한 like가 아니라 열애, 광애의 love로 한다. 따라서 나는 학습노트 구석에 여러 번 당신의 이름을 쓴

다. 그 아래에 내 이름을 적는다…….'

내가 잘못 세었나. 국어는 잘 못하지만 계산은 빠르고 정확하다. 어렸을 때부터 청과물 가게 일로 단련된 몸이다.

일본식으로도 해봤다.

거실에서 이따금씩 사전을 뒤적이며 영어를 읽고 있는 사에다에게 수업 중에 학습노트에 적은 내용을 보여주었다.
일본식은 이렇게 된다.
KOZUKIRITSUKO
SIDARAKUNIKO
공통되는 글자를 지우고 나니 이것만 남는다.
KOUT
SAAN
"여덟 글자지. 점으로 보면 hate의 H가 되잖아. 신점도 믿지 않지만 흉수가 나오면 기분이 나쁘니까……. 그래서 시다라 쿠니코는 특수한 셈법으로 절대 H가 안 떨어지도록 한 게 아닐까?"

내 말에도 사에다는 그다지 관심을 보이지 않았다.
"그럴지도."
그런데 어떤 셈법을 해야 열여덟이나 열일곱이 될까!

"그밖에 눈에 뜨이는 게 있으면 얘기 해."

"응, 사짱 읽고 있는 게 뭐야?"

"『폭풍의 언덕 Wuthering Heights』"

나는 발음하기 어려운 th를 사에다는 매끄럽게 읽는다.

"백 년 전쯤 영국에서 쓰인 소설. 고모한테 받았어. 작자는 에밀리 브론테라는 젊은 여자야. 이 책을 번역할 수 있었으면 좋겠어."

"우와!"

나는 감탄사를 연발했다. 그러고 보니 코우즈키 언니도 수기에 시를 번역한 부분이 있었다. 섬세하고 부드러운 시였다.

시다라 쿠니코 자신도 바보스럽다고 생각하는 알파벳점이다. 사에다가 무시하는 것은 당연하다.

사전을 찾는 사에다를 방해하지 않으려고 나도 〈거꾸로 섬〉을 다시 읽기 시작했다.

일어나 다리를 벌리고 상체를 엎드려 다리 사이로 보았다. 어리둥절해 하는 사에다의 얼굴이 거꾸로 보인다.

사에다도 일어나 똑같은 동작을 취했다.

우리는 웃음을 터뜨렸다.

집에 돌아오신 유키코 고모가 우리가 웃는 소리를 듣고 기쁜 표정을 지었다.

"나라 안이 온통 거꾸로 돌아가니 말이다!"

그렇게 말하고는 거꾸로 보려는지 스커트 자락을 허벅지 사이에 끼우고 양팔을 바닥에 댄 채 가볍게 물구나무를 섰다. 나나 사에다는 물구나무서기를 못한다. 유키코 고모가 존경스러웠다.

등화관제는 사라졌지만 전력 부족으로 늘 정전이었다. 오늘 밤도 마찬가지다. 사에다는 나란히 깔은 이불 속에 들어가 엎드려 회전전등 불빛으로 '와사-' 뭔가 하는 책을 읽었다. 한쪽에 사전과 연필이 있다. 찾아본 단어를 여백에 써가며 읽었다.
"그렇게 재미있니?"
"응."
"조금 신경 쓰이는 부분이 있는데……."
"뭐?"
"코우즈키 언니와 시다라의 관계."
내 말에 사에다는 책을 덮고 나를 보았다.
"뭔데?"
진지한 표정이다.
"시다라 쿠니코가 열을 올린 상대는 코우즈키 언니가 아니라 나나오 언니가 아닌가 해서!"
"알파벳 글자 수?"

"아직 해보지는 않았는데……."

"어째서 나나오 언니야?"

"두 사람 같은 방을 썼잖아. 어느 쪽이 누구 것인지 시다라 쿠니코가 어떻게 알아?"

나도 엎드려서 〈거꾸로 섬〉을 같이 읽을 수 있도록 놓았다. 사에다는 회전전등을 비쳤다.

"시다라가 먼저 어느 쪽이 코우즈키 언니 책상인지 확인해 두었다면 별개 문제지만."

페이지를 펼쳐 해당 부분을 보여줬다.

[시험이 다가온 터라 오전에는 나나오한테서 빌린 노트를 베꼈다. 기숙사 식당에서 대충 점심을 때운 뒤 방으로 돌아온 나는 깜짝 놀랐다.

단 하나의 위화감. 내 책상 위에 종이 리본으로 묶은 짙은 보라색 제비꽃 다발이 놓여 있었다. 두 권의 노트 위에…….]

"저기, 겹쳐놓은 노트 말이야. 위쪽 게 나나오 언니 것이었으면……. 표지에 나나오 쿄코라고 써 있을 거 아니야. 서두르다 보니 아래 노트까지 볼 생각을 못하고 나나오 언니의 책상이라고 잘못 안 거 아닐까?"

"그래서 서랍에 이것을 넣어둔다……. 그러네, 그거야. 있을 수 있어. 베-사마 정말 대단해!"

"그래, 나 대단해!"

나는 우쭐했다.

"이거 써도 돼?"

그러라고 말하기도 전에 사에다는 껍데기에 씌운 종이를 벗기고 알파벳으로 이름을 쓰기 시작했다.

"우선 헵번식으로!"

"헵번식으로 풀어볼 테니 봐."

NANAWOKYOKO

SHIDARAKUNIKO

지우면 남는 것은

NWOYO

SHIDRUI

합하면 열두 글자, 즉 H다.

"틀렸네!"

"일본식으로도 해보자."

사에다는 다시 이름을 풀었다.

NANAWOKYOKO

SHIDARAKUNIKO

남는 글자는

NOWYO

SIDRUI

열 개. S다. 시다라 쿠니코가 대단히 좋아할 점괘다.

"시다라는 일본식으로 써야할 곳을 헵번식으로 쓴 거 아니야?"

내가 생각해 낸 아이디어를 그냥 버리는 게 아까워 말해보았다.

"어느 쪽도 남는 글자 수는 열여덟이나 열일곱이 아니야."

"내일 내가 학교에서 시다라 쿠니코한테 물어볼게. 가장 빠른 방법이잖아."

"나도 내일 학교에 가겠어."

사에다가 말했다.

"내 문제인데 베-사마를 끌어들이는 건 아닌지 몰라. 베-사마는 코우즈키 언니하고도 나나오 언니하고도 관계없는데."

"이제 시간을 공유했으니까……."

내가 말했다.

"모르는 사람 같지 않아."

또 하나 걸리는 점이 있다.

"코우즈키 언니가 쓴 수기의 마지막 줄이 뭐였지? '쓸데없는 것을'이었지?"

내가 중얼거리자 사에다가 고개를 끄덕였다.

"나도 그 부분이 좀 이상하다고 생각했어."

"갈겨 쓴 것 같지."

"코우즈키 언니는 내가 읽는 걸 바라지 않았을지도 몰라."

사에다가 말을 이었다.

"코우즈키 언니는 마음속으로 아무 관계없는 미와 사에다에게 읽게 하는 짓이 쓸데없다고 생각한 게 아닐까? 그래서 자신도 모르게 써버렸고, 하지만 결국 다시 한 번 생각해보고 내게 건네주고."

"사짱은 그렇게 생각하니? 뭐, 그럴 수도 있겠네."

"베-사마는 어떻게 생각하는데?"

"난 머리가 나빠서. 아마도 다른 걸 생각했을 거야."

"가르쳐줘, 베-사마. 머리 나쁘지 않아. 항상 말하잖아. 나보다 생각하는 게 어른 같다고. 그건 냉정하고 현명하다는 뜻이야."

"우와!"

이불속에서 나는 뒹굴었다.

"자, 어떻게 생각했는데?"

"조금 기분 나쁘지만 시다라 쿠니코가 또 코우즈키 언니가 없을 때 기숙사 방에 몰래 들어가 이것을 찾아낸 거야. 그러곤 코우즈키 언니가 쓴 것을 보고 미와 사에다에게 읽게 하는 것이 싫어서 써놓은 거지."

"으악!"

사에다가 나지막이 비명을 질렀다.

"그런데 그것도……."

잠깐 사이를 두고 말을 이었다.

"코우즈키 언니는 장롱 속에 처박아두었다고 썼어. 서랍이라면 금방 찾겠지만 장롱 속까지! 그 방 열쇠가 없으니까 언제 코우즈키 언니가 돌아올지 모르는데……. 그 자리에서 읽는 것은 지나치게 대담해. 갖고 나와서 읽었다 해도 다시 한번 몰래 들어가야 하는데. 위험해. 코우즈키 언니가 시다라 쿠니코를 혼낼 때 태도 봤지? 굉장히 무서워. 시다라도 움찔움찔했어."

"하긴 그래."

나는 깨끗하게 인정했다.

"어쨌든 내일 시다라와 얘기해보자."

다음 날 아침 사에다의 눈은 충혈되어 있었다. 나는 숙면을 했는데 사에다는 거의 잠을 못 이루고 〈거꾸로 섬〉을 몇 번이나 반복해서 읽은 모양이다.

우리는 문어대가리에게 혼날 것을 각오하고 지각을 하기로 했다. 통근·통학 시간대를 피하면 살인적인 만원 전차도 좀 나아질 것이라 생각했다.

홈에서 한 시간 가량 기다려도 전차는 오지 않고 도착 시간을 알 수 없다는 방송이 나왔다. 이런 일은 늘 있는 일이라 모두들 익숙해져 있다. 불평도 하지 않고 줄을 만들며 선로를 걸어갔다.

"쉴까?"

"갈 거야! 시다라한테 직접 물어봐야지."

사에다가 결연하게 말하는 바람에 나는 먼저 선로로 내려가 손을 내밀었다. 침목을 밟고 걸으면 편하다. 사에다가 피곤해 할까봐 천천히 걸었다. 남자들이 성큼성큼 앞서 갔다. 중간에 줄다리기처럼 침목 사이가 비어 있는 곳이 있었다. 발을 잘못 디디면 아래로 추락해서 다친다. 사에다는 움찔했다. 낡은 작업복을 입은 남자가 사에다 손을 잡아 끌어주었다.

올라 탄 전차는 움직였는데 계단부터 쏟아져 내릴 것 같은 만원사례였다. 러시아워와 조금도 다를 바 없었다. 차량 자체도 적고 정전과 고장 등으로 지연되기 때문에 여유 있을 때가 없나보다.

**여학교 교문을 들어섰을 때는 이미 점심시간이었다.

VI

호수는 당신의 눈동자처럼
한적한 언덕 위 오솔길
풀잎을 수놓으며
주르르 눈물 나는 날

카운터에 턱을 괴고 감상적인 노래를 흥얼거렸다.

책을 읽고 있던 한 학생의 의아한 눈초리에 나는 노래를 그쳤다. 종일 도서관에서 시간을 보내는 중등부 학생이다. 구립 초등학교에서 입학한 1학년 때부터 줄곧 드나든 아이라 얼굴과 이름을 외웠다. 대출기록부에는 시다라 쿠니코라는 이름이 반복적으로 적혀 있다. 도서관에 출입하는 학생 수는 별로 많지 않다. 카운터를 사이에 두고 조용히 앉아 학생들을 관찰하곤 한다. 차림새만 보아도 어떤 아이인지 대강 짐작이 간다.

귀여운 얼굴 생김새와 좋은 성격 덕에 태어나면서부터 사람들에게 호감을 주는 존재가 있다. 당연히 그 반대도 있다. 서너 살밖에 안 된 어린아이인데도 귀여움을 못 받는 아이가 있으니까.

시다라 쿠니코는 동급생 사이에서 소외된 아이다. 하나의 정경이 떠오른다. 시다라 쿠니코가 2학년 때니까 2년 전이다. 도서관에 들어온 시다라 쿠니코는 구석에서 같은 학년 아이 둘이 얼굴을 맞대고 소곤대는 걸 보더니 냉큼 그들에게 다가갔다. 상대가 불편해하건 말건 둘 사이의 대화에 끼어들었다.

"저기, 무슨 얘기 하니?"

"우리끼리 얘기야. 미안!"

노골적으로 거절당했다. 우호적인 태도에 '쾅' 하고 빗장을 건 것이다. 둔감한 걸까, 아니면 거절당한다는 사실을 인정하고 싶지 않은 걸까. 그 아이는 책장에서 꺼낸 책을 읽으면서도 계속 이야기 상대를 찾았다. 드나드는 사람마다 고개를 들고 쳐다보았다. 그런 일은 이후에도 몇 차례 더 있었다.

3학년 여름부터 4학년 어느 시기까지 학생 동원령으로 공장에 나갔지만 공장이 불에 타 학교가 공장 역할을 하게 되었다. 그 바람에 아이는 또 다시 도서관에 들렀다.

패전한 날부터 2개월 정도. 신문은 제 1면에 '전쟁 책임 추궁'이나 '민주주의 체제실현' 또는 '새로운 일본 건설 과정에 있어서 언론이 수행해야만 할 사명감에 매진' 등등의 기사를 실었다. '성전 수행을 위한 매진'을 일부 변화시킨 것일 뿐인데 신문의 논조는 180도 반전되어 있었다. '어떤 것이든 다수결 원칙에 따른다. 그것이 민주주의다.' 성서가 알려주는 게 사실이라면, 로마의 사정관 빌라도는 예수를 처형할 것인가 말 것인가를 두고 유대인들에게 물었다. 유대인 군중은 '예수를 처형하라!'고 외쳤다. 다수결에 의해서 예수는 십자가에 못 박혔다. 훌륭한 민주주의다.

지금도 시다라 쿠니코는 이야기 상대가 필요한지 눈알을 이리저리 굴리며 주위를 살피고 있다. 내게도 눈길을 준다. 도서관에는 시다라 쿠니코 이외에 아무도 없다.

머릿속에서 '호수는 당신의 눈동자처럼'이라는 노래가 오락가락한다. '한적한 언덕 위 오솔길……'

예전에 소녀 잡지에서 보고 외운 시다. 일곱인가 여덟 살 때였으니까 벌써 이십여 년 전 일이다. 삽화는 후키야 코우지의 그림이었다. 시와 잘 어울리는 가냘프고 외로워 보이는 소녀가 긴 속눈썹을 지그시 내린 채 호반 숲가에 옆으로 앉아 있었다. 바로 어제 읽은 것처럼 그 장면이 생생하다. 어린 나는 이 시에 멜로디를 붙이고 이따금씩 흥얼거렸다.

그리고 십 년 전······. 그때 네가 웃어주지 않았다면 내 삶도 그리고 너의 삶도 달라지지 않았을까! 아니면, 늦던 빠르던 언젠가 그런 일은 일어나고 말았을까. 음악실에서의 일은 기억할 만한 가치조차 없는 아주 사소한 일이었겠지, 너에게는······.

도서관 문이 열리고 학생 둘이 들어왔다. 학교가 불에 타버려 여학교 교실을 빌려 쓰던 도립 ＊＊여고 학생들이다. 제복으로 알아볼 수 있다. 사복을 입고 있어도 알아보았을 것이다. 도립 여학생들은 태도가 경직되어 있다.

"어머!"

시다라 쿠니코가 탄성을 지르며 자리에서 일어났다. 표정이 이내 굳어졌다. 두 도립학교 여고생의 표정은 내 눈에도 우호적으로 느껴지지 않았다.

"도서관 책을 빌리러 왔어요? 여학교의 허가는 받았나요?"

시다라 쿠니코가 재촉하듯 물었다.

"상관없어요."

내가 카운터 너머에서 말했다.

"이 사람들 ＊＊여고 학생들인데요."

시다라 쿠니코는 불만에 가득 차 중얼거렸다.

"＊＊여고 학생이 사용하는 장소는 제한되어 있는데!"

몸집이 큰 학생은 맨손이었으나 작은 체구 학생은 커버를 씌운 4·6판 책 한 권을 들고 있었다.

"들어오면 안 되는 건 아니니 책을 빌리고 싶으면 얼마든지 빌려가요."

"감사합니다."

두 사람은 내게 가볍게 고개를 숙였다.

"책을 빌리려는 게 아니라 시다라 쿠니코에게 할 이야기가 있어서요. 시다라! 미안하지만 조용한 곳으로 가자!"

체구가 작은 학생이 말했다.

"여기서는 안 되니?"

"응!"

작은 체구 학생이 단호하게 말하고는 입구 쪽으로 앞서갔다.

시다라는 내게 재빠르게 눈길을 주었다.

'이상해요, 이 사람들!' 시다라의 표정이 그렇게 말하는 것처럼 보였다.

다른 학교 학생들마저도 저 아이를 따돌리나 싶었다. 특별히 동정심은 없다. 그러나 둘이서 한 사람을 불러내는 건 좋게 보이지 않았다. 작은 체구 학생이 주도권을 갖고 있는 듯했다. 아마 압박을 주려고 덩치 큰 학생을 데리고 왔나 보다.

세 사람은 그리고 나서 돌아오지 않았고 얼마 있다 점심시간이 끝나고 수업 종이 울렸다.

수업 중에 책을 빌리러 오는 학생은 거의 없다. 대출기록부를 카운터 위에 올려놓고 도서관을 나왔다. 책을 빌리고 싶은 사람은 스스로 마음대로 적고 책을 가져갈 것이다. 그렇게 책을 좋아하는 사람은 손가락으로 꼽을 만큼밖에 안 되지만.

오랜만에 음악실에 갔다.

수업이 재개되고 나서 음악실도 자주 사용하고 있지만 가끔은 비어 있다.

공습으로 얼마나 많은 피아노가 불에 탔을까. 여학교의 낡은 피아노는 음악 선생이나 학생들에게 소중한 물건이다. 오래 되어 손때가 묻어 있다. 전쟁 중인데도 단골 조율사가 정기적으로 드나들며 점검을 했다.

검게 빛나는 덮개를 열고, 약간 노랗게 퇴색된 상아 건반을 두드렸다. 손가락 끝이 빨려드는 느낌이다.

일찍이 내 손가락은 흰 건반과 검은 건반 위를 미끄러지듯 달리며 정열과 정밀 사이에서 장엄하고 섬세하고 포악하게 춤추었다. '때여, 오라!, 아아, 도취의 순간이여, 오라!'라고 노래한 랭보처럼.

지금 내 왼쪽 손의 새끼손가락과 약지는 뼈가 굽은 채 굳었고, 더 이상 연주를 하지 못 한다.

오른 손으로 '호수는 당신의 눈동자처럼' 멜로디를 두드려본다. 어린 아이가 만든 단순한 멜로디를 연주하기란 쉽다.

'한적한 언덕 위 오솔길.'

베데킨트의 희곡 「사춘기」는 처음으로 눈 뜬 성의 충동에 사로잡힌 열네 살 소년소녀의 비극을 그리고 있다. 하지만 성과 관계없는 사랑도 있다.

나는 어린—열한 살의—그녀를 사랑했다. 성적인 욕망은 조금도 없었다. 괜스레 그녀가 사랑스러워서 가슴이 아팠을 뿐이다. 그녀에게 아무 것도 원하지 않았다.

그때—10년 전—이 음악실에서 나는 '호수는……'라는 단순한 멜로디를 연주하고 있었다. 3월의 바람은 폐렴 환자가 토해내는 선혈과도 같은 뜨거움으로 건반이 품어내는 흥겨움을 휘감고 있었다.

그녀는 내게 심한 경멸의 눈길을 주었다. 그녀는 교만했다. 훨씬 나이가 많은 내가 자신이 무릎을 꿇으라고 하면 기꺼이 바닥에 무릎 꿇을 사람이라는 것을 충분히 알고 있었다.

'이런 동요 같은 것밖에 칠 줄 몰라?' 입 밖으로 나오지 않은 그녀의 속내를 나는 감지하고 있었다.

그녀는 나를 의자에서 비키게 하고 대신 앉았다. 의자는 그녀에게 너무 낮았다. 그녀는 꽃잎이 바람에 휘날리듯 사뿐히 의자에 앉아 나를 보았다. 무언의 명령에 충실히 따르며 나는 높이를 조절해주었다.

그녀의 손가락이 건반을 달렸다. 유치한 동요를 연주하는 내게 보란 듯이 연주했다. 그녀의 손가락이 중간에 엉켰다.

나는 그녀를 안아서 의자에서 비키게 한 뒤 그녀가 멈춘 곳에서부터 연주를 시작했다.

'아아, 도취의 순간이여, 오라!'

음울한 저음부. 나의 손가락은 미친 듯이 건반 위에서 춤추었다.

그녀의 둥글고 귀여운 입술에 힘이 들어갔다. 순간, 그녀가 별안간 쾅 하고 덮개를 닫았다.

얼마 후 봄방학이 되었고 이어 새 학기가 시작되었지만 중등부에 진학해야 할 그녀의 모습은 보이지 않았다. 나는 그녀를 혼내 줄 생각이 없었다. 움직이지 않는 손가락. 그것은 그녀가 내게 보여준 강한 관심의 결정체가 아니었을까! 바로 의사에게 보였다면 손가락을 못쓰게 되지는 않았을 것이다. 그러나 손가락 두 개일 뿐인데 내장이 엉망진창 쏟아져 나온 것 같은 극심한 통증 때문에 나는 음악실에서 신음하고 있었다. 그녀를 고발하지 않은 자신에게 도취되어 있었던 거다. 나는 극도의 통증에 거의 실신했었다.

풀잎을 수놓으며

주르르 눈물 나는 날

피아노 덮개를 닫고

생각해보면 울보였던 나
동트는 새벽은 가슴을 도려내고
달빛은 참혹하고
태양은 괴로운데

랭보의 「술 취한 배」의 한 귀절을 마음속으로 떠올리며 도서관으로 돌아와보니 도립 여고생 둘이 서가의 책장을 뒤지고 있었다. 시다라 쿠니코는 없다.

내가 온 것을 본 작은 체구의 학생이 일어나 인사했다.

"여기 있는 책을 좀 봐도 되겠죠?"

"마음대로!"

작은 체구의 학생은 귀엽고 영리해보였다. 제법 깐깐할 것 같았다. 그녀도 그랬다. 귀여웠다. 그 사랑스러움 때문에 교만했지만, 그녀가 무엇을 하든 용서하지 못할 게 없었다.

그녀 역시 그렇게 자부하지 않았을까. 나에게 상처를 주고 한마디 인사도 없이 그녀는 떠났다.

아마도 나를 보는 것이 싫었기 때문에……, 자신이 상처 준 것을 보면 책임을 느끼게 될 거고 그러면 불편해질 틀림없으니까……. 도립여고 학생 두 명은 프랑스판 미술 전집 책장 앞에서 일일이 제목을 확인하고 있었다. 작은 체구의 여학생은 껍데기를 싼 책이 방해가 되었는지 책상 위에 놓아두었다.

"무엇을 찾는데? 도와줄까?"

"에곤 실레요."

"뜻밖이네. 실레가 좋아?"

"본 적이 없기 때문에 좋은지 어떤지는 잘 모르겠지만."

"안됐지만 실레는 분실됐는데."

"빌려 간 다음 반납하지 않은 사람이 있나요?"

"아마도."

"대출기록부를 보면 누가 언제 빌렸는지 알 수 있죠?"

"전쟁 중이라 관리가 잘 안돼서……. 그냥 몰래 갖고 간 사람도 있고."

"보여주실 수 있어요?"

"그래, 여기!"

카운터 위로 대출기록부를 가볍게 밀어주었다.

두 학생은 대출기록부를 뒤적였다.

"없네요. 무단대출 해서 반환되지 않았나 봐요."

작은 체구의 학생이 말했다. 그러고는 "이거 보고 생각이 났는데요……"라며 말을 이었다.

"대출하는 사람은 거의 정해져 있네요. 같은 이름이 자주 나오는데요!"

"아까, 너희들이 불러서 데리고 나간 시다라라는 학생도 잘 빌려."

"예, 이름이 여러 번 적혀 있어요. 노트 첫 부분에 있는 사람도 상당히 책을 좋아하는 사람 같아요. 다른 책들도 엄청 빌려갔네요."

"아, 이거!"

나는 대출기록부를 보고 웃었다. '시즈쿠'라는 이름이 자주 눈에 띄었다.

"이거 나야. 예전에 여기 학생이었어."

"적임자군요. 이렇게 책을 좋아하고 사서 일까지 하시니……."

"그런가!"

"화집을 좀 더 보여주실 수 있어요?"

"얼마든지."

둘은 한동안 프랑스판 화집을 꺼내 책상 위에 올려놓고 무엇인가를 찾았다.

문득 생각이 나서 물었다.

"수업은?"

"안 들어갔어요."

체구가 큰 학생이 대답했다.

"출석해도 별로 의미가 없어요."

한참 만에 둘은 화집을 서가에 꽂았다. 그리고 나서도 여기저기를 살피다가 각각 책 한 권씩을 들고 왔다.

"대출 받을 수 있나요?"

작은 체구 학생이다.

"대출은 원칙적으로는 여학교 학생들에게만 허용되지만 기일 내에 갖다 준다면 괜찮아. 요즘은 책 구하기가 어렵지."

"네, 맞아요. 집에 있는 책들은 대부분 읽었는데 종이 부족으로 신간은 안 나오고 책방에도 책들이 텅텅 비었어요. 이거 부탁할게요."

"앙리 바르뷔스의 『지옥』이라. 어두운 이야기인데……. 극도로 허무주의적인 작품인데 아직은 이르지 않을까?"

"적당한 시기에 읽을 책이란 없다고 생각해요."

"그래. 그럼 여기에 날짜와 책이름과 본인 이름, 그리고 학년과 학급을 기재해. **여고라는 것도. 대출 기한은 일주일이야. 두 권까지는 괜찮아."

"우선 한 권만 빌릴게요. 책이 있으면 저도 모르게 독서에 빠져서 수험공부에 지장이 되니까요."

"상급학교에 진학하니?"

"네."

작은 체구의 학생은 '미와 사에다'라고 적었다.

학교장 인을 찍으며 "미와 사에?"냐고 물었다.

"사에다라고 읽어요."

"사에가 아니라 사에다? 보기 드문 이름이네."

"처음엔 선생님들이 출석을 부를 때마다 항상 사에라고 불러서 일일이 정정해주곤 했어요. 좀 귀찮았죠."

미와 사에다……. 나는 이 이름을 알고 있다.

코우즈키 리츠코가 이어서 쓴 부분에 '사에다'라는 이름이 있었다. 사에다는 이미 다 읽은 거다.

사에다를 뚫어지게 바라보았다.

"나도 그런데. 내 이름은 뭐라고 부르는지 아니?"

대출기록부 맨 첫 부분을 펼쳐 이름을 가리켰다.

"보통이라면 시즈쿠이시 이쿠네요. 특별히 다르게 부르기라도 하나요?

미와 사에다가 고개를 갸웃했다.

"이쿠가 아니라 카오루야."

"그렇게도 읽나요? 처음 들어요."

"후쿠이쿠와 카오루라는 말이 있잖아!"

그리고 내 자신을 드러내 보이는 행위를 하였다. 라스코리니코프처럼. 나는 대출기록부 끝에 오른 손으로 '후쿠이쿠(馥郁)'라고 써서 보여주었다.

마음 속 깊은 곳에서 이 영리하고 사랑스러운 여학생에게 내 자신을 다 꺼내 보여주고 싶은 충동이 들었는지도 모르겠다. 라스코리니코프가 초인의 사상을 가졌으면서도 살인에 대한 중압감을 짊어진 것처럼……. 이 소녀를 소냐로 보고 '대지에 입 맞추고 고백하세요'라고 말하고 싶었는지도 모른다.

"후쿠를 '카오루'라고 읽는 건 알고 있었지만 '이쿠' 역시 그렇게 읽는 줄은 몰랐어요."

"사전에는 나오지 않아. 억지로 끼워 맞췄을지도 모르지."

체구가 큰 학생이 빌리려 한 책은 식물도감이었다.

"이과 쪽을 좋아하니?"

"네, 그냥……."

뚱한 학생은 대출기록부에 '아베 킨코'라고 썼다.

[우리 주변에는 어디를 보아도 단 하나의 말밖에 없다고 생각한다.]

바르뷔스의 『지옥』에 나오는 한 대목이다.

[그것은 고독을 위로해주는 것과 동시에 기쁨의 허무함을 파헤치는…… 저 광대한 언어 즉, 무無다.]

중등부에 진학하지 않고 전학을 간 그녀는 전문부 학생이 되어 ＊＊여학교에 다시 입학했다. 내가 그 사실을 안 것은 그녀가 친구와 함께 도서관에 왔을 때다. 나는 전문부를 졸업한 뒤 사서 자격증을 따 모교의 도서관에서 근무했다. 나는 오랜 환영이 된 그녀에 대한 증오와 측은함을 마음속에 품으면서 도서관 카운터 그늘에서 조용히 서식해왔다. 혐오와 증오는 다른 감정이다. 혐오하는 상대로부터는 멀어질수록 좋다. 그러나 증오는 깊은 연모와 지극히 닮아 있다.

카운터 바로 앞에서 서로 마주보면서도 그녀는 나를 전혀 의식하지 못했다.

아니, 알면서도 무시해버렸을까. 그것이 알고 싶다. 나는 한눈에 알아보았다. 어릴 적 귀여운 모습은 십 년이라는 세월도 어쩌지 못했다. 그녀의 생김새는 슬프도록 사랑스럽다.

그녀가 내 이름을 불러주었다면, 그리고 진심으로 사죄했다면—한마디면 된다, 진정이 깃든 말—나는 그녀를 이렇게까지 증오하지 않았을 것이다. 어쩌면 교만함을 잃은 그녀에게 환멸을 느끼고 더 이상 신경 쓰지 않았을 수도 있는데.

그녀가 친구를 데리고 나간 뒤 얼마 후 피아노 소리가 들려왔다.

그녀는 왜 그 곡을 연주했을까. 십 년 전 음악실에서 그녀가 미처 다 연주하지 못했던 폴로네즈 제 4번을.

그녀와 나는 일곱 살이나 차이가 난다. 나는 초등학교에 입학하기 전부터 피아노를 배웠다.

전문가가 될 작정은 아니었고 요컨대 취미 정도로 배웠지만 배운 기간은 그녀보다 길었다. 그녀보다 내가 훨씬 연주 실력이 나을 수밖에 없었다. 그녀는 언제나 그녀에게 무릎을 꿇는 나를 경멸했다. 그녀의 명령에 충실히 복종했으니까.

그랬던 내가 그녀를 능가하는 실력을 보인 것이다. 그것이 어린 자존심을 짓밟아버린 것이다……. 그럴 의도는 조금도 없었는데.

그녀는 덮개를 거칠게 닫았고, 나는 손가락을 움직일 수 없었다.

십 년이 지나 그녀는 왜 폴로네즈 제 4번을 내 귀에 들리도록 연주했을까. 실력이 늘었다는 것을 내게 보여주며 조롱이라도 하기 위해서였을까.

그 뒤 그녀는 몇 차례 더 도서관에 왔다. 언제나 코우즈키 리츠코와 함께였다.

그녀는 읽지 조차 않았다. 내가 그것을 알았더라면……. 모든 것이 달라졌을 것이다. 하지만 이미 늦었다.

그녀의 서랍에 넣을 작정이었는데……. 코우즈키 리츠코는 자신에게 온 것이라 착각했다. 그녀의 노트가 위에 겹쳐 있었기 때문에 일어난 실수라고는 꿈에도 생각지 못했을 것이다.

나 역시 거기까지는 생각하지 못했다.

처음부터 내 이름을 밝히고 썼다면 그녀는 읽지 않고 버렸을 것이다. 그렇게 생각해서 가공의 설정을 이용했다. 하급생인 누군가가 쓴 것처럼. 그러면 흥미를 갖고 읽을 테니까. 그리고 서서히 그녀의 과거 기억을 떠올릴 것이다. 겁먹을 것이다. 그리고 진짜로 쓴 사람이 누구인지 알아차릴 것이다.

나는 일부러 그녀가 떠올릴 수 있도록 몇 개의 단어를 수기에 적어 넣었다. 이야기에도 끼워 넣었고. 시즈쿠라는 이름, 거울, 카라마조프의 형제, 이국인 선생님, 교사관, 거꾸로 서기, 자스민.

그러곤 그녀의 사죄를 기다렸다. 초조하게 기다렸다.

오로지 기다리고 기다렸다. 그녀의 반응이 오기만을. 하지만 던진 돌을 삼킨 뒤 잔물결도 일으키지 않는 수면처럼 그녀는 어떠한 반응도 보이지 않았다. 당연하다. 그녀는 읽지 않았으니까. 코우즈키 리츠코에게는 아무런 의미도 없는 단어의 나열에 지나지 않았고.

미와 사에다의 비난을 기다린 것이 아니다. 나는 흔들리고 있었다. 증오는 대상을 향하여 작렬한 뒤 가라앉았다. 질투 역시 대상을 말살하여 잃고 말았다. 모든 것을 망각하는 길도 선택했다. 라스코리니코프는 그를 범인이라고 의심하는 상대 앞에서 일부러 의혹을 살 만한 언동을 한다. 그렇게 하지 않으면 안 될 것 같은 충동에 사로잡혀서. 무고한 사람까지 죽인 것이 그의 짐을 허물어버렸다.

나를 의심하는 사람은 없다……. 없었다. 미와 사에다에게 그런 짓을 하기 전까지는……. 미와는 그 일로 진실을 알아차렸을까. 아직 아무 것도 말하지 않는다.

알아차렸다면 그대로 잊어 주길 바란다. 나는 그렇게 바란다. 나도 잊는다. 잊고 살아갈 것이다. 그러나 잊히는 것은 불가능하다.

한편 누군가가 알아주길 바라는 마음도 있다. 내가 어느 정도로 그녀를 사랑했는지를. 그리고 또 증오하고 있었는지를. 보복이란 가장 절실한 사랑의 고백이라는 사실을.

삶에는 아무런 미련이 없다. 자살할 마음을 갖지 않았을 뿐이다. 폭발하고 싶다. 마주보고 소리치고 싶다. 내가 자살할 수 있도록. 하지만 정말 그런가 하고 자문해본다. 아니다.

미와 사에다와 그의 친구 아베 킨코가 도서관에 온 것은 그로부터 일주일 후다. 방과 후였다.

"『지옥』을 반환합니다."

미와 사에다가 책을 카운터 위에 올려놓았다.

나는 대출기록부를 펼쳐 반환 도장을 찍었다.

아베 킨코도 대형 식물도감을 카운터에 놓고 나지막한 소리로 말했다.

"자스민을 좋아하시나요?"

"아, 향기가 좋아서."

내가 말했다.

"이 학교에도 있었나요?"

"예배당 옆에 한 그루 있었어. 직격탄을 맞고 불에 타 뿌리채 뽑혔지만."

"이것도 돌려드릴게요."

미와 사에다가 책 두 권을 카운터에 나란히 놓았다. 하나는 표지를 싼 문고본이고 나머지 하나는 4·6판 크기. 정성들여 포장해서 지금은 좀처럼 볼 수 없는 리본으로 묶은 것이다.

"그때 세 권 빌렸나? 적은 건 한 권뿐이라고 기억하는데……"

"문고본 표지 안에 나나오 언니가 그린 그림이 있습니다."

미와 사에다가 말했다.

"소중히 간직하고 있었는데 시즈쿠이시씨가 훨씬 더 잘 간직해줄 것 같아서……"

미와 사에다와 아베 킨코는 인사를 하고 내 대답도 듣지 않은 채 도서관을 나가버렸다.

나는 우선 표지 뒷면을 보았다. 표지를 들추자 사교댄스를 추는 소녀의 모습이 섬세하고 예리한 터치로 묘사되어 있었다. 한 사람은 코우즈키 리츠코이고 또 다른 사람은 미와 사에다였다. 스케치는 내게 또 다른 질투심을 불러일으켰다.

그녀가 그림에 몰두한 것은 코우즈키 리츠코의 수기에도 쓰여 있다. 어린 시절 철없이 내게서 피아노를 빼앗은 행동이 나이가 들어 철이 나면서 가슴속의 아픔이 되었나. 그래서 점차 피아노를 멀리하게 되었나. 혼을 담은 마음을 표현하지 않고는 견딜 수 없었을 그녀. 그 마음을 그림으로 승화시키려 했을까.

이번엔 문고본을 보았다. 약간 두터운 표지의 카이조샤 문고 『카라마조프의 형제』였다.

미와 사에다가 이것도 빌려갔었나 생각하며 표지를 보았다. 표지에 여학교 장서라는 낙인이 없다. 다만 'K. N상에게 K. S'라고만 쓰여 있다. 치욕에 물든 나의 문자……. 나는 이 책을 열한 살 때 읽었다.

그때까지 읽었던 그 어떤 책과도 달랐다. 영혼의 짙은 갈등에 나의 영혼까지 빨려 들어갔다. 오랫동안 소중히 간직하다가 나중에 그녀에게 선물했다. 흔한 제비꽃을 받는 것보다 기뻐하리라 생각하면서.

어떻게 미와 사에다가 이 책을 갖고 있을까. 그녀가 미와 사에다에게 선물했나. 내가 그녀에게 준 것처럼…….

또 한 권을 손에 들었다.

포장을 뜯어볼 필요도 없다. 무엇인지 알 것 같았다.

'사에다, 너에게 다음을 부탁해!'라고 쓰여 있었다.

내 목적은 그녀에게 읽게 하는 것뿐이었는데!

표지의 덩굴장미 모양. 그리고 타이틀. 정성들여 그것을 그릴 때의 자신이 떠올랐다.

거꾸로 선 탑의 살인. 그녀라면 이 타이틀만으로도 가슴이 덜컥 내려앉았을 것이다. 그리고 읽지 않으면 안 된다고 확신했을 테지.

리본을 풀었다.

내가 쓴 부분은 다시 읽을 필요가 없다. 이어서 코우즈키 리츠코가 쓴 부분도 이미 읽었다. 미와 사에다가 쓴 부분은 처음 본다.

코우즈키 리츠코가 쓴 부분을 읽을 때도 나는 격렬한 질투심에 몸부림쳤다. 이제는 미와 사에다의 글까지 내 가슴에 황산을 뿌려버린다.

그녀는 마음에 드는 사람에게는 이렇게 다정하구나. 다치면 부축해주고, 이불을 같이 덮고 자고, 가까운 이의 사진을 보여주고, 과거 시간을 공유하고…….

하지만 그녀는 과거의 시간 중에 가장 중요한 것을 공유하지 않았다. 그것을 공유하고 있는 사람은 나뿐이다.

읽는 중간에 점심시간이 끝나는 종이 울렸다. 나는 계속 읽어 내려갔다. 미와 사에다의 수기에는 내가 그녀에게 선물한 『카라마조프의 형제』가 어떻게 그녀의 수중에 들어갔는지에 대한 경위가 들어 있다. 그리고 미와 사에다는 K. S가 누구인지를 알아차렸다.

미와 사에다는 코우즈키 리츠코의 죽음에 대해 의혹을 품고 있다.

'······아베! 네가 도와주면 기쁘겠어. 그러기 위해서는 너도 우리들의 시간을 공유할 필요가 있어.

아마도 너는 나와는 다른 각도에서 풀어줄 수 있을 거야. 그렇게 생각하고 이 책을 너에게 맡긴다.'

아베 킨코의 종잡을 수 없는 풍모가 떠올랐다.

그러나 이어지는 문장은 미와 사에다의 필체였다.

수기_4

도서관에서 시다라 쿠니코를 데리고 나와 인적이 없는 곳으로 갔다. 아베 킨코와 내가 따져 물었다.

시다라 쿠니코는 시치미를 뗐다.

〈거꾸로 선 탑의 살인〉이라는 책에 대해 물었으나 시다라는 아무 것도 모른다고 잡아뗐다.

"너 이것을 코우즈키 언니 서랍 안에 넣어두지 않았어?"

"그런 일 한 적 없어. 코우즈키 언니를 흠모하긴 했지만 그렇다고 왜 너희들이 이렇게 화내는지 이해할 수가 없어. 좋아하는 것도 안 돼? 내 마음인데. 그런데 코우즈키 언니는 나를 모욕했어. 마치 나에게는 다른 사람을 좋아할 자격이 없는 것처럼. 너희들도 나를 모욕하는 거야?"

시다라 쿠니코는 훌쩍이며 항변했다. 그러다가 마침내 울음을 터뜨렸다.

우리는 어찌할 바를 몰라 처연하게 울고 있는 시다라 쿠니코를 내버려둔 채 가버렸다. 조금 가다가 아베 킨코가 발길을 돌리며 말했다.

"잠깐만 다녀올게."

잠시 후 아베 킨코가 돌아왔다.

"기다렸지!"

어깨를 나란히 하고 걸으며 아베 킨코가 말했다.

"도서관에 다시 한 번 가보고 싶은데."

"빌리고 싶은 책이라도 있니?"

그다지 책을 좋아하지 않는 아베 킨코에게는 흔치 않은 일이다.

"그래, 돌아가자. 나도 또 빌릴래."

아베 킨코가 빌린 책은 뜻밖에도 식물도감이었다. 나는

『지옥』을 빌렸다.

그날 밤은 다행히 정전이 되지 않았다. 천정에서 내려오는 100와트 전구가 눈부실 정도로 밝았다. 스탠드를 베개 옆에 두고 책을 펼친 손 안을 비췄다.

나는 읽고 있던 『폭풍의 언덕』을 한쪽으로 밀치고 『지옥』을 집어 들었다. 원서는 조금 피곤하다. 코우즈키 리즈코가 아버지 때문에 읽지 못한 책에 마음이 끌렸다.

[루메루시에 부인이라고 하는 주인은 자신이 처음 운영하는 하숙집의 이점을 설파한 뒤 나를 혼자 남겨두고 외출했다.

나는 앞으로 얼마동안 살아야 할 방 한가운데 멍하니 섰다. 눈앞에 커다란 모습이 보였다. 나는 방을 보면서 내 자신을 바라보았다……]

아베 킨코는 엎드려 도서관에서 빌려온 대형 식물도감을 보고 있다. 한쪽에는 〈거꾸로 선 탑의 살인〉의 책과 찢어진 종이 그리고 몽당연필이 아무렇게나 뒹굴고 있었다.

[나에게는 재능이 없다. 사명도 없다. 다른 사람들이 갖고 있는 대범함도 없다. 완전히 무용지물이고 쓸 데가 없다. 하

지만 그러면서도 무엇인가 내게 보상이 될 만한 것이 필요하다……]

한참 만에 아베 킨코가 종이에 무엇인가를 쓰기 시작했다.
슬쩍 들여다보니 또 알파벳을 써놓고 지우기도 하고 세어보기도 했다.

[……나는 눈으로 그녀의 고독에 상처를 주고 있다. 그러나 그녀는 조금도 눈치 채지 못하고……]

"사짱, 엄청난 걸 발견했어!"
나는 엎드린 채 아베 킨코 앞의 종이를 보았다.

헵번식	남는 글자
NANAWOKYOKO	NANOYO
SHIZUKUISHIKAORU	SHIZUUISHIRU
일본식	
NANAWOKYOKO	NANOYO
SHIZUKUISHIKAORU	SIDUUISHRU

[헵번식은 남는 글자가 열여덟. 일본식은 열여섯. 다시 말

해서 전자는 L, 후자는 H. 나는 L을 미지근한 like를 아니라 열애, 광애의 love로 한다. 따라서 나는 학습노트 구석에 몇 번이나 당신의 이름을 헵번식으로 써본다. 그 밑에 내 이름을 쓴다…… 어리석은 마법의 주문처럼.]

"시즈쿠이시 카오루(雫石郁)를 로마자로 쓰면 꽤 길다고 생각해. 그러면 열여섯이나 열여덟이 남잖아. 한 번 해봐."
"맞았어! 나나오 쿄코와 시즈쿠이시 카오루……."
과연 그랬다.
아베 킨코는 알파벳을 쓴 종이를 뒤집었다.
'나는 아무런 관계도 없어. 시다라 쿠니코.'
"그때, 사짱더러 기다리라고 했을 때 쓰게 한 거야. 그렇게 읽기 어려운 글자가 아니잖아."
나는 〈거꾸로 선 탑의 살인〉에서 시다라가 썼다고 생각되는 부분과 비교해봤다.
"필적이 완전히 틀리긴 해. 그런데…… 시다라가 〈거꾸로 섬〉의 필적을 못 알아보게 하려고 왼손으로 썼다든가……."
"여러 번 다시 살펴봤는데 처음 부분엔 시다라 쿠니코가 썼다는 증거가 아무 것도 없어. 물론 1942년 중등부 입학이니까 우리와 같은 학년에 독서를 좋아하고 어떤 그룹에도 들어가지 않고 친구들로부터 소외되었다는 사실이 시다라에게 딱 들어맞긴 해. 하지만 어디에도 이름은 쓰여 있지 않잖아!"
"그랬나?"
"나중에 다시 한 번 읽어 봐. 코우즈키 언니는 시다라가 열정을 품고 귀찮을 정도로 자기한테 치근거린다고 생각했지. 그래서 방에 몰래 들어와 제비꽃 다발과 책을 놓고 간 사람을 시다라 쿠니코라고 단정한 거고."
"시다라가 아니라면 대체 누가?"
"시즈쿠이시 씨!"
"그렇지만 시즈쿠이시 씨와 나나오 언니는 알파벳점에서는 맞지만 나이가 전혀 아니잖아. 이것을 쓴 것은 우리와 같은 학년인데 시즈쿠이시 씨는 나나오 언니보다 나이가 훨씬 많은 어른이잖아."
"음, 그런데 말이야. 나나오 언니 초등부 6학년까지 ✻✻여학교에 다녔다고 했지! 대출기록부 첫 부분에 시즈쿠이시 씨가 대출 받은 기록이 있었어. 그 날짜 기억나니?"
"신경 쓰지 않았는데."
"1935년(쇼와10년)"
"용케 기억하고 있구나!"
"집에서 장사를 했었거든. 난 숫자에 강해. 읽고 쓰기는 약하지만. 코우즈키 언니도 쓰고 있어. 여기……."
아베 킨코는 페이지를 펼쳤다.

[……제일 첫 페이지를 펼쳤다. 과연 빌린 날짜가 1935년 9월 21일 즉, 10년 전이다.]

"햇수를 따져보면 시즈쿠이시씨가 전문부 학생이었을 때와 나나오 언니가 초등부 상급생일 때가 겹치잖아."

"하지만……."

내가 보기엔 모순 같았다.

"나나오 언니는 코우즈키 언니와 같이 도서관에 책을 빌리러 갔잖아. 봐, 여기!"

코우즈키 리츠코가 『지옥』이라는 책을 빌릴 때

[쿄코가 도서관으로 들어왔다. '나도 책 좀 빌리려고. 몇 권까지?']

"나나오 언니와 시즈쿠이시 씨는 그 순간 얼굴을 마주보았지만 초면인 느낌을 주었어."

"초등부에서 올라온 학생들에게 내가 물어봤어."

"무엇을?"

"여기에 있잖아. 무서운 소문. 교실이 거꾸로 돌아버린다거나, 교사관에 있는 방에 들어가면 천정에서 칼이 내려와 몸을 반 토막 낸다든가."

누보 같은 베-사마의 이야기는 한층 더 비약됐다.

"초등학교 때 종종 있었지! 학교의 무서운 이야기들!"

나는 고개를 끄덕였다.

"우리 학교에도 있었어."

아베 킨코가 응수했다.

"화장실에 가면 빨간 종이 줄까 파란 종이 줄까, 하는 소리가 들리고 빨간 종이라고 대답하면 천정에서 핏방울이 똑똑 떨어지고, 파란 종이라고 하면 밑에서 파란 손이 쑤욱……."

"똑같네, 우리 학교도 그랬어. 더럽고 어두웠지, 특히 초등학교 화장실은."

"그런데 거꾸로 뒤집히는 교실은 모두 모른다고 하는 거야."

"시즈쿠이시 씨, 왼손잡이야."

아베 킨코의 이야기는 다시 엉뚱한 곳으로 튀었다.

"그 여자 글자를 쓸 때 오른손으로 썼어."

내가 반박했다.

'후쿠이쿠'라는 글자를 쓸 때는 분명히 오른손을 사용했다.

"대출 카드에 학교 도장을 찍을 때 왼손이었어."

아베 킨코가 목소리에 힘을 주었다.

"그 여자 왼쪽손가락 두 개가 움직이지 않아. 그런데 왼손을 사용했어. 글자 쓸 때만 오른손을 쓰는지 몰라!"

다음 날 아베 킨코와 나는 오후 수업이 끝나자마자 시다라의 교실로 가서 나오는 것을 붙잡았다.

전날 우리가 몰아붙였기 때문에 시다라는 안색이 바뀌었다.

"사과하러 왔어!"

두 사람은 머리를 숙였다.

"우리가 잘못 생각했던 것 같아."

"도대체 무슨 일이야?"

"물어 볼 말이 있어."

내가 말하자 시다라 쿠니코는 표정을 누그러뜨렸다. 항상 고립되어 있는 시다라는 사람이 그리워서 못 견디는 모양이다.

"아무도 방해할 사람이 없는 곳이 좋겠다."

"그럼 우리 집에 안 갈래?"

시다라는 열에 들떴다.

"우리 집 가까워서 걸어 다녀. 불에 타지도 않았고."

싫다고 해도 팔을 붙들고 데리고 갈 기세였다.

좁은 골목길에 격자 문양의 문이 도로와 접해 있었다. 작고 아담한 단층집이다. 아베 킨코와 나는 서로 마주보았다. 시다라 쿠니코가 수기를 쓴 사람이 아니라는 증거가 여기에도 하나 있다. 첫 번째 수기에는 '이층엔 나 혼자였다'라는 대목이 있다.

현관 옆에 '조산부 시다라 키요'라는 작은 간판이 있었다.

"어머니가 산파 일 하시니?"

아베 킨코의 목소리엔 친근감이 배어 있었다.

"응."

"우리는 과일 가게 하는데."

아베 킨코와 시다라 쿠니코는 서로에게 미소를 지었다.

격자문을 열고 '다녀왔습니다'라고 소리치며 시다라 쿠니코는 우리에게 안으로 들어오라고 했다.

"잘 갔다 왔니!"

얼굴을 살짝 내민 시다라의 어머니는 아직 몸뻬를 입고 있었다. 전쟁 중에 입던 몸뻬를 활동이 편하다고 해서 계속 입는 여자들이 많았다.

"이런, 친구들이니? 별 일이네. 쿠니코가 친구를 다 데려오고……. 어서 와요. 좁지만 잘들 왔어. 어머, 도립 ＊＊여고 학생들이네. 제1지망은 도립여고였는데. 공교롭게 안 돼서 그쪽으로 갔지. 우리는 기독교 학교하고는 안 맞아서. 아무튼 잘들 왔어요."

"비밀 이야기를 할 거니까 엄마 보면 안 돼."

"네, 네. 그렇지 않아도 지금부터 배급품을 받으러 갈 참이었다."

시다라 쿠니코 어머니는 우리에게 천천히 놀다 가라고 하시고는 장바구니를 들고 외출하셨다.

우리는 거실의 작은 식탁을 놓고 둘러앉았다.

"도서관 사서 시즈쿠이시씨 왼손잡이인지 아닌지 아니?"

아베 킨코가 물었다.

"그 사서 왼손잡이야."

시다라 쿠니코는 조금도 망설임 없이 말했다.

"글자도 언제나 왼손으로 써. 내가 도서관에 자주 가기 때문에 잘 알아."

"이런 글자……."

내가 〈거꾸로 섬〉을 펼쳤다.

"아, 또 책 이야기야? 난 아무 것도 모른다니까."

"알아. 네가 아니라는 걸 알았어. 쓴 사람을 확인하려고 그래."

"시즈쿠이시씨가 이것을? 이렇게 읽기 어려운 글자는 아닌데. 훨씬 글씨를 잘 써. 새끼손가락하고 약지는 글씨 쓰는데 필요 없잖아!"

나는 시즈쿠이시 카오루가 오른손으로 쓴 '후쿠이쿠'를 떠올렸다. 경직되고 알아보기 어려운 난필이었다. 왼손잡이가 오른손으로 썼기 때문에 알아보기 어려운 글씨체가 되었다는 결론이다. 필적을 바꾸기 위해서일까. 그런데 그때 내 앞에서 오른손으로 쓴 이유는 대체 무엇일까.

"그런 거라면 학교에서도 간단하게 이야기를 끝낼 수 있었는데."

이상하다는 표정을 짓는 시다라 쿠니코에게 "이거 한 번 읽어볼래!" 하면서 〈거꾸로 섬〉을 내밀었다.

"전부 말고 접어서 표시한 부분. 빨간색으로 그은 데서 다른 빨간 선으로 표시한 데까지. 그리고 파란 선으로 표시한 데서 또 파란 선으로 표시한 데까지."

소설 부분이다. 수기 부분에는 시다라 쿠니코가 읽으면 울어버릴 만한 내용들이 여러 가지 들어 있다. 게다가 전부 읽으려면 시간이 걸린다.

시다라 쿠니코의 읽는 속도는 번개 같았다. 알아보기 어려운 글자까지 막힘없이 넘기며 읽어내려 갔다. 순간적으로 역시 시다라 쿠니코가 쓴 것은 아닐까 하는 의심이 들 정도였다.

"중간에서 끝났네."

시다라 쿠니코가 말했다.

"게다가 처음 부분하고 나중 글씨가 다르네."

내가 짧게 설명했다. 중간 중간 아베 킨코가 보충 설명을 했다. 나나오 쿄코에게 읽게 할 작정이었는데 코우즈키 리츠코의 서랍에 넣어두었을 가능성이 있다는 점, 시즈쿠이시와 나나오는 알파벳점이 정확히 들어맞는다는 점 등등.

"알파벳점?"

처음 수기의 그 부분만 읽게 했다.

"너하고 코우즈키 언니 하고도 해봤어."

아베 킨코가 말했다.

"하지만 수가 맞지 않아."

"나하고 코우즈키 언니는 어떻게 나오는데?"

"나중에 시간 날 때 한 번 해봐."

나는 이야기를 이었다.

"시즈쿠이시 씨는 예전에 전문부 학생이었어. 나나오 언니은 그 당시 초등부 학생이었고. 이 소설에 있는 그대로의 사실은 아니지만 비슷한 것이 있지 않을까……, 그렇게 생각했어."

처음 그렇게 지적한 사람은 아베 킨코였으나 내가 설명을 요약했다.

"예전에 외국에서 온 선생님이 갑작스럽게 병으로 죽었다는 이야기를 초등부에서 올라온 학생들한테 들은 적이 있어."

시다라 쿠니코가 말했다.

"미나모를 시즈쿠이시 씨로, 이 악의에 차서 전학 간다고 말한 아이를 나나오 언니에 맞춰보면……."

"소설을 이어 갈 수 있겠네."

시다라 쿠니코는 몸을 앞으로 내밀었다.

"나도 쓰게 해줘."

"거울에 거꾸로 비친다는 뜻이 무슨 의미인지 아니?"

"읽어보고 금방 알았어."

시다라 쿠니코는 겸손을 모른다.

"너희들, '진실의 거울'이라는 거 모르니?"

아베 킨코와 나는 고개를 저었다.

"단순한 술수야. 그런데 나는 그런 술수보다 왜 시즈쿠이시 씨가 지금에 와서 이런 소설을 써서 나나오 언니에게 보여주려 했는지 그 심리상태가 더 흥미로운데. 이거 내가 계속 이어서 쓸 테니까 이틀 정도 빌려 줄래?"

"너 기분 나쁠 수도 있는데……. 코우즈키 언니나 나나 심한 말을 해놨거든."

"험담에는 익숙해져서 괜찮아. 소외당하는 일도. 왜인지는 모르겠는데 사람들이 싫어해. 이유만 안다면 고칠 텐데."

"소설을 계속 이어서 쓰려면……."

아베 킨코가 천천히 입을 열었다.

"여학교 도서관에서 빌렸는데 식물도감도 빌려줄게."

미와 사에다의 수기는 일단 여기서 끝나고 이야기 타이틀이 이어졌다. 미와 사에다의 필체가 아니었다. 시다라 쿠니코는 자기가 쓴다고 말했다. 이것이, 그것인가. 〈거꾸로 선 탑의 살인 4〉. 이상하다는 생각이 들었다. 내가 쓴 이야기는 2까지다. 미와의 전에 쓴 사람인 코우즈키 리츠코가 3을 썼나?

코우즈키 리츠코의 수기는 이전에 읽었다. 그녀가 아무런 반응도 보이지 않는 사실에 화가 난 내가 더 노골적으로 쓰려고 기숙사 방에 다시 숨어들어가 그 책을 찾았다. 내게는 간단한 일이었다. 그러나 어디다 두었는지 찾을 수가 없었다.

에곤 실레를 빌리러 도서관에 왔을 때 그녀는 맨손이었다. 아직 있다면 방에 있을까. 아니면 치바로 갖고 갔을까. 신경이 쓰여 다시 한 번 기숙사 방으로 숨어들었다. 코우즈키는 공장에 있었다. 시간은 충분했다.

벽장까지 뒤져서 찾아냈다. 페이지를 넘겨보고 내가 틀렸다는 사실을 발견했다.

그녀는 아무 것도 쓰지 않았다……. 게다가 미와 사에다에게 다음을 부탁한다고 되어 있었다. 나도 모르게 써버렸다. '쓸데없는 짓을'이라고. 그때 사람이 오는 인기척이 느껴져 책을 재빨리 벽장 속에 넣어두고 창문으로 뛰어내려 도망쳤다. 바보 같이 허둥지둥했다. 나중에 '책을 갖고 도망쳤다면 좋았을 걸' 하는 생각이 들었기 때문이다.

그때 읽었던 코우즈키 리츠코의 수기에는 소설 부분이 없었다. 그 다음에 썼을까.

그 점이 그녀의 마음을 복잡하게 해서 다음 이야기를 읽지 않으면 안 되게 만들고, 결국 과거로 눈을 돌려 나를 찾아오게끔 하려고 쓴 것에 지나지 않은 것이니까.

나는 시다라 쿠니코의 이야기를 읽기 전에 코우즈키 리츠코가 쓴 수기를 읽었다.

아주 짧았다. 코우즈키는 핀홀 카메라로 영상을 거꾸로 만드는 것을 생각해낸 정도였다. 그것도 이런 경우엔 무의미하다는 사실을 알고 부정하고 있다. 더욱이 코우즈키는 「장님이 되는 삼손」과 「십자가를 안고 있는 그리스도」라는 그림 두 장이 있는 곳에서 엿보는 상황을 설정했다.

아마 바르뷔스의 『지옥』으로부터 연상했을 것이다.

화집에서 잘라낸 그림. 그 맨 윗부분에 희미한 검푸른 얼룩. 즉, 코우즈키 리츠코는 화집이 여학교 도서관의 장서라는 사실을 암시하고 있다. 도서관에서는 고가이면서 중요한 책에 표지뿐 아니라 맨 위에도 장서인을 날인한다.

도서관과 어느 정도 관계가 있다는 것을 알아차렸을까.

코우즈키 리츠코가 계속 이어 쓴 이야기는 여기서 멈췄다. 그 이상을 생각하기 어려웠던 모양이다.

분명히 두 장의 그림은 도서관에 있는 프랑스판 화집에 수록되어 있다. 전문부 학생이었을 때 초등부 학생이었던 그녀에게 무엇인가 지식을 주려고 했다. 도서관에 데리고 가서 화집을 보여주고 설명도 해주었다. 이야기에 그레코의 그림을 넣은 것은 그녀의 기억을 자극하기 위해서다. 그레코는 그 당시 그녀가 관심을 가졌던 화가다. 나중에 그녀가 미술에 관심을 보이게 된 것은 나의 조기교육 성과는 아니었을까!

그녀는 여자아이가 좋아할 만한 르노와르나 로랑상이 아니라 그레코의 상하가 가늘고 길게 데포르메된 인물과 현대의 코코슈카, 실레, 르동, 뭉크 등의 암울한 그림에 관심을 두었다. 그런 까닭에 『카라마조프의 형제』도 마음에 들어 할 거라고 생각했는데…….

코우즈키가 쓴 '엿보기'도 '핀홀 영상'도 잘못 짚은 거다. 할 수 없다. 그녀 이외의 사람에게는 그 이야기가 무의미하니까.

그녀가 읽는다면 '나는 나를 배신한 상대를 미치게 만들 작정입니다' 라는 한마디에 전율을 느꼈을 것이다.

계속 읽어 내려갔다. 여기서부터 시다라 쿠니코가 썼는지 필체가 달랐다.

거꾸로 선 탑의 살인 _4

쥬르 서먼의 손에는 송곳이 있었다. 그는 날카로운 끄트머리로 거실 벽지를 찢어냈다. 바로 그레코의 액자가 걸려 있던 자리다. B호실과 나누는 벽은 돌이 아니라 부서지기 쉬운 흙이었다. 이 나라 공법 같았다.

꼼꼼하게 살펴보니 작은 구멍이 있었다. 직경이 반 인치 정도다. 송곳 끝으로 뚫었다. 뚫리기 전에 가냘픈 저항감이 느껴졌다. 힘을 주자 반대편 벽지가 찢어지는 촉감이 와 닿았다.

구멍에 눈을 대보았다. 아무도 없는 B호실은 어두웠다. 아무 것도 보이지 않는다. 아까 나올 때 마나모는 전등을 껐다.

그는 다시 B호실로 갔다.

거실 전등을 켰다. 백열전구가 적막하게 흔들렸다.

벽지에 뚫린 구멍을 찾았다.

그는 벽 건너편에 있는 자신의 방을 들여다보았다.

그의 거실은 창문을 열어놓아 밝다. 시야가 한정되어 있다. 정면에 있는 거울이 사이에 있는 벽을 비추고 있다. 그가 찢은 벽지. 노출된 흙벽. 작은 구멍.

시야가 어두워졌다. 그리고 이내 다시 환해졌는데 바깥의 빛이 아니라 전등불빛이었다. 덧문을 닫고 커튼을 걷은 듯했다.

좁은 시야에 두 사람의 뒷모습이 들어왔다. 그것이 거울에 비친 정면을 향하고 있는 모습이라는 사실을 알았다.

어떻게 들어왔을까. 열쇠를 잠그고 나왔는데······.

그는 생각에 잠겼다. 마나모는 B호실의 보조키를 갖고 있었다. A호실의 보조키를 갖고 있다고 해도 이상할 게 없다.

거울 속에서 마나모는 파식 웃는다. 얼굴이 그를 향하고 있다. 그는 그렇게 느꼈다.

또 한 사람은 이 기독교 학교에서 그가 유일하게 마음을 빼앗긴 키다큰 학생이었다. '악의에 차 있어서 전학 갑나다. 저는 무서워요. 아뒤.' 그래, 그에게 말했던 아이다.

거울 속에서 마나모는 아이에게 손가락을 가리키며 입을 동그랗게 움직였다. 얇은 벽이 마나모의 말소리를 전달했다. 나나, 소녀의 이름일 것이다.

그는 나나의 표정을 보려고 했다. 두려움에 떠는 얼굴은 없었다.

그에게는 무단침입을 꾸짖을 권리가 있었다. 그러나 포박된 것처럼 목소리가 나오지 않았다. 꼼짝도 할 수 없었다.

마나모가 그의 시선에서 사라졌다. 실내가 다시 어두워졌다.

'나나, 나나'라고 불러보았지만 목소리가 잠겼다.

사악한 의지가 교사관을 지배하고 있다.

전등이 켜지고 다시 볼 수 있게 되었을 때 그는 보았다. 정면에 있는 거울에 비친 마나모와 나나는 머리를 거꾸로 하고 있었다. 거꾸로 선 마나모는 양끝 입술을 올려 그를 향해 미소 지었다.

침착하게 응시하자 눈앞의 실상은 보통으로 돌아와 있었다.

광학적인 원리를 이용한 나쁜 장난이 틀림없다. 그 정도는 추리할 수 있다. 하지만 어린 나나는 얼마나 무서웠을까.

그는 B호실을 뛰쳐나왔다. 바깥의 빛이 눈부셨다.

자신이 살고 있는 집의 문을 열려고 했다. 열쇠가 잠겨 있다. 청동 고리쇠를 두들기며 벨을 마구 눌렀다.

문이 열리고 냉정한 표정의 마나모가 나왔다.

"어서 오세요!"

마나모는 자신의 집처럼 그를 안으로 들였다.

덧문이 닫히고 커튼이 쳐진 거실은 전등을 켜놓았는데도 황혼녘 같다.

그는 거울을 쳐다보았다. 정상적으로 비쳤다.

소녀의 모습은 없었다.

"목적을 달성했기 때문에 그 아이는 돌려보냈습니다."

마나모가 말했다.

"목적?"

"저는 저를 배신한 상대를 미치게 했습니다. 당신과 같은 구경꾼도 있었구요."

"그 작은 아이가 너를 배신했다고? 무슨 짓을 했는지 모르지만 상대는 그저 어린아이일 뿐이야."

"아이들은 분별력이 없기 때문에 어른보다 잔혹한 짓을 합니다."

"그래도 산은 무지한 아이들의 잘못은 용서하시지."

"저는 신이 아니기 때문에."

"거울에 거꾸로 선 영상이 비친 것만으로는 미치지 않아. 조금 겁이나 주는 정도지. 그 아이도 겁을 먹었어."

"저는 미쳤습니다."

"확실히 자네 행동은 정상을 벗어나 있어. 내 집에 함부로 침입해서 제멋대로 행동을 하고."

"제 맘대로 또 한 가지 지나친 일을 했습니다. 주방을 사용하고 물을 끓이고 있습니다. 함께 차라도 즐기려고…… 조금 뒤면 물이 끓을 겁니다."

그는 세 개의 열쇠가 묶인 금속 고리를 주머니에서 꺼냈다.

"문 열쇠. 서랍 열쇠―기이의 노트가 들어 있다―그리고 또 하나, 바로 이 열쇠가 거울 장난에 필요한 것들이지. 자네는 이것도 보조키를 만들었어. 그렇지!"

마나모는 열쇠를 보더니 고개를 들고 무표정하게 '예'라고 대답했다.

"이 열쇠로 열 수 있는 곳에 스위치가 숨겨져 있지, 안 그런가? 내가 속임수를 찾아낸 거야. 자네가 졌어."

"별로 승부에 집착하지는 않습니다."

마나모는 조용히 말했다.

"같이 즐기려고 한 것일 뿐입니다."

쥬르 서먼은 목소리에 힘을 주어 '열어보라'고 말했다. 마나모는 자리에서 일어나 주방으로 갔다. 그도 따라갔다. 식기 선반 바로 옆의 벽에 손바닥 크기의 금속 문이 있었다. 마나모는 열쇠로 그 문을 열었다.

그는 거실의 거울 앞으로 돌아왔다. 상하가 뒤집어진 그의 모습이 비쳤다. 옆에 나란히 선 마나모도 마찬가지였다.

"이 거울은 반쪽 거울이지. 숨겨진 스위치를 켜면 거울 뒷면에 불이 들어와 투명하게 되고 평면의 반쪽 거울 뒷면에 또 하나의 거울이 있어. 이렇게 말이야!"

그는 양 손바닥 새끼손가락을 직각으로 맞추고 옆으로 했다.

"두 장의 거울을 직각으로 하고 이어지는 부분이 수평으로 되게 하는 형태야. 밑의 거울 면에는 위쪽이 비치고 위의 거울 면에는 아래쪽이 비치지. 따라서 영상이 뒤집혀 보이는 거야."

리세에서 기아가 이상한 거울을 보여준 적이 있다. 높이와 폭이 10인치 정도에 안쪽은 그 반 정도 되었을까. 한 면에 평평한 거울이 끼워져 있었다.

"봐!"

기아가 말했었다.

거울에 비친 그의 얼굴은 상하가 뒤바뀌어 있었다. 소름이 끼쳤다.

만든 것이라고 생각했지만 기아는 그 비밀을 말해주지 않았다.

어른이 된 지금에서야 그는 알았다. '진실의 거울'의 이음새를 수평으로 한 것일 뿐이다.

보통 거울은 좌우가 반대로 비춰진다. 따라서 사람은 자신의 진짜 얼굴을 거울로 볼 수가 없다. 그러나 두 장의 거울을 직각으로 맞춰 세우면 오른쪽에는 왼쪽 반이, 왼쪽에는 오른쪽 반이 비치기 때문에 좌우는 반대가 되지 않는다. 이것을 '진실의 거울'이라고 한다.

기아가 보여준 거울의 평면은 유리에 지나지 않았다. 그 뒤의 이음새를 옆으로 누인 '진실의 거울'이 장착되어 있었음에 틀림없다. 기아는 직접 만들었다고 했다. 작은 서랍 안에 들어 있던 노트의 내용이 사실이라면 어렸을 때 비정상적인 성격의 소유자인 화가를 통해 거꾸로 서는 거울을 보게 된 후에 화실에 있던 거울의 속임수를 풀어낸 것이다.

대륙의 거류지에서 반쪽 거울을 구했을 때 기아는 기뻤을 것이다.

기아는 이렇게 쓰고 있다.

'내가 이 여학교에 부임하고 며칠 뒤 낙뢰로 예배당 탑이 무너진 것은 하늘의 계시에 지나지 않는다.'

그래, 하늘의 계시였을 것이다. 하늘의 뜻이 아니라 저승의 뜻!

교사관과 A호실의 거울 벽은 두께가 1미터가 넘었다. 무너진 벽을 복구할 때 건축사를 매수하여 거울 두 장을 직각으로 집어넣었다. 거실 쪽 벽에도 만들어 넣을 수도 있었을 것이다. 주방에서 배선을 끌어와 앞의 반쪽 거울과 그 뒷면의 거울 사이에 거실 쪽에서는 보이지 않는 작은 조명을 설치할 수도 있었을 것이다. 기이가 사는 건물이다. 돈은 충분했다. 자신의 취미생활에 들어갈 돈은 이미 아편을 팔아 모아두었다.

건축사는 분명 기이의 주문대로 해주었을 것이다. 그리곤 대가로 돈을 받고 입을 다물었겠지.

"자네는 어째서 벌을 받았나? 나와의 배신 때문이라고 말하지만……"

"로스탕 선생님은 시험 성적이 그 전보다 떨어진 학생을 체벌하셨어요. 100점을 맞았던 학생이 다음번에 92점을 받으면 회초리를 맞습니다. 저는 제가 사랑하는 하급생이 맞지 않게 하려고 교무실에 몰래 들어갔습니다. 로스탕 선생님이 시험 문제를 낸 원고가 아직 등사판에 남아 있었습니다. 한 장을 인쇄해서 그 아이에게 몰래 주었습니다. 그 아이는 집에서 완벽한 답을 썼습니다. 그런데 시험 시간에 배부된 문제지와 바꿔치기 하려다 선생님께 들키고 말았지요. 그 아이는 제 이름을 말하면서 제가 무리하게 커닝을 하게 했다고 주장했습니다. 로스탕 선생님은 그 아이를 회초리로 때렸습니다. 그 다음 저에게 벌을 주었습니다. 바로 이 방에 저는 혼자 갇혔습니다. 몇 시간이나……. 아마 십여 시간 정도 방치된 것 같습니다. 거울 속의 저는 거꾸로 선 채 제 모습을 계속 지켜봐야 했습니다. 눈을 돌리거나 감아서 보지 않으려 해도 금세 다시 보게 되었습니다. 무서우니까 보고 마는 것이죠. '일생 동안 이렇게 살아야 하나'는 생각도 들었습니다. 결코 익숙해지지 않았습니다. 현기증과 착란 증세가 저를 엄습해왔습니다."

화가 때문에 미쳤던 기아는 같은 장치로 타인을 미치게 하고 싶었던 것일까.

"그 사랑스러운 아이는 어떻게 됐나?"

"미친 것을 자각하지 못하고 돌아갔습니다. 언젠가 저처럼 이 장치에 대해 알게 되면 다른 사람을 여기로 데려와 미치게 하고 싶겠지요?"

마마모는 물이 끓었다며 "차를 드릴까요?" 하고 물었다. 주방으로 간 마마모는 자스민 향이 나는 티포트와 컵 두 개를 얹은 은쟁반을 갖고 거실로 돌아왔다.

"교사관 입구 옆에 자스민이 있습니다. 지금은 꽃이 피는 계절이 지났습니다만 피었을 때 꺾어서 말려놓았습니다."

"향기가 좋군."

"로스탕 선생님은 자스민 꽃을 매우 좋아했습니다."

마마모는 두 개의 잔에 차를 따라 권하며 자신도 찻잔에 입을 가져갔다. 그도 차를 마셨다.

"아시는지요? 노란 자스민을 캐롤라이나 자스민이라고 부릅니다. 학명은 Gelsemium sempervirens죠. Gelsemium은 이탈리아 말로 자스민을 의미하는 '젤소미나'에서 따온 것 같습니다."

[젤소미나여! 당신의 향기로운 방문을 기다리는 이국의 나를 위로해주오!]

기아가 애타게 기다린 것은 여인이 아니라 자스민 꽃이 피는 시기였다. 그제야 그 사실을 알게 되었다.

그는 향기를 즐기며 차를 마셨다. 특별한 맛은 아니었다. 다즐링과 아쌈의 향취 정도로 대단하지 않았다.

"캐롤라이나 자스민은 향기도 꽃의 형태도 비슷해서 이 나라에서는 말리꽃이라고 합니다. 차에도 쓰는 하얀 자스민하고 흡사하게 생겼는데 전혀 다른 종입니다."

마나모는 말을 이었다.

"용담과 협죽도과에 가까운 것으로 독성이 굉장히 강합니다."

"뭐?"

그는 고개를 들었다.

"이 교사관 아치에 덩굴을 이루고 있는 것은 캐롤라이나 자스민입니다. 선생님들은 독성이 없는 걸로 알고 학생들에게 알려주지 않았지요. 레몬색 꽃이 예뻐서 관상용으로 사랑받고 있습니다."

"제가 사랑한 그 아이는……."라고 마나모가 말을 이었다.

"로스탕 선생님에게 맞은 일을 절대 용서하지 못했습니다. 부모들마저도 그 아이에게 손을 댄 적이 없었다고 하니까요. 이 나라에서는 양가의 딸들이 맞는다는 사실을 절대적인 굴욕으로 생각합니다. 상대방이 아무리 선생님일지라도. 저는 제가 벌을 받은 것보다 그 아이가 맞은 사실을 더 용서할 수 없었습니다. 그 아이와 저는 실과 바늘입니다. 이곳으로 로스탕 선생님을 찾아와 다시 한 번 용서를 빌었습니다. 그리고 선생님께 캐롤라이나 자스민 차를 대접해드렸습니다. 젤소미나는 현기증과 호흡곤란 증상을 일으킵니다. 우리는 찻잔을 닦아놓고 교사관을 나왔지요."

그는 머리가 팽 도는 느낌이었다.

"보조키······, 어떻게 자네가 그 보조키를······."

"제 입으로 말하고 싶지는 않습니다만, 로스탕 선생님은 제가 자유롭게 드나들 수 있도록 보조키를 만들어 주셨습니다. 저는 로스탕 선생님이 특별히 아끼는 학생이었기 때문에······."

캐롤라이나 자스민의 효과는 마나모에게 더 빨리 나타났다.

"배신한 그 아이에 대한 처리도 이미 끝냈습니다."

마나모는 쓰러지면서 그렇게 말했다. 그리고 중얼거렸다.

"고독을 위로해주는 것과 동시에 기쁨의 허무함을 파헤치는······ 무無."

드디어 그에게도 현기증이 일었다. 거울 속에서 하늘을 향해 쓰러져가는 자신의 모습을 보았다.

나나오 쿄코는 3월 10일의 대공습 후 차바로 돌아갔다고 한다. 거의 손이 닿을 듯한 곳에 있던 소중한 것이 영원히 사라졌다. 상실감에 멍한 기분이 되었다. 그 공습으로 내가 있던 하숙집도 불에 탔다. 나는 학교의 허가를 얻어 도서관과 이어지는 사무실에서 살게 되었다. 수도와 전기가 들어와서 간단한 식사 정도는 직접 해결할 수 있었다. 정전이 되면 뒤쪽 정원에 있는 난로를 사용하면 그만이다. 나무상자와 문짝으로 침대를 만들고, 양해를 얻어 숙직실에서 안 쓰는 이불 한 채를 가져다 쓸 수 있었다.

4월의······ 며칠이었을까? 돌연 나나오가 도서관에 나타났다. 등교일이어서 공장에 나가던 학생들도 학교에 모두 와야 하는 날이었다.

나오는 서고에서 화집을 꺼내 카운터로 갖고 왔다.

"이 책을 빌리고 싶은데요."

"예곤 실례네. 얼마든지……."

"대출기록부는?"

"아, 안 적어도 괜찮아. 요즘은 대출이 그리 많지 않아서."

나오는 역시 타인의 얼굴만을 내게 보여줬다.

"차를 마시려던 참이었는데. 마침 물이 끓고 있는데 같이 마실래?"

"고맙습니다. 그럼 한 잔만."

교사관의 입구에 있는 캐롤라이나 자스민이 꽃을 피우기 시작했다. 나는 꽃을 꺾어 말려서 통에 담아두었다. 말린꽃 차도 갖고 있다. 전쟁이 격화되면서 수입이 전부 끊겼다. 식량난이 극심했다. 말린꽃 차는 사치스럽기 짝이 없다.

두 개의 하얀 찻잔에 차를 따랐다. 하나는 말린꽃. 또 하나는 캐롤라이나 자스민. 두 개를 쟁반에 올려 빙빙 돌린 다음 카운터로 갖고 왔다.

어느 쪽이 독이 든 차인지 나도 모른다. 나오의 선택에 맡겼다. 둘이서 차를 마셨다. 나오가 잔을 다 비우고 나서 내가 말했다.

"우리들, 이것으로 로스탕 선생님한테 보복한 거야."

보복. 하하하. 알기 쉬운 말이다. 누구나 납득할 수 있다. 이에는 이다. 로스탕에게 캐롤라이나 자스민 차를 마시는 일에 협력한 그녀는 무슨 생각을 하고 있었을까…… 나는 모른다.

이윽고 심장 고동이 정지한 나오의 몸뚱어리를 사무실에 숨겨놓았다.

태양이 지자 책을 운반하는 말대차에 싣고 천을 덮었다. 밖으로 끌고나와 예배당 근처 돌계단으로 갔다. 말대차를 돌계단 옆 경사지에 놓고 잡아당겼다. 노을 진 교정에는 인적이 없었다.

교사관의 A호실로 옮겼다. 보조키는 내가 갖고 있다. 창문도 덧문도 꼭 닫힌 채였다. 오랫동안 사용하지 않은 방에서는 먼지 냄새가 진동했다. 창문 바깥쪽으로 십자 모양의 판자를 박아놓은 게 보인다. 무단침입자를 경계하는 조처다. 요즘 살 곳을 잃은 자들이 마음대로 빈 집에 들어가곤 하니까.

긴 의자가 나나오의 관이 되었다. 앉는 부분을 열어 천으로 덮은 나나오를 넣었다. 자스민을 가지째 꺾어 빈틈없이 관 안을 채웠다. 나는 이제 두 번 다시 나나오를 잃을 일이 없다.

4월에 피기 시작한 캐롤라이나 자스민의 투명하고 노란 꽃은 6월 말까지 무성하게 판다.

이따금씩 오래 돼서 시든 가지를 신선한 꽃이 핀 가지로 바꿔 넣어준다. 나나오의 관은 항상 자스민 향으로 그득했다.

공장이 불타고 여학원 학생들은 학교에서 작업을 하게 되었다.

도서관에 드나드는 학생들은 거의 없었다. 시다라 쿠니코 정도가 드나들었다.

외딴 섬에 남겨진 사람처럼 나는 도서관 카운터에서 턱을 괴고 앉아 시간을 보냈다. 총력전으로 초등학생까지 근로 동원해야 한다는 소리가 나오는데 손가락 두 개를 움직이지 못한다는 이유로 제외가 된 나는 그대로 나라에서 잊혀져가는 존재였다.

거의 죽은 사람처럼 살았다.

나라 안의 눈에 띄는 도시는 거의 다 화염에 휩싸인 7월 말, 뜻밖에 복도에서 코우즈키 리츠코와 마주쳤다.

"나나오가 아까 도서관에 있어서……."

행선지를 생각하기도 전에 내가 말을 걸었다.

눈을 동그랗게 뜨고 코우즈키 리츠코가 그 자리에 섰다.

"예곤 실레의 화집을 나나오가 무단으로 빌려갔다가 아까 돌려주러 왔었어."

"그럼 나나오는?"

"교사관에 갔는데."

"무슨 일로?"

"글쎄 나도 그건 몰라."

코우즈키 리츠코는 걸음을 재촉해 교사를 빠져나갔다. 나는 조용히 뒤를 밟았다. 돌계단을 올라 코우즈키 리츠코가 교사관으로 향했다.

사람의 손을 타지 않은 덩굴장미는 제멋대로 가지를 뻗고 있다. 꽃이 진 캐롤라이나 자스민 그늘에 몸을 숨긴 나는 코우즈키 리츠코가 A호실의 문을 두드리며 벨을 누르는 모습을 지켜보았다. 대답이 없자 코우즈키 리츠코는 B호실 현관 앞으로 가서 똑같은 행동을 했다. 그리고는 다시 A호실

앞으로 돌아와 '나나오!' 하고 부르며 문고리를 두드렸다.

내가 다가가 말을 걸었다.

"자물쇠가 걸려 있어서 나나오를 다른 데로 데려갔나?"

나는 주머니에서 보조키를 꺼내 자물쇠를 열었다. 코우즈키 리츠코가 냉정했다면 왜 내가 따라왔고 보조키를 갖고 있는지 당연히 이상하게 생각했을 것이다. 문이 열리자마자 코우즈키 리츠코는 안으로 달려 들어갔다. 모든 덧문을 닫아 놓은 실내는 어두웠다. 내가 전등을 켰다. 자스민 향에 휩싸였다. 가슴을 답답하게 할 냄새가 희미하게 섞여 있었다.

이름을 부르며 코우즈키 리츠코는 방마다 나나오를 찾아 돌아다녔다. 코우즈키 리츠코가 이층으로 올라간 틈을 이용해 나는 주방의 숨겨진 문을 열고 스위치를 켰다. 거실의 거울 속에 밝게 비치는 것들이 거꾸로 섰다.

나는 교사관을 나와 문을 잠그고 도서관으로 돌아왔다. 코우즈키 리츠코도 미치는 게 좋아. 얼마 후 공습경보가 울렸지만 나는 그대로 도서관에 있었다. 여느 때와 마찬가지였다. 누구도 내가 방공호에 들어갔는지에 대해 관심이 없다.

나는 두 개의 잔에 차를 따랐다. 하나는 말리꽃. 또 다른 하나는 캐롤라이나 자스민. 둥근 쟁반에 올려 눈을 감고 빙글빙글 돌린 다음 카운터로 갖고 왔다.

어느 쪽이 독이 든 차인지 나도 모른다.

하나를 집어 마셨을 때 폭음이 귀청을 찢었다.

시다라 쿠니코가 쓴 문장은 여기서 끝나 있다.

음악실에서 합창소리가 들려온다. 여학교 학생들일까, 아니면 **도립여고 학생들이 사용하고 있는 걸까. 어느 학교 학생들이나 애창하는 「유랑민」이다.

시다라 쿠니코는 왜 내 마음과 내가 한 일을 이렇게까지 잘 알고 있는 걸까. 그 아이도 가슴 속 깊은 곳에 존재하는, 연약한 이성을 짓밟는 정체 모를 감정에 대해 이해하고 있는 것일까. 시다라 쿠니코의 마음 속 깊은 곳에도 억제할 수 없는 감정이 강인한 생명력을 가진 생물체처럼 살고 있을까. 강인한 생명력이야말로 인간의 실체라는 사실을 시다라 쿠니코도 알고 있는 것일까.

뒷마당으로 난로를 갖고 나갔다. 캐롤라이나 자스민 꽃을 작은 가지로 잘라 넣어둔 통과 나, 코우즈키 리츠코, 미와 사에다 그리고 시다라 쿠니코의 필체가 들어가 있는 〈거꾸로 선 탑의 살인〉도 함께.

허리를 숙이고 책을 찢었다. 공기가 잘 통하도록 종이를 둥글게 구긴 다음 성냥불을 붙였다. 이내 활활 타올랐다. 그 위에 통 안의 내용물을 마구 던져 넣었다. 시다라 쿠니코가 한 방법을 사용하고 싶지는 않았다. 꽃과 덩굴, 가지와 뿌리 모두 독을 갖는 이 식물이 활활 타오르면 연기에도 당연히 치사량에 가까운 독성이 있을 것이라고 생각했다. 하지만 전혀 기분이 나빠지지 않았다. 연기는 대기로 퍼지고 독성은 희석이 되어버렸다.

도서관으로 돌아와 두 개의 하얀 찻잔에 차를 따랐다. 하나는 말리꽃, 또 다른 하나는 캐롤라이나 자스민. 둥근 쟁반에 올려 눈을 감고 빙글빙글 돌렸다.

마실 결심이 서지 않는다. 지금 죽어도 후회는 없다. 언제나 그렇게 생각했었는데.

'고독을 위로해주는 것과 동시에 기쁨의 허무함을 파헤치는…… 무無.'

타인은 죽여도 자신은 죽이지 못하는 것. 얼마나 우스꽝스러운 장난인가!

공습이, 우리의 범죄를—캐롤라이나 자스민의 향기, 썩는 냄새, 모조리—흔적도 없이 지웠다. 공습으로 죽은 자는 일상다반사로 나온다. 두 개의 해골이 발견되었지만 아무도 신경 쓰지 않았다. 미와 사에다를 빼고는……. 경찰조차 공습이 있은 다음에는 죽은 사람에 대해 일일이 조사하지 않는다.

쥬르 서먼이라는 남자는 내가 만들어낸 허구의 인물이지만 로스탕에 해당하는 이국인 교사는 실제로 있었다. 로스탕에 대하여 쓴 부분은 사실이다. 시다라 쿠니코의 소설은 거꾸로 서는 거울이나 나와 나나오가 캐롤라이나 자스민을 가지고 나나오를 모욕한 선생을 죽게 한 대목을 정확하게 쓰고 있

다. 그 후의 일까지도……,

 어떠한 증거도 없다. 시다라 쿠니코가 쓴 내용은 추측에 불과하다. 그렇게 생각하며 두 개의 찻잔을 물끄러미 바라본다. 하나는 확실한 죽음. 또 다른 하나는 불안, 초조와 공허 이외의 그 어떤 것도 없이 느슨하게 지속되는 삶. 결국 도착하게 될 곳은 죽음.

VII

 우리의 새로운 교실 건물이 결정됐다. 새롭다고는 해도 건물은 무척 낡았다. 패전 직전까지 병사들이 숙소로 쓰던 건물과 그 부지가 **여고에 할당되었다.

 코우즈키 리츠코가 어떡하다 예배당에서 공습을 당했는지에 대해서는 결국 아무런 답도 얻지 못했다. 미와 사에다와 나는 〈거꾸로 섬〉을 써서 코우즈키 리츠코의 서랍에 넣어둔 사람이 시즈쿠이시 카오루라는 것, 사에다의 손에 있던 『카라마조프의 형제』는 시즈쿠이시 카오루가 나나오 쿄코에게 선물한 것이며, 노란 자스민은 맹독을 갖는 캐롤라이나 자스민이라는 것 등을 생각해냈지만 그 이상은 아무 것도 알 수 없었다. 소설 〈거꾸로 선 탑의 살인〉에서 아치를 감고 자란 것은 장미가 아니었다. '자스민의 일종이라고 합니다'라고 학생은 말했다. '꽃이 필 시기는 지났지만 만개하면 향기가 아주 좋습니다'라고 쓰여 있고 코우즈키 리츠코 수기에는 '울타리는 덩굴장미로 둘러싸여 있다. 아치에도 덩굴식물들이 타고 올라와 꽃이 피는 계절이 되면 레몬 색 작은 꽃이 활짝 펴서 향기가 진동한다'라고 쓰여 있다. 똑같은 식물을 가리킨다. 나는 자스민을 본 적이 없지만 하얀 꽃이라는 소리는 들었다. 레몬 색 자스민! 마음에 걸려 식물도감을 찾아보고 나서 깜짝 놀랐다. 학교 안에 그렇게 맹독을 가진 꽃이 피어 있었다니. 하긴 은방울꽃이나 협죽도 같은 유독성 꽃을 아끼는 정원에 심는 경우가 많았다.

'다음 부분을 쓸 거야'라고 했던 시다라 쿠니코는 그 다음 다음 날 학교에서 〈거꾸로 섬〉을 우리에게 넘겨주었다. 읽고 쓰느라고 이틀 밤을 꼬박 샜다고 했다. 미와 사에다가 수업시간에 먼저 읽고 쉬는 시간에 내게 주었다. 나는 다음 수업시간에 읽었다. 이야기는 'FIN'이라는 단어로 끝났다.

점심시간에 사다라 쿠니코가 왔다.

"어때?"

자신만만하게 우리의 소감을 물었다.

"시즈쿠이시씨가 읽으면 기분 나빠하겠는데. 미나모가 시즈쿠이시씨고 그녀가 로스탕씨를 살해한다든가……"

"소설인데 뭐!"

시다라 쿠니코가 말했다.

"시즈쿠이시씨는 소설을 계속 돌려쓰게 하고 싶어 했잖아. 훌륭한 결말을 지어줬으니 좋지 뭘 그래."

시다라 쿠니코는 빠뜨린 내용이 있으니까 잠깐 돌려 달라며 〈거꾸로 섬〉을 가져갔다. 수업이 끝난 뒤 다시 가지고 왔다. 포장지와 리본도. "예쁘네."

"어릴 때부터 우리 엄마하고 나는 선물 포장지나 리본을 상자에 넣어서 잘 보관했어. 너희들에게 먼저 읽어보게 한 다음 포장하려고 종이하고 리본을 갖고 온 거야."

"무엇을 더 보충했는데?"

"그냥 조금……."

"시즈쿠이시씨께 갈 건데 같이 갈래?"

다음 날 우리 학교가 이전한다는 발표가 났다.

미와 사에다와 나는 시다라 쿠니코에게 이별 인사를 했다.

시다라 쿠니코는 허전하다면서 "저기, 너희들 장래에 뭘 할지 정했니?"라고 물었다. 못내 아쉬운 모양이었다.

사에다는 여대 영문과를 갈 생각이다. 유키코 고모는 통역을 하는 한편 에비스에 있는 점령군 주둔지 옆에서 미군들을 상대로 한 토산품 점을 낼 계획을 세우고 우리에게 도움을 요청했다. 하지만 나는 미군들에게 상냥하게 대할 자신이 없었다. 하늘 위에서 어머니와 식구들을 충격으로 죽게 한 자들이다.

"너는?"

시다라 쿠니코가 대답했다.

"나는 소설가가 될 거야."

병사를 전용한 학교에서 여전히 교과서도 없이 수업을 받고 있다. 빨리 졸업하고 싶다. 귀경해서 학교로 복귀하는 학생들 수가 점차 늘어났다. 쉬는 시간엔 황량한 바람이 부는 교정에서 둥그렇게 원을 그리고 발레를 즐겼다. 사에다는 졸업에 필요한 수업 일수만을 채우고 나서 집에서 수험공부를 했다.

겨울방학이 시작되기 얼마 전 시다라 쿠니코에게서 편지가 왔다. 시즈쿠이시 씨가 갑작스럽게 죽었다는 것이다.

'학교에서는 심부전이라고 발표했어. 시즈쿠이시 씨가 소설에 쓴 로스탕 선생님의 사인과 같아.'

왠지 가슴이 뛰었다.

'사에다는 예민해서 이런저런 고민을 할까봐 너한테만 알린다.'

나는 둔감하니까 괜찮다는 건가? 그리고 시다라 쿠니코는 편지 맨 끝에 '소설가 되는 일은 그만둘 거야'라고 덧붙였다.

'소설은 읽는 것이 더 재밌어' 하면서.

사에다가 보지 못하도록 시다라 쿠니코의 편지를 태웠다.

자스민은 어떤 향취가 날까.

이층에서 사전을 뒤적이는 사에다를 위해 유키코 고모가 PX에서 갖고 온 홍차를 끓였다. 이런 생활도 이제 곧 끝날 것이다.

나는 불에 탄 집 자리에 작은 가게를 내려고 마음먹었다. 당분간은 밀거래 물품과 고물을 취급하게 될 것이다. 생활이 곤란한 사람들이 가재도구를 팔고 사고 하는 곳. 오래된 옷가지와 그릇들도 취급할 것이다.

신주쿠나 이케부쿠로에 있던 번화가는 이미 폐허가 되었다. 말 그대로 양육강식의 논리를 증거하는 무법지대였다. 제3국인들과 일본인 야바위꾼들이 구획을 나누고 서로 쟁탈전을 벌이는 아수라장으로 변모한 것이다.

집 주변에서는 피투성이 활극이 벌어지지 않지만 야바위꾼들이 구획을 나누기 시작했다는 소리가 들렸다.

꾸물거리고 있으면 다른 사람들이 한쪽부터 조금씩 땅을 차지할 것이다. 일단 땅을 차지하면 내쫓기가 쉽지 않다. 종종 막대한 퇴거 비용을 청구하기도 한다. 사노 스에코가 살아 있다면 둘이 힘을 합쳐 가게를 열었을 텐데…….

문어대가리는 나더러 3학기 내내 결석을 해도 졸업식에만 참석하면 졸업증명서를 주겠다고 했다.

"너희들은 3학년 때부터 여름방학을 반납하고 공장에서 일했으니까……."

청과물 가게가 잘되던 시절, 아버지의 목소리는 위세 등등했다. 그 음성이 떠오른다.

마음속으로 '아버지, 복귀해서 돌아오시기 전까지 대들보라도 확실하게 세울게요'라고 되뇌며 나는 홍차 쟁반을 들고 이층으로 올라갔다.

맺음말_ [거꾸로 서는] 미술관

  지금 생각해보면 어린 시절 주위에 화집이 많았던 게 행운이었던 듯싶다. 세간의 평가라든가 해설 등 외부에서 얻은 지식이 전혀 없는 상태에서 주변의 그림을 보고—축소 인쇄된 것이라고는 해도—각각의 작품들이 갖는 매력에 흠뻑 취했다.
  예를 들어 뭉크의 「사춘기」라는 소녀상이 마음을 사로잡았을 때 나는 뭉크라는 화가에 대해 아무 것도 몰랐다. 다섯 살 때 어머니가 돌아가신 것도, 그 자신이 병약했다는 사실도, 그가 노르웨이 사람인지도 몰랐다. 최초로 발표한 작품이 화단에서 매도되었다는 것도 듣지 못했다. 그런데도 그림이 말하는 절절한 감정은 나를 강하게 끌어당겼다.
  〈거꾸로 선 탑의 살인〉에는 등장인물들의 수기와 대화에 많은 회화가 나온다. 독자들도 알고 있는 유명한 화가도 있고 일찍이 잘 알려졌지만 지금은 좀처럼 접할 기회가 없는 것들도 있다. 그 중의 몇 개를 소개해보겠다.

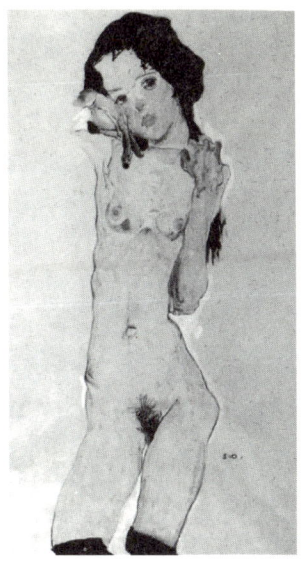

에곤 실레

왼쪽 위: 서로 안고 있는 두 소녀 (1915년)

왼쪽 아래: 무릎을 세우고 앉아 있는 여인 (1917년)

오른쪽: 서 있는 흑발의 벗은 소녀 (1910년)

오딜롱 르동
접시에 올려진 순교자의 목 (19세기)

프란츠 할스
짚시여인 (1630년)

엘 그레코
십자가를 안고 있는 그리스도

에드바르 뭉크
사춘기 (1894년)

렘브란트
장님이 되는 삼손 (1636년)

〈거꾸로 선 탑의 살인〉에 나오는 예술가들

가스통 루이 알프레드 르루(Gaston Louis Alfred Leroux, 1868~1927)
프랑스의 저널리스트이자 추리 소설 작가. 코넌 도일, 디킨스의 영향을 받아 심리소설『테오프라스트 롱게의 이중생활』을 발표, 세계적으로 유명해졌다. 장편『노란 방의 비밀』(1908)이 대표작이다.『오페라의 유령』이 널리 알려져 있다.

너대니얼 호손(Nathaniel Hawthorne, 1804~1864)
미국의 소설가. 대표작『주홍글씨』(1850)는 청교도의 엄격함을 정교하게 묘사한 소설로 죄인의 심리 추구, 긴밀한 세부구성, 정교한 상징주의 등으로 19세기 미국을 대표하는 소설로 간주된다.

렘브란트 판 레인(Rembrandt Harmenszoon van Rijn, 1606~1669)
네덜란드의 화가. 회화가 성숙해지면서 외면적인 유사성보다는 내면적인 것, 인간성의 깊이에 중점을 두어 후기로 갈수록 종교적(또는 신화적) 소재나 자화상을 다룬 작품이 많다. 유화와 에칭 분야에서 유럽 회화사상 최대 화가의 한 사람으로 꼽힌다. 주요작품으로「툴프 박사의 해부학 강의」(1632),「엠마오의 그리스도Christ at Emmaus」(1648),「장님이 되는 삼손」(1636년) 등이 있다.

루이지 피란델로(Luigi Pirandello, 1867~1936)
이탈리아의 극작가이자 소설가. 염세적인 작풍의 시인으로 출발하여 7편의 장편소설과 246편의 단편소설을 발표하였다.「작자를 찾는 6명의 등장인물」등 연극사에 길이 남을 극작을 써서 1934년 노벨문학상을 받았다.

아르투어 슈니츨러(Arthur Schnitzler, 1862~1931)
오스트리아의 소설가이자 극작가. '젊은 빈'파의 대표적 작가로 빈에서 영위되는 세기말적인 애욕의 세계를 정신분석의 수법으로 묘사했다. 작품에 희곡 「초록 앵무새」, 장편소설 『테레제, 어떤 여자의 일생』 등이 있다.

아우구스트 스트린드베리(Johan August Strindberg, 1849~1912)
스웨덴의 극작가이자 소설가로 「하녀의 아들」, 「아버지」 등의 소설과 희곡을 발표하여 철저한 무신론과 자연주의로 세상을 놀라게 하였고 후기에는 신앙심을 회복하여 「다마스쿠스로」 등의 걸작을 발표했다. 실험극장인 '친화극장親和劇場'을 설립했다.

안토닌 드보르자크(Antonín Dvořák, 1841~1904)
체코의 작곡가. 자연스러운 음악 속에 체코민족의 애환을 담은 독자적인 작품作風을 이루었다. 표제음악 전성기에 절대음악을 많이 작곡했고, 미국 체류 중에는 니그로나 아메리칸 인디언 음악 요소를 곁들인 작품을 썼다. 「신세계 교향곡」, 「첼로 협주곡」 등이 유명하다.

안톤 체호프(Anton Pavlovich Chekhov, 1860~1904)
러시아의 소설가 겸 극작가. 「지루한 이야기」, 「사할린 섬」 외 수많은 작품을 써서 사회에 큰 반향을 불러일으켰다. 객관주의 문학론을 주장하였고 시대의 변화와 요구에 대한 올바른 목소리를 전달하기 위해 저술활동을 벌였다. 「대초원」, 「갈매기」, 「벚꽃 동산」 등 많은 희곡과 소설을 남겼다.

앙드레 말로(André-Georges Malraux, 1901~1976)
20세기 중반 프랑스의 소설가·정치가. 저서로 『정복자』, 『인간의 조건』과 르포르타주 소설의 걸작으로 인정받는 『희망』 등이 있다. 전체주의가 대두하자 지드 등과 반파시즘 운동에 참가하였다. 드골 정권하에서 정보·문화 장관을 역임했다.

앙드레 지드(Andre Gide, 1869~1951)
문학의 여러 가능성을 실험한 프랑스 소설가. 〈신 프랑스 평론〉 지誌 주간의 한 사람으로서 프랑스 문단에 새로운 기풍을 불어넣어 20세기 문학의 진전에 지대하게 공헌했다. 「사전꾼들」을 발표하여 현대소설에 자극을 주었다. 주요 저서로『좁은 문』 등이 있으며 노벨 문학상을 수상했다.

앙리 바르뷔스(Henri Barbusse, 1873~1935.)
프랑스의 소설가. 저서에는『지옥』, 『포화』(1916, 공쿠르상 수상)『클라르테』가 있다. 인도주의의 입장이었으나, 이후 레닌의 사회주의 혁명에 공감하게 되었다.

에곤 실레(Egon Schiele, 1890~1918)
에로틱한 구상작품으로 알려진 오스트리아의 표현주의 미술가. 아르누보의 일환인 독일 유겐트스틸 운동과 구스타프 클림트에게서 영향을 받았다. 인체의 육감성을 딱딱한 선과 강렬한 액센트로 표현하였다. 주요 작품으로 「추기경과 수녀The Cardinal and Nun」(1912), 「포옹Embrace」(1917) 등이 있다.

에드거 앨런 포(Edgar Allan Poe, 1809~1849)
19세기 최대의 독창가로 꼽히는 미국의 시인·소설가·비평가. 단편 「황금 풍뎅이」, 「어셔가의 몰락」, 「모르그가의 살인사건」, 「큰 소용돌이에 빨려들어서」, 「검은 고양이」, 「도난당한 편지」 등이 있다.

에드바르 뭉크(Edvard Munch, 1863~1944)
노르웨이의 화가. 불우한 가정환경과 육체가 그의 정신과 작풍에 영향을 끼쳤다. 애수 어린 서정적 성격을 점차 내면화하고,

생生과 사死, 사랑과 관능, 공포와 우수를 강렬한 색채로 표현하는 독자적인 세계를 확립해갔다. 코펜하겐에서 요양한 뒤부터 색채가 밝아지고, 문학적·심리적인 정감이 두드러졌다. 주요작품으로 「절규」, 「생명의 프리즈」, 「별이 있는 밤」, 「백야白夜」 등이 있다.

에밀 가보리오(Émile Gaboriau, 1832~1873)
19세기 프랑스의 소설가. 작품으로 「르루주 사건」, 「오르시발의 범죄」, 「서류 113호」, 「르코크 탐정」(1869) 등이 있다.

에밀 졸라(Émile François Zola, 1840~1902)
진실과 정의를 사랑하는 모랄리스트이자 이상주의적 사회주의자였던 프랑스 소설가. 드레퓌스사건 때 드레퓌스의 무죄를 주장했고, 대통령에게 보낸 공개장 「나는 고발한다」로 유명하다. 대표작 『목로주점』으로 자연주의 문학을 확립했다.

엘 그레코(El Greco, 1541~1614)
그리스 태생의 에스파냐 화가. 17세기 르네상스 말기 에스파냐의 펠리프 2세의 궁중화가였다. 당시에 그의 화풍은 매너리즘으로 분류되어 주목받지 못했다. 그의 화풍은 20세기 초 독일 표현주의에 지대한 영향을 주었으며 오늘날에는 미술사에서 매우 중요한 작가로 평가받는다. 주요작품으로 「오루가스 백작의 매장」(1586), 「그리스도의 세례」가 있다.

오딜롱 르동(Odilon Redon, 1840~1916)
19세기 프랑스의 화가로 당시 유럽에 유행하였던 상징주의 운동에 동참하였다. 주요작품으로 「꿈속에서In the Dream」가 있다.

오스카 코코슈카(Oskar Kokoschka, 1886~1980)
오스트리아의 표현주의 화가·작가로 심리적 초상화에 뛰어났다. 판화·풍경화(주로 도시의 경치)·우의화寓意畵를 바로크적 표현으로 묘사했고 만년에는 색조가 밝아졌다. 극작가로서도 이름을 떨쳤는데 특히 「살인자, 여인들의 희망」(1907)은 표현주의적 기법을 사용한 작품으로 대단한 반향을 일으켰다.

요시야노부코(吉屋信子, 1896~1973)
니토베 이나죠의 "현모양처가 되는 것보다 우선 한 사람의 좋은 인간이 되어야 한다. 교육이란 먼저 좋은 인간이 되기 위해서 하는 것이다"라는 연설에 감명을 받아 소녀 잡지에 투고하기 시작했다. 1916년 《소녀화보》에 연재한 『꽃 이야기』로 인기 작가가 된다. 그 후에 〈오사카 아사히 신문〉에 「地の果まで」가 당선되면서 소설가로 정식 데뷔했다.

요한 슈트라우스(Johann Strauss, 1825.10.25~1899.6.3)
오스트리아의 작곡가이자 지휘자로 J. B. 슈트라우스의 장남이다. 악단을 이끌며 연주여행을 하였고 작곡에도 열중하여 새로운 독자적인 왈츠양식 '연주회 왈츠'를 낳았다. 왈츠에 처음으로 합창이 곁든 「아름답고 푸른 도나우」 등의 대규모 왈츠와 「집시 남작」 등의 오페레타를 작곡했다.

윌리엄 윌키 콜린스(William Wilkie Collins, 1824~1889)
20세기의 심리파, 사회파 미스터리 작가의 원조라고 할 수 있는 영국 소설가. 대표작 『흰옷을 입은 여자』, 『월장석』 등은 발표와 동시에 선풍적인 인기를 끌었다. 수수께끼를 담은 복잡한 줄거리의 구성이나 괴상한 사건을 교묘하게 그려내는 재능을 발휘했다.

장 랭보(Jean-Nicolas-Arthur Rimbaud, 1854.10.20~1891.11.10)
19세기 프랑스의 시인. 조숙한 천재로 15세부터 20세 사이에 작품을 썼다. 이장바르의 영향을 받았다. 작품은 「보는 사람의 편지」, 「명정선」, 「일뤼미나시옹」, 「지옥의 계절」 등이다. 베를렌과 연인 사이였다.

코넌 도일(Arthur Conan Doyle, 1859.5.22~1930.7.7)
영국 추리 작가. E. A. 포와 E. 가보리오를 동경하여 새로운 인물의 창조에 착상, 드디어 셜록 홈스를 탄생시켰다. 장편은 『바스커빌가家의 개』외 3편, 단편은 「빨간 머리 연맹」 외 55편이 있다. 홈스는 명탐정으로 온 세계의 독자들과 친해졌고, 추리소설을 보급하는 데 한몫을 했다

폴 부르제(Paul-Charles-Joseph Bourget, 1852.9.2~1935.12.25)
프랑스의 소설가. 그의 명저 『현대심리 논총』(1883)으로 인해 스탕달이 재평가되었다. 작품으로 「제자」, 「역마을」, 「이혼」 등이 있다. 정밀·견고한 구성미, 정확한 심리분석에 뛰어나다.

표도르 도스토옙스키(Fyodor Mikhailovich Dostoevskii, 1821.11.11~1881.2.9)
모스크바에서 태어난 러시아의 소설가. 주요작품으로 장편 『죄와 벌』(1866년), 『카라마조프의 형제』(1879~80년) 등이 있다. 그의 문학세계는 진보적 사회운동을 하다가 탄압받은 경험을 뿌리로 한다. 톨스토이와 함께 19세기 러시아 문학을 대표하는 세계적인 문호이다.

프란츠 할스(Frans Hals, 1588~1666)
17세기 네덜란드의 최고 인기 초상화가 중 하나로 순간의 표정을 잡아내는 것으로 유명했다. 흔히 '미소의 화가'로 불린다. 당시 유행하던 경직되고 부자연스러운 초상화를 그리는 대신 편안하고 생기 넘치는 표정을 포착해 독특한 초상화를 그림으로써 진가를 발휘했다.

프랑크 베데킨트(Frank Wedekind, 1864.7.24~1918.3.9)

독일의 극작가. 하르트만의 염세철학厭世哲學의 영향을 받았다. 표현주의문학의 선구자로 간주된다. 야유와 풍자의 작가로서 낭만파의 아르님·호프만과 비교된다. 주요 저서로 『판도라의 상자』(1904), 『깨어나는 봄』(1891) 등이 있다.

하야시후미코(林芙美子, 1903~1951)

메이지시대를 대표하는 사쿠라지마 섬 출신의 여류작가. 1928년 《여인예술》에 시 「수수밭」이 실리고 이어서 『방랑기』가 20회에 걸쳐 연재되면서 큰 호응을 얻어 『속 방랑기』까지 출간되는 등 유행작가가 되었다. 1935년 발표한 단편 「굴」은 사소설적인 작풍을 벗어난 본격적인 소설로 평가 받았다.